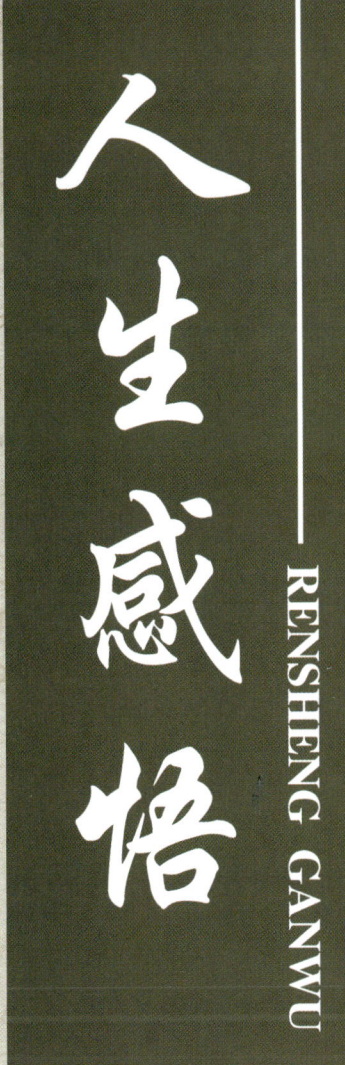

人生感悟

RENSHENG GANWU

马道元 著

黄河出版传媒集团
宁夏人民出版社

图书在版编目(CIP)数据

人生感悟 / 马道元著. -- 银川：宁夏人民出版社，2020.5

ISBN 978-7-227-07216-4

Ⅰ.①人… Ⅱ.①马… Ⅲ.①散文集 –中国 –当代②诗集 – 中国 – 当代 Ⅳ.①I217.2

中国版本图书馆 CIP 数据核字(2020)第 091647 号

人生感悟

马道元 著

责任编辑	姚小云
责任校对	周淑芸
封面设计	段进微
责任印制	马 丽

黄河出版传媒集团 宁夏人民出版社 出版发行

出 版 人	薛文斌
地　　址	宁夏银川市北京东路 139 号出版大厦(750001)
网　　址	http://www.yrpubm.com
网上书店	http://www.hh-book.com
电子信箱	nxrmcbs@126.com
邮购电话	0951-5052104　5052106
经　　销	全国新华书店
印刷装订	银川天之健文化传媒有限公司
印刷委托书号	（宁）0017100

开本	787 mm × 1092 mm　1/16
印张	20
字数	300 千字
版次	2020 年 5 月第 1 版
印次	2020 年 5 月第 1 次印刷
书号	ISBN 978-7-227-07216-4
定价	58.00 元

版权所有　侵权必究

文章千古事　得失寸心知

道元先生雅属
乙亥冬作　耀

▲ 张耀题赠

▲父亲母亲

◀岳父岳母

▲ 全家福

▲ 全家福

▲ 文智一家

▲ 文勇一家

▲ 文彪一家

▲ 文侠一家

感悟人生

季栋梁

表兄把三十多万字的《人生感悟》书稿发给我的时候,我的心里很是吃惊,也很有些疑惑,因为在我的印象中,他没有读过几年书,按通常人们的说法算不上个文化人。正经说来,表兄是一个铁匠,他从姨父那里承继了这门赖以养家糊口的手艺——我的姨父就是靠着这门手艺从老家河南逃难到了宁夏——他留给我最深的记忆就是在铁匠炉前抡着大锤,敲击出灿若星辰的火花。那时候表兄一家人口多,上有老,下有小,还有诸多亲戚需要照顾,他除了参加生产队的劳动挣工分,还要连夜打铁,打出刀镰斧铡锄铲,去预旺赶集兜售,以贴补家用。表兄长我十岁,小时候,我去表兄家一月半载的常住,表兄带给我的快乐在这里难以尽述。那时候我家客居他乡,单门寒户,逢年过节,表兄总是要来家里拜节,这给了我莫大的安慰与荣耀,时至今日,我时不时会想起过去。其后的岁月里,我出门求学,辗转城市讨着生活,与表兄的联系几近隔绝,直到我们在银川相见,已过去十余年岁月,有恍如隔世之感。

当我开始阅读表兄的书稿时,立时就沉入其中。单从内容上来讲,不可否认,这无疑是一部厚重之书,是表兄从自己的人生阅历和日常的家庭生活中总结提炼出来的,包含着他对社会人生的认知、生活伦理的思索、家庭情感的感悟。已过花甲之年的表兄,在经历了风风雨雨的岁月之后,他对生命的价值有了更深刻的理解。他通过阐述父母之爱,儿女之爱,夫妻之情,朋友之信,诠释和睦兴家,节俭持家,勤奋发家,勇于担当的人生理念,通过日常生活的小事,劝人宽忍,教人感恩,启人从善,使人乐观。全书相当大的篇幅是在讲"理"——生活道理、人生哲理、社会伦理、家庭情理。完全贴近现实生活,通过自己朴素的话语,在简短的篇幅甚至短短的几行话里,把"理"讲得淋漓通透,却又富有哲理,虽然语言拙朴简约,但字里行间充满灵性睿智,读后给人以启迪、借鉴和深思。尤其是表兄以自己的人生经历,全面而深刻地阐述普通人家"修身齐家"的秘诀,我想任何一个人读了,都会有所受益。

读着表兄的文字,我想到了司马光的传世之作《家范》。司马光一生著述颇丰,仅《四库全书》收入就有16种457卷,只要是读书人,都是知道《资治通鉴》的,但对于《家范》却知之甚少。然而,司马光自己认为《家范》比《资治通鉴》更为重要,他说"治国在齐其家",《家范》便诠释了其"齐其家"的思想与理念。"家范"之"范"就是规范与风教。《家范》全书十卷共二十篇,每篇都有一个主题,通过对于典籍的论述,佐以典型事例,集中表达了"以礼治家"的思想以及如何处理家庭伦理关系,可以说这是一部有着完整治家理念的家训。事实上,在《资治通鉴》中司马光就指出:"礼之为物大矣!用之于身,则动静有法而百行备焉;用之于家,则内外有别而九族睦焉;用之于乡,则长幼有伦而俗化美焉;用之于国,则君臣有序而政治成焉;用之于天下,则诸侯顺服而纲纪正焉。"表兄的《人生感悟》正是在阐述着同样的治家理念。

这让我想到三个侄儿和一个侄女。这几个孩子为人处世敦厚谦谨,慎言守礼,诚实守信,勤俭正直,兄妹间相互尊重,亲近和睦,团结协作,乐观奋进,他们这些优秀品质的修炼,与父亲持之以恒营造良好家风的潜移默化的影响是分不开的,而父亲为人处世和品行修养更是对他们起到春风化雨般的作用。正如《家范》中说:"凡为家长,必谨守礼法,以御群子弟及家众。"表兄就是这样一个家长。

生活是个万花筒,它向我们展现着一个五彩缤纷瞬息万变的花花世界,如何在这个世界不迷失自己,必须有一个谨守礼法的指路人。表兄的大半生是遭遇过挫折,经受过磨炼的,然而,他从不怨天尤人,坐叹命运不济,而是始终保持着一种乐观与担当的精神,相信只要努力明天会更好,对于一个普通人来说,能够保持乐观的精神和坚定的信念,是非常重要的。"少成若天性,习惯成自然",这也就不难理解几个出身于贫寒之家的孩子,在没有任何背景的支撑与传家财富的铺垫的境况下,能够办起公司,而且做得风生水起,实现了贫寒之家的华丽转身,他们凭借的就是优秀的人格与良好的品质,为自己的事业赢得了发展的机遇与福缘。"身修而家齐",表兄一家的兴旺发达,正佐证了这句千古名言所昭示的道理。

一个幸福的家庭离不开一个好的家风,这也就是我们今天的社会为什么要大力提倡家风传承。而一个好的家风离不开一个好的家训,这部书虽然取名《人生感悟》,但其实质上应该说是一部非常优秀的家训,字里行间洋溢着修养教化的意义,也表述着表兄对生活的追求,对人生的理解。毋庸置疑,它将会成为后辈儿孙精神上的指路明灯,会让他们终生受益,从这一点上说,这本书具有传承家风的重要意义,我想这也正是表兄写这本书的动机,那么这本书也寄寓了表兄对后辈儿孙的祝福与期望。

值得一提的是这部作品中,游记性文章也占了不小篇幅,但这不是一般意义上的游记,观山则情满于山,看海则意溢于海,表兄在表达自己对自然人文的崇拜和歌颂的同时,阐发出对人生的思考和感悟,同样会为我们带来启示。

目 录
contents

感悟人生 …………………………………………………… 001

亲情回顾

家世源流 …………………………………………………… 003
我的外公外婆 ……………………………………………… 004
我的父亲 …………………………………………………… 009
我的母亲 …………………………………………………… 014
我妻石俊梅 ………………………………………………… 019
亲家孙公 …………………………………………………… 021
环县参加石志朝儿子婚礼 ………………………………… 027
今日又清明 ………………………………………………… 029
家庭团聚 …………………………………………………… 030
母亲的酒饭 ………………………………………………… 032

生活追忆

我的童年 …………………………………… 037

农民生活 …………………………………… 039

学大寨夺红旗 ……………………………… 043

抓狼崽 ……………………………………… 046

贩　羊 ……………………………………… 048

拔麦子 ……………………………………… 050

上新疆 ……………………………………… 052

走西藏 ……………………………………… 054

去内蒙古 …………………………………… 056

进陕北 ……………………………………… 057

2016年除夕 ………………………………… 058

清明节 ……………………………………… 060

老乡聚会 …………………………………… 062

人生感悟

过　年 ……………………………………… 067

家教点滴 …………………………………… 068

自我节制 …………………………………… 072

戒　烟 ……………………………………… 075

活个明白 …………………………………… 077

家和业旺 …………………………………… 078

春节感怀 ································· 081

我为人父 ································· 083

人 ····································· 084

家　庭 ································· 086

父　母 ································· 087

夫　妻 ································· 087

兄　弟 ································· 089

姐　妹 ································· 089

婆　媳 ································· 090

儿　孙 ································· 091

邻　里 ································· 092

朋　友 ································· 093

论　理 ································· 093

承　诺 ································· 094

诚　信 ································· 094

成　败 ································· 095

气　度 ································· 096

教　育 ································· 096

孝　悌 ································· 098

依　靠 ································· 099

生　气 ································· 100

糊　涂 ································· 100

分段人生 ································· 101

成功　成熟 ······························· 103

解读境界	104
城乡融入	105
老　人	106
幸运与不幸	108
贤人和小人	108
量才用人　各尽其才	109
做一个合格的领导	109
吃　亏	110
苦其心志	111
犯错与批评	111
以业为家	112
成才教育	113
知识　素质　修养	114
儿女不是自留地	114
养成热爱阅读的习惯	117
家庭矛盾的解析与化解	119

人在旅途

青海五日	125
海南六日	130
五一探亲旅游	135
端午一路滨河道	138
羊羔肉及其烹饪	142

宁夏银川舰文化展览 …………………………………… 143

十一国庆长假 ………………………………………… 146

端午游记 ……………………………………………… 153

沙湖一日游 …………………………………………… 157

九寨沟黄龙游记 ……………………………………… 159

七日长假外出游 ……………………………………… 164

诗话人生

记父亲 ………………………………………………… 179

记母亲 ………………………………………………… 179

写自己 ………………………………………………… 179

写我妻 ………………………………………………… 180

写自己 ………………………………………………… 180

写儿女 ………………………………………………… 180

写我家 ………………………………………………… 181

写四害 ………………………………………………… 181

写人生 ………………………………………………… 181

写发病 ………………………………………………… 182

打麻将 ………………………………………………… 182

天　旱 ………………………………………………… 182

玩　耍 ………………………………………………… 183

祖　训 ………………………………………………… 183

劝　儿 ………………………………………………… 183

元　旦	184
春	184
夏	184
秋	184
冬	185
天　变	185
赏　雪	185
解　白	185
玩耍累	186
人　生	186
自　解	186
做　梦	187
下　雪	187
仁　和	187
储　真	188
看自然	188
过　去	188
孙女对话	189
奉劝人	189
盼　望	189
稳	190
做　人	190
搬　家	190
谋　略	191

劝　儿	191
癫　狂	192
天　冷	192
大　旱	192
劝　儿	193
想　家	193
兆鹏来家	193
耕　田	194
彭治生	194
学　易	195
思石孙堂	195
挖甘草	195
思玩友	196
来苏治杰	196
吊唁兆鹏	196
观雪花	197
思过去	197
除夕夜	197
元宵节	198
探　病	198
写石俊满	198
闲	199
汶川地震	199
写给工人	199

中宁有感	200
清水沟山顶	200
回　家	200
观窗花	201
除　夕	201
吊唁述评	202
孙公归仙	202
哀悼孙公	203
打火机	203
无　事	204
看晨露	204
生　气	204
工期紧	205
好学少成	205
回老家	205
流浪猫	206
看《薛仁贵》	206
看《百家讲坛》	207
持之以恒	207
晨　雨	207
都市下雨	208
浓烟雾	208
古　书	208
上崆峒山	209

观　霜	209
思古看今	210
二〇〇〇年	210
我老了	210
难达我愿	211
清明节	211
玉树地震	212
孔子学校	212
种　地	213
非诚勿扰	213
答七楼主	214
宣　泄	214
鸽鹞捉鸽	215
无　为	215
读唐诗有感	215
不顺利	216
发展经济	216
此生无用	217
笑老头	217
戒　烟	217
食甲鱼	219
糊　涂	219
看宁夏	220
草　根	220

梦家园	220
思故乡	221
观菊花	221
独坐想家	221
吃蜂蜜	222
检查有恙	222
中秋节	223
思古看今	223
秋　天	223
落　叶	224
引黄灌溉	224
沙尘暴	225
我已老	225
大扫除	225
司睿十二岁写	226
司旭六个月写	226
司林六个月写	226
看现在	227
下大雪	227
步行河边	227
创业难	228
天　冷	228
赶马车	228
夜静汇思	229

颂黄河	230
莲花山	230
看场地	231
北旱南涝	231
春　林	232
拜读张耀兄书	232
写自己	233
我老也	233
平　悦	233
孙公三周年	234
我师侯雄山	234
重感冒	234
表兄陈重发	235
我师张启明	235
心里烦	235
四个儿女	236
看陈重发兄书	237
读陈连书作品	237
中　秋	238
雁南飞	238
踏　霜	239
骄孙特写	239
孙女婚庆	240
婚庆大典	241

平轩深思	241
元　宵	242
回河南	242
愁　思	243
烦	244
清　明	244
二〇一七年初伏	245
做　梦	246
思亲家	246
救　灾	246
秋　思	247
醉　汉	247
季节交替	247
陈亲家	248
秋　尽	249
霜　冻	249
遥　望	249
冷却塔	249
夜　空	250
烟　雾	250
黄　叶	250
环卫工	251
烟　囱	251
妻　病	251

癌	252
家　谱	252
清　明	253
积　雨	253
雷　雨	254
逛广场	254
办年货	255
观孔雀	255
人　生	255
纳泄人生	256
九月九	257
重发表兄深情	257
张耀兄书法	258
张耀兄仙逝	258
读王志强老师书	260
敬王志强老师	261
大吊车	261
清　明	262
壶口瀑布	262
坎坷人生	263
写司寅	263
特大三天雾	264
雪	265
元宵晚	266

无为释疑	266
无　奈	267
夏至看日出	267
珍藏的记忆	268
回　首	268
端午节	269
热	269
纠　结	270
生　气	271
外孙半岁	271
雨	271
白　露	272
深　思	272
怀念陈重发表兄	273
成都看文勇	274
黄河长江颂	275
拍桃花	276
平　淡	276
生　病	277
拜读表弟书	277
自　解	278
想老家	279
目睹有感	280

友人文萃

道之所存,才之所存也! …………………………………… 283

赠道元挚友 ……………………………………………… 286

和挚友和一首诗 ………………………………………… 287

赠表弟马道元 …………………………………………… 287

感悟随笔之感言 ………………………………………… 288

为著书喝彩 ……………………………………………… 289

旱垣留记忆 ……………………………………………… 290

祝贺弟诗文集问世 ……………………………………… 291

为胞兄的《人生感悟》点赞 ……………………………… 292

父　亲 …………………………………………………… 293

我和妻子的求学之路 …………………………………… 297

亲情回顾

家世源流

我的先祖是元代迁往河南沁阳葛村居住的,距今七百余年。久经战乱和饥荒,先祖们大多逃往四面八方。我们也不例外。

我的曾祖父母,生两男两女,即我的祖父、二祖父和两个老姑奶。我的祖父母生六男三女,二祖父母生三男一女。老姑奶的家庭情况我不太了解。

清末民国初年,军阀混战,连年饥荒,抗日战争开始了,我们的家族四分五裂,东奔西跑为自己的生存而各自创造条件。

我家大伯逃往延安,娶妻生子,膝下有一男五女,现大伯、大娘已去世,子女现在生活得很好。

我父亲排行为二,十五岁就去太原学手艺。手艺学成功回河南,因经济条件限制,三年无法自己砌炉灶,没有办法生存,就跟二祖父步行到延安找大伯,因大伯在刘志丹部队工作过。结果人没找到,二祖父和我的父亲却走散了。二祖父回了老家,我的父亲靠磨剪子起菜刀挣点钱,没有活就要着吃,辗转南北,最后落脚宁夏。娶妻生子,有了我们。虽然我的父母已经去世,但是艰苦朴素、勤俭节约的光荣传统,我们永记心中,我们用自己的实际行动,告慰九泉之下的他们。

三叔死于抗日战争中,因尸首无存,至于他死于哪场战斗,谁也说不清。

四叔现健在。因少时家庭困难招赘他村,膝下有三男两女,现已成家,都生活得很好。

五叔于2012年农历九月三十逝世,享年八十一岁,是我们马家最有功劳的一位老人。因战乱饥荒各奔东西，家中一切事务都留给了五叔，他一共抬埋了我们七位祖先，三十二岁后才结婚，我五婶带来一女，后生堂弟海旺，虽然现在生活很好，但我的五叔一生多灾多难，头让日本人的炮弹炸伤了头，幸好活了下来，完成了各位亲人未能尽到的责任。只是王叔家庭困难，前半生的拮据，走投无路，他坚强地挺过一个个难关，才有今天，我衷心地祝愿您，我们这位有功的老人，一路走好。

六叔卒于饥荒，未能成人，六叔的情况，我是听人说的。

三个姑姑两个已去世，二姑还健在，高寿九十五岁。三个家庭的各位亲人，经济生活条件都很好。我非常高兴，多灾多难人的子女，有如此幸福的生活，真是让人欣慰。

我二祖父祖母都已去世，他们有四个儿女，我大堂叔死于日本侵华战争，二堂叔三堂叔现在北京工作，小姑也在北京工作。他们都儿孙满堂，和睦相处地生活，我非常高兴。希望我们的家族永远团结，更不要忘记，我们是一个多灾多难的大家庭，虽然因战乱饥荒，造成大家各居一方，但我们要经常互通信息，沟通往来，增强互动，让我们的亲情关系，道德情操，发扬光大，永不枯竭。

我的外公外婆

自记事起，我家住在汪家塬，外公和外婆住在离我们相距十几里的五里墩。外公姓余，大名余民金，外婆姓杨，老两口独居生活。外公外婆生了很多儿女，那时医疗条件非常差，得了疾病无处治疗，辛辛苦苦地付出，大部分都成了泡影。儿女有在襁褓中夭折的,还有几岁和十几岁夭折的,天灾人祸把外公和外婆折磨了一生。他们活下来的孩子只有两个女儿。大女儿是外公第一房妻子生的,她是父亲的第一房妻子,和父亲结婚十几年,得病医治无效,英年早逝,只留下我小姨一人。我母亲是父亲第二房妻子,和父亲结婚后认父亲第一房妻子的父母为爹娘。

外公是陕北人,外婆是甘南人。外公身高一米七几,五官清秀,非常憨厚朴实,宽厚的身板,背不驼腿不弯,留着长头发,脑后有一条长辫子,一直在帽子里面,还有一小撮山羊胡,穿衣戴帽非常讲究,非常绅士。外公跟人交流言语很少,大部分只是静静地听,很少议论他人的是非。外婆身体健壮,举止大方,和人言谈,你有来言她有去语,交流非常顺畅,是一个热心肠人。外婆能医治小儿的肺炎,男人的伤寒、凉病,女人的妇科不育等病。有人有病找外婆治疗,外婆就热情地答应,经常奔走四里八乡,解除了好多人的病痛,名扬三川两道,得到了乡下民众的好评和赞誉。

外公外婆一生辗转多地,解放初落户五里墩。我记事时,外公外婆住在一个烂院的一口窑里,没有木门,用芨芨编织的草门,挂一个毛口袋片门帘,窑东南是一个热炕,西北是灶台,家中设施非常简陋。小姨还没有结婚,我去了经常带我出去玩。记得我和小姨到一个老木匠家玩,老木匠姓刘,小姨叫他姨父,老木匠非常爱逗小孩,眼睛红红的,用两只手做出好多小动作吓唬小孩,我吓得躲在小姨身后,几次都把我吓哭,老木匠才罢休。

1957年,小姨和姨夫结婚,居住在计嘴子大队,外公外婆搬到了五里墩北塘刘家的一口窑里居住。我非常爱去外公外婆家,父亲那时在预旺铁木厂工作,父亲回家我就跟着父亲到预旺,下午放学父亲让五里墩的学生把我领到外公外婆家。曾记得领我去外公外婆家的两个学生,一个叫蛮娃,一个叫招娃。外婆给我做好吃的,外公抚摸我的头,牵着我的手到外面玩,走一会儿我就不走了,要外公背我,外公背一会儿放下,我还是不走,拽住外公的后襟左右摇摆,给外公撒娇。

　　那时外公和外婆是生产队的五保户,外公外婆不愿闲着,每年都给生产队种瓜,外公外婆是种瓜的好手,每年种的西瓜又大又甜,小甜瓜有花梨丝、小香瓜等,甘甜味美,清香怡人。瓜熟了,外公住在瓜窝棚,看瓜园,我和外婆住在家里,早晨外婆把饭做熟,我和外婆就给外公去送饭。到了瓜地,外公把熟透的花梨丝切开挖出瓜子,亲切地抚摸我的头让我吃瓜,说这个是闷倒驴,一会儿又给我吃另一种瓜,说这是胀死狗,我年龄小不知道外公逗我玩,还当瓜名就是这么叫的。外婆只是笑,也不给我作任何解释,外公饭吃完了,外婆拿上碗筷就回家了,我留在瓜地玩,吃完瓜,肚子一直圆圆的。下午外婆把饭送来外公吃了,我就跟外婆回家了,瓜吃得多,饭吃得少,晚上睡一会儿我就饿了,要吃馍馍,外婆点上灯,下炕给我取馍馍倒水,我吃饱喝足,外婆收拾好了,我也睡着了。一天哥哥来了,我叫哥哥快来吃瓜,我指着瓜说,这是闷倒驴,这是胀死狗,特别好吃,外公外婆捧腹大笑。哥哥见状对我说,这是外公外婆逗你玩呢,都是花梨丝。我这才知道外公逗我玩呢。哥哥来了,吃了瓜又吃过饭,背了两个大西瓜,领着我回汪家塬自己的家了。

　　低标准集体食堂时,人们的生活都非常艰苦,家中没有粮食吃,外公外婆收一些草籽,经过多道工序做成炒面,带话让我们去拿。我和哥哥去后,外婆给我们装了一升多莎蓬炒面,深绿色,涩、麻、苦,实在不好下咽,但能充饥。还有一点灰条籽炒面,吃时没有怪味,颜色和乌鸦一般黑。中午在集体食堂打饭,外公外婆是五保户,人缘很好,给管理人员说一下,多打一点饭菜,外公、外婆、我和哥哥一起吃了。我和哥哥吃过中午饭,外婆就打发我俩回家。过了瓦碴梁子到了东沟,我俩看到了红嘎啦萌子(一种野果子),就采摘起来,不知采摘了多久,我们上了石家庄沟沿,红日已经快落西山,回家还有十几里的路程,舅舅家就在石家庄,我俩怕舅舅家孩子分享我们的食物,就没有去舅舅家住,哥哥说快走,天快黑了。低标准挨饿的两个孩子能走多快,上了花路坡,天就全黑了。花路坡有几里没有人烟的山路,我俩走走停停,到了路壕里,对面山坡上两只绿眼睛瞅着我们,一会儿翘起了尾巴,绿光乱晃,哥哥说狼来了。哥哥让我在前面跑,自己背上炒面,挑炒面的长棍担在后面,当当作响。我俩快速奔跑,狼一直在我们后面十几米远,跟了我们有三里的路程,到了陈家塘子,看羊狗狂咬,狼吓跑了。父亲也迎来了,父亲听了我们的述说,吓得半天回不过神来,最后问明情况,大骂我俩一顿,说我俩贪玩,几乎酿成大祸。外公外婆知道了此事,我俩再去外公家回家时,外公都要把我俩送到沟沿,坐在那里,目送我俩走出很远才回家。

1961年,集体食堂解散,我也上学了,每年寒暑假,我们都去外公外婆家很多次。外婆是做饭的好手,墙上始终挂着腊肉,因为外公是杀猪匠,我们去了外婆削一点腊肉炒上给我们做饭,虽然吃到嘴里辣辣的,也是别有一番风味。做面一直是外婆拿手的,做的都是扯面。外婆做面可有技巧了,面和得非常软,划成条子,划多宽,扯多长都是那么宽。吃到嘴里筋、柔、绵,无人能比,现在回想起,还在流涎。

有一件事值得一提,五里墩生产队有一头毛驴,骨瘦如柴,驴脊背没有一根毛,满身骚痂,队长让外公饲养,外公看过驴后,给驴先饮了一些骨肉汤,第二天熬了猪大肠和萝卜汤,给驴灌了。又取了两碗小麦用水浸透,把水倒尽,让我在里面尿尿,说是童子尿是大补。一连几天,小麦早晚用水冲洗,然后让我浇尿,麦芽出来了,外公给驴分几次喂了。放了暑假,我去外公家玩,骨瘦如柴的毛驴,已滚瓜溜圆,长出一身非常漂亮的毛,见到外公喝叫不停,看似非常精神。包产到户以后,此方我派上了很大用场,每年都用此方法调养牲畜,我饲养的牲畜始终是农户中的耀眼之物。

1963年,外公外婆年老无力,无人照顾,经过大人的商量,外公外婆从五里墩搬到了计嘴子小姨家。计嘴子和汪家塬相距六七十里路,我们相互接触的就没有那么多了,因为大人忙,我们都在念书,一年能去两三次。去后小姨和外婆就给我们做饭,外公先抚摸我们的头,抓住我们的小手,双目注视,笑容可掬,长时间不肯松手。1966年,外公得病,医治无效,8月撒手人寰。外公逝世正是秋收大忙季节,生产队请不开假,父亲一人去给外公送终,我没能去,深表遗憾。外公去世以后每年我都和哥哥去给外婆、小姨、姨夫拜年,住上两三天,和小姨、姨夫诉说家长里短,和表弟表妹交流感情,然后把外婆接来我家游玩散心。外婆的本事挺大,我的几个孩子都是外婆接生的,外婆接生是行家里手,所以妻子生孩子,外婆非来不可。外婆故事也多,她小时候在甘南出生,距藏族住的地方不远,藏族男女草原放牧、能歌善舞,藏族的风土人情、婚俗习惯,外婆讲得头头是道。外婆还有奇闻异谈、自己的流浪生涯等。她说起来谈吐自如,大家听得津津有味。外婆在我家住两个多月就要回小姨家,我送外婆到预旺,有五里墩的人就把她接走了,也是故地重游,看望一些老姊妹和小辈们。回计嘴子小姨家,有时候姨夫或小姨接,有时候刘正贤的儿子就送回去了,因为刘正贤的老婆和外婆认的是姐妹。就这样每年如此,直到外婆年岁已高,行动不便,再无法来我处游玩散心,每年我们都看望外婆多次,直到1981年她寿终正寝。外婆去世时我在河南做生意,未能在家相送外婆灵柩,抱憾终身。

外公外婆去世以后,每年我们都看望小姨几次,我去小姨家,小姨就把家中最好吃的东西做给我们吃,对我们关怀备至,不是亲生,胜似己出。我们住上两三天就要回家,小姨家大门前有一个场,我们走后,小姨一直站在场里,遥望我们的背影,走五六里路,到张陆岔崾岘下坡,回头看小姨还站在那里,让人既留恋又难忘。有时候农闲,我骑摩托接小姨来我家散心,母亲和小姨相差二十岁,亲密无间,没事两个人趴在一起,一会儿说,一会儿笑,不知谈论着什么。遗憾的是现在她们都已去世,再也看不到她们的音容笑貌、聆听二老的谆谆教诲。

父亲有一句话真是警世名言:"有亲认亲常联亲情在,有亲无情不认又何奈。"从我经历的事情知道,父亲所说的话是千真万确的。所以,各位老人的言传身教始终是我的座右铭,做人要像各位老人好好学习,敞开胸怀,求大同,存小异,憨厚朴实地走完我的人生路。

我的父亲

我的父亲出生于1916年农历七月三十,正是军阀混战的年代,民众疾苦难于言表。我的祖辈也过着饥寒交迫的生活,家庭非常贫寒。祖父母膝下有儿女九人,都得穿衣吃饭,祖父母都是农民,瘠薄的一点田地,怎能养活如此众多的儿女,想想令人胆寒,大家穿衣吃饭都是问题,何谈读书学习受高等教育。

父亲家庭贫寒,虚岁十五岁时,去山西太原学艺打铁,让自己生活有保障,也能减轻家庭负担。父亲十五岁离家谋生,他没有现在同龄人的优越条件,只能自谋生路。在太原学艺四年零八个月,回家时老板发了四块银圆的工资,他步行回家,钱用于旅途的吃饭住店,回家钱所剩无几。自起炉火,最少也得四五十元钱,父亲家里困难,实在无法办到。

二祖父上延安找大伯,二十二岁的父亲背了一个起刀磨剪子的板凳,跟随二祖父来到延安,大伯在刘子丹处当红军。他们找到大伯所在的部队,只找到大伯的碗,没有找到大伯的人,四处打听,依然杳无音信。二祖父和我父亲走散了。二祖父回了老家,可怜父亲身无分文,有活挣口饭吃,无活就乞讨。辗转南北,落脚宁夏盐池大水坑,帮人做活挣了一点钱,父亲就自起炉火在盐池打铁为生。

父亲学的手艺是专打剃头刀,剃头刀打出三起两蘸水,父亲的火候把握得非常好,打出的剃头刀既轻巧又锋利,非常耐用,三乡五里都让父亲给打剃头刀。一把剃头刀用好多年,单一手艺无法长期生存,当地有一个老师傅打铁,父亲就给人家添锤学手艺,慢慢父亲也成了一个样样精通、鼎鼎有名的铁匠师傅。

大水坑没有集市,经人介绍,父亲来到下马关镇居住,娶妻未能生子,收养一子,我哥名叫来福。因两家铁匠铺相距太近,父亲就搬到相距百里之外的预旺镇居住,重操旧业。

解放初期父亲的前妻生病,救治无效,于1952年夏季去世。同年9月,父亲娶了我母亲,母亲带来我姐,父亲膝下有我哥,后相继生下我和弟弟,我家就搬迁到汪家塬生活。预旺镇个体经营解散,把有手艺的人都组织起来,办了一个铁木厂,父亲就在铁木厂工作,有几十亩地无人经营。家中招来一个帮工,还有父亲早年认的一位老爹,即我们的爷爷,持家指挥经营。没过几年,农村就搞合作化,又转变成人民公社,这时父亲还是在预旺镇铁木厂当工人,家庭其他成员都成农村户口。接着全国就搞起了"大跃进",大炼钢铁,父亲领一组工人炼钢铁,虽然工作很累,但生活有保障。农村吃大锅饭,那时候父亲省吃俭用,一月余一点钱给我们。1962年,铁木厂解散,父亲也回到农村当了农民。在大队支书的支持和鼓励下,1964年,父亲在大队办起了铁匠铺,为四邻八舍的农民打造农用工具、家庭用品等,直到六十岁回家,那时我已结婚有孩子,父亲就帮助母亲带孩子做家务,直到逝世。

父亲的一生是平凡的一生,做过的事让人回味无穷,记忆犹新。我就简单地讲几件事情,可以看出我父亲的为人。他三十多岁认了一个六十多岁的孤寡老人,给自己当爹。他还给三位外姓光棍掏钱娶妻成家,此事今天谁能够做到?认一个六十多岁的老爹干什么?听教诲,自己都已过而立之年,什么都知道;靠劳作,步履蹒跚行动不便,能做什么,要有何用?父亲这样的认识别人是无法理解的。我想这跟父亲给我们常讲的吃亏是福和积德行善有关，没有别的解释。但父母对认的老爹——我们的爷爷赡养得无微不至，尽善尽美，直到养老送终，尽到了别人无法做到的孝顺。爷爷临终一句话，现在记忆犹新，"全世界没有广东和创桂对老人的孝敬"，广东是父亲的名字，创桂是母亲的名字，多么难得的一句临终遗言，父母能够得到如此之高的评价，作为儿子，我们为你们的付出感到骄傲和自豪！给三位娶妻的人都是和父亲一样，是家庭条件十分艰苦的人，岁数都和父亲差不多，三十多岁还是光棍一个，父亲就给托媒筹钱，最终都给组成了幸福的家庭。父亲在世他们常来探望，相谈互述历历在目，所作所为让人敬佩，让我们知道了什么是大爱无疆。现在这几家都是儿孙满堂，这也是父亲做的令人称赞的一件事，儿女们感到非常欣慰和光荣，感谢父亲一生的耳提面命，用实际行动教育了我们，激励我辈用心脚踏实地地做好每一件事，活好每一天。

父亲一生视金钱如粪土。父亲在大水坑打铁，稍有积蓄，去中宁玩，到市场一看，市场活羊的价格两地相差很大，就回家买了一百六十只绵羊，自己前面联系市场，雇人后面赶羊去中宁贩卖。到中宁后几天不见羊来，父亲就返回新庄集，可怜父亲几年的积蓄都让赶羊的摇宝把羊赶进了"宝缸"。父亲把赶羊人大骂一通，以后不再提起，有人说让赶羊人赔，父亲说一百六十只绵羊拿什么赔，要钱就要要人命，这事是万万不能做的。

有一次我们都在生产队劳动，我没注意把一个姓张的人的一根绳子拉断了，姓张的人很不高兴，我就说对不起我给你赔，父亲不知什么时候赶到的，直呼姓张人的名字说：一根绳子要赔，我的十二领皮大衣啥时候给我赔，姓张的人听后二话没说，提绳就走，头也没敢回。事后我问父亲才知道，父亲的前妻我的大妈有病，父亲和大妈去平凉看病，姓张的自告奋勇给我家看门。那时交通不便，看病来回一月有余，都是骑的毛驴，回家后姓张的把父亲准备回老家缝的十二件二毛皮筒子，都摇进了"宝缸"，就这样，父亲没能回老家探望亲人。不是我把姓张的绳子拉断，此事我们是不可能知道的。现在一只绵羊七八百元，一件皮大衣好几千元，一百六十只绵羊，十二件皮大衣，想想今人谁能接受得了？父亲接受了，但两个人家庭困难也是事实，事后父亲不刻意提及。这样的事情父亲做过多少，谁也说不清。

父亲打了一辈子铁，没有进过学堂，不会写字记账，做出的铁活有钱付钱，无钱赊给，之后有钱再给父亲，实在没钱也就算了。有一次一个人偷走了一把铲子，父亲看到没吱声。我在一旁看到，回家后我对父亲说，你卖东西别人偷你咋不管？父亲说人家没钱才偷，有钱谁做那下三滥的事呢。父亲就是这样的一个人，逝世五六年后还有人给我父亲赊下的铁活钱。父亲逝世后没有给我们留下什么宝贵的东西，但他的大爱无疆的精神，在我们思想深处永世长存。

父亲有五个儿女，我哥是收养的，姐是母亲带来的，我和弟弟是父母亲生的，只有彭姐是二十几岁已经结婚后认的。父亲对待每一个儿女心公如水，没有偏颇，谁如果有异议，也是自己认识有偏差，绝对是一视同仁。父亲对我们的谆谆教诲、言传身教，说的一些做人的道理，让我们受益终生。

父亲为人处世绝对是童叟无欺，尽做善事，在我们心里时常种善念，经常丰富我们的心灵，我们做任何事情都决不能伤天害理，也使我们懂得了百善孝为先的道理，给我们奠定了人生的基础。

让父亲唯一抱憾终身的事，就是二十二岁从老家出门，再没有回家看望过自己的父母，没有在二老膝下行孝。那时兵荒马乱，交通不便，纵然是望眼欲穿，也没能如愿。我诚心恳求祖父母原谅父亲！两千多里路程，几十年没有回家，不能单身进户，如果带一些东西，步行谈何容易！要是现在交通方便，不去看望二老，那就大错特错了，祖父母在天有灵，孙儿再次请求原谅我的父亲！祖父母对父亲的言传身教，父亲常教导我们，我们听后倍感受益，铭记心中。

父亲一生的嗜好,就是爱吃肉。吃了喝了是落下的,这是父亲的口头禅。他从来不谋划干什么事情,有钱就买吃的,只要有好吃的东西,自己没钱借钱都要买,从不谋发家致富,他常说的一句话,糊里糊涂过好每一天。他生活非常讲究,只要有,一定要吃好,哪怕早晨吃了没晚上的,早晨吃好,晚上再想办法。父亲穿衣不讲究,穿旧一点都无所谓,穿暖和就行。

父亲是一个非常善良的人,常拿忠孝悌与友谊的思想教导我们:"男活四海,女活贤良。吃亏是福。人做好事,好事等人。上天有二十四个检查神观察着人间,记录人间善恶:恶有恶报,善有善报,如果不报,时间没到。"他遇事从不跟人斤斤计较,一生做事都是吃亏为本,也非常友善,谁家有事他都想帮,尽自己的所能,不计得失。但父亲做事首先考虑是否有伤害,如有伤害打死他也不会去做的。给别人挖坑、做坏事,在父亲思想意识里,想都没想过,更不要说做了。如果谁做了坏事,父亲知道就说一定有报应,绝不能好过。如果做了坏事的人家发生什么不好的事,父亲就说看报应来了嘛,就这样教育我们,让我们时时警惕,远离不道德的事情。

父亲有河南老家的口头禅,同辈或和父亲年龄相仿的人,见面就相互学舌、互相挤对,年轻的小一辈的见面相视而笑,逗着玩一会儿,大家都高兴。他上衣口袋啥时候都有水果糖,见小孩给一个糖,大人小孩都高兴。父亲一生一直笑口常开,从不和人结怨,帮助人是他做人的重责。记得一次残疾邻居严天丛拉麦子,车辕折断无法使用,父亲看见马上让拉来给修理了。严家特别贫穷,说姨夫以后我给你钱,父亲说快拉去使,谁要你钱。就这样分文不取、无怨无悔地帮助别人。父亲寿终,严天丛自告奋勇要做重活,我们都说你腿有残疾能来就行,严天丛执意要做,我们也无可奈何,只能满足他的心愿。

父亲的一生是平淡的,对我们的教诲是受益终生的。他与世无争,笑口常开,胸怀敞亮,不计得失,能和所有人打成一片。这难得的宝贵精神财富,净化着我们的心灵。

父亲逝世后，山川两道都说失去了一个大好人。给父亲送终的人真是人山人海。如果父亲在世活人不到，能有那么多人来相送吗？父亲虽然离我们而去，但他的精神激励我辈，一定要好好学习父亲一身正气，让父亲的精神长存我们心中。

我的母亲

母亲出生于1924年，具体月日不详。母亲出生的年代军阀混战，匪患四起，是日难耕、夜难寐、烽烟遍地的时期，人民正常生活受到了极大的冲击，流离失所。大部分人都是尽快地逃离难以忍受的混乱世事和生活处境，外公一家也不例外，也在逃难的行列之中奔波。

听母亲讲，那时她大概一岁多不到两岁，还不知事，外公外婆拖儿带口，到比较安定的地方度生。外公一条扁担，一头挑着东西，一头挑着自己的孩子——我的母亲。跋涉几日，外公觉着母亲是最大的拖累，和外婆商量把自己的小女儿丢在荒郊野外，盼有好心人见到能抚养，如遇不到好心人就让她听天由命，只能做狼虫虎豹的快餐。外公外婆拉着舅舅含泪离开，母亲哇哇大哭，舅舅八岁了，接受不了眼前的事实，拽开外公的手，去照顾自己的小妹妹，领一会儿，背一会儿，和母亲一起慢步跟随。外公外婆走了很远，舅舅和母亲一直跟在后面，外公外婆没有办法，又担着母亲继续逃难。在外四处逃难的几年，他们去过很多地方，没有自己的农田，到哪里都是饥寒交迫，难以为继。母亲说，当时的天灾人祸把她折磨得骨瘦如柴，寒窑冷得外婆得了鼓胀病，舅舅得了关节炎，外边的生活实在维持不下去，经打听，家乡局势有所好转,一家人回到自己的家乡石家庄。几年的漂泊流浪生活把所有人折磨得百病缠身,外婆回家无钱医疗救治,四十四岁就撒手人寰。外公家庭非常困难,未能续弦。舅舅也有重病长期卧床,当时母亲只有六岁,几位堂婶看到如此可怜情况,都怀恻隐之心,要照顾拉扯母亲。先是五外婆照顾拉扯,叔父婶子倒也照顾周到。封建传统遗风要缠脚,晚上大姨(母亲的堂姐)缠脚疼得睡不着,母亲睡着后磨牙,大姨听到就用鞋底打母亲的嘴。日复一日的折磨,母亲的嘴始终是肿的,牙龈一直流血,特别早晨起来口边全是血盎。外公看着自己的小女儿被折磨得实在可怜,和四外公外婆商量,母亲又寄养在四外公外婆家生活,在四外公外婆家又住了两三年。四外公外婆都非常憨厚朴实,对母亲宠爱尤佳,照顾也很周到,但对一个很早缺失母爱的小姑娘来说,还是有缺憾。四外公外婆有两个女儿,都已结婚,来到四外婆家,其母女团聚那种亲密无间的融洽气氛,母亲看到后,内心有一种说不出的奢望和诉求。母亲十一岁时,外公就在预旺城找了个大户人家,管吃管住,让母亲给人家看管孩子做家务,这一逗留又是几年,无依无靠的孩子,挨打受气暂且不提,十几岁的孩子,成日的劳作,筋疲力尽却无处诉说,就这样,母亲在外坚持几年,家里境况稍有好转。大舅给人打工也回家了,还娶了从陕西逃难来此地的一位女子,随后生有一子,小舅病残的身体也有好转,成了瘸子,拐杖再也离不开手了。大舅去大户人家看望母亲,不料被大户人家的狗咬得遍体鳞伤,回家得了狂犬病,医治无效,二十几岁走完了人生的路,不久大舅妈也改嫁了。一个残破不全的家庭又是雪上加霜。当时四外婆有几句话,是说外公家的,"老子光棍,儿棍光,留下个孙子没婆娘",听后让人心酸,这就是当时外公家的情况。在无奈之下,外公和四外公商量,把十几岁的母亲从大户人家领回,给两家人做饭收拾家务。听母亲说,那时没有布料做衣服,穿的都是毡匠做的毛毡衣服,夏天炎热穿着如上蒸锅,冬天冷风吹来透心凉,冬天冷可以找热炕,夏天穿一个长袖毡衣服热得难耐,穿毛毡坎肩,最怕来亲戚和熟人,来人要烧锅做饭擀面,十几岁的大姑娘敞胸露肩，羞得无地自容，躲又无处躲，十分无奈。这就是母亲的幼年和童年的一些经历，我几次提笔想把母亲幼年童年的经历溯源写出来，提笔泪如泉涌，顷刻思绪大乱，在无声的惆怅和焦虑中临事而惧。今天我付出了极大的勇气，把母亲的事写于纸上，怀念我的母亲，告诉大家不要践踏来之不易的幸福。

  母亲回家照顾两家的生活起居，几年后结婚。当地风俗，和自己岁数大小相符的人结婚，一般都是五六十块银圆的彩礼。外公家实在困难，经人介绍要一百块银圆的彩礼，把母亲嫁给一个大十八岁的姓户的人。三十五岁没有结婚，家庭状况、身体的优劣可想而知，就这样母亲无怨无悔地和丈夫生活在了一起，母亲在户家生了两个女儿，大姐得病夭折，二姐一岁多，母亲一家就过起了流浪生活，姐姐的父亲在外给人帮工，也就是"拉长工"，母亲给主人家洗衣做饭照顾家庭里外。母亲二十三岁得了眼疾，在深山老林无人医治，就用白布包青盐磨老锈刀敷眼睛，眼病没有治好，倒落了一个"鸡暮眼"，终身残疾，行动不便制约了母亲的后半生。就这样一家三口在大山深处，流浪五六年，辗转多地，刘马套子、冰草川、大胡掌、塘土洼、温汉渠等地。吃喝好坏不用说也可以想象，就说铺盖，一家三口人只有一条小纱毡、一床被子，姐姐和她父亲盖的是被子，铺的是纱毡，母亲盖的是雨簸箕。以前我不知道雨簸箕是何物，大了才知道是放牧防雨的雨毡，雨簸箕特别硬，四处漏风，所以冬天白天穿什么，晚上还要穿着什么睡觉，母亲说她经常"打囫囵"不脱掉衣服睡觉，铺的没有，只能睡土炕，这就是母亲青年时代的住宿情况。有一年青黄不接，家庭生活实在困难，举步维艰，去投亲靠友，在亲戚家住了几天，没有吃到一次的顺眼饭菜，还遭受白眼。我的舅舅做小生意买犁铧及时赶到，见到如此情况，给我的母亲一吊二铜钱，也就是一百二十个铜钱，算是渡过当时的难关。在外漂泊几年，姐姐的父亲本来身体就很差，又受到颠沛流离的生活折磨，五劳七伤集于一身，只能回老家求医治病。出门时赶的一头毛驴驮的家产，回家已经发展到四头毛驴，都驮着维持生活现状的设施。回到户家垣老家，马上给姐姐的父亲看病。解放初期医疗条件非常落后，没有专业的医生，也是乱投医瞎吃药，久经医治，病情不见好转，四十七岁离开了人世。母亲这段青年时代的生涯，苦不堪言，让人痛彻心扉。今天的幸福生活，都是先人悲惨经历的磨砺，激励我辈奋发图强，随着社会发展进步，才有今天的幸福生活，希望不要忘记历史，珍惜现在的幸福生活。

  母亲二十九岁经人介绍，和父亲结婚，父亲当时是一个自起炉火的铁匠师傅，有稳定收入和住房，生活也能衣食无忧，和母亲以前生活相比真是天壤之别，对母亲以前苦不堪言的生活也算是安慰。我们家庭的人事关系非常复杂，非常不好处理。我的爷爷是父亲认的一位老爹，和我们没有任何血缘关系。父母婚姻都是再婚夫妻，有句流行语，"女儿夫妻蜜和油，半路夫妻牛隔头"，哥哥是父亲前妻不生养抱养的，姐姐是从户家带来的，我和弟弟是他们俩亲生的，一家人的关系人们都说是"砖头瓦块"对的一家人，还有邻里的关系，都是要面对的重要关系。母亲很小就失去了外婆，虽然有外公，外公在母亲结婚不久也去世了。母亲是缺失父爱母爱的人，所以对我爷爷非常孝顺，数十年如一日，关心备至，留下了美名，流传后世。母亲和父亲的关系处理得很和谐，父亲大男子主义，母亲从不计较，父亲做什么她也从不过问，很少和父亲吵架，总以微笑应对。我只记得在哥哥、姐姐的婚姻问题上两人吵过架，以后的事实证明母亲的观点是正确的。对于我们四个儿女的成长，虽然血缘不同，母亲做事却没有任何的偏颇，一视同仁抚养我们长大。母亲和邻里的关系处理得非常融洽，从没有和任何人发生过是非口角，特别是对孤寡老人关爱尤佳，谁有困难尽自己的能力，解囊相助，从不吝啬，因为她曾经就是最可怜的人，也接受了好多好心人的援助。曾记得村里有几位和我家非亲非故的孤寡老人，来到我家向母亲哭诉自己的艰难，母亲好言相劝，做饭让吃了，临走还给一些东西帮助解决眼前的困境。

母亲前半生是颠沛流离，居无定所，食不果腹，无可奈何的半生。后半生是为我们操劳，身体疾病缠身，边劳边药的半生。母亲一直是一个老病号，风湿性头痛，视力逐渐减退，肠胃不好，恶心呕吐，高血压等病，无情地折磨和摧残母亲的身心健康。西药中药都是母亲的日常必备之物。西药那时医生处方开出几样，取药师按处方取好，都是用纸包着，母亲拿回家用小瓶装好，按医嘱服用，从不停用。中药一抓就是几大包，早晚各吃一顿，连续能吃十几天，外面的窗台大部分时间都一直在晒药渣，晒干放在草里喂牲畜。母亲一直跟病魔作斗争。就这样，母亲边吃药边操心我们的衣食住行，让我们始终有一个安心的生活环境。

母亲是一个非常普通的人，朴实、厚道、淡定，从不在人前庸人自扰，更不议论他人是非，别人在她跟前说什么，她都洗耳恭听，从不发表任何观点，以表情达到沟通，让他人满意就行。我们如果听到什么，别人走后，母亲就暗嘱我们，让我们出去不要透露原情。母亲说，把别人的闲话说出去就是是非，让我们不要跟着别人打露水惹是非，影响我们的名声。还说，议论别人是非，是社会最不和谐的行为，要引以为戒。人生在世哪能一帆风顺，必定有磕磕碰碰，我们如果和谁发生口角，母亲知道后，教我们的不是忍忍，就是让让，无论如何不让我们和他人正面交锋，防止矛盾扩大。母亲的谆谆教诲让我们受益终生，也为我们的做人打下了坚实的基础，才有我们现在家庭的和谐共存。

母亲的人生经历和现在的生活相比，天地悬殊，母亲一生太可怜了。幼年的流离失所，青年的生活无以为继，中年的家庭调节用度，老来的病魔缠身，一生没有幸福可言，落笔时我心情非常沉重，人都爱写锦上添花，可母亲的人生，我每每提笔，总是泪水止不住地流着，有时泣不成声，抹着眼泪，扔下正在写的书稿，弃笔而去。写写停停，艰难完成初稿，经过多次润笔，才把母亲的伤心流泪史写于纸上，这也是母亲的部分经历，不是母亲的全部历史,好多我都不愿写于纸上,就希望这能给后人做一借鉴,让我母亲的艰难困苦的生活公之于世,希望大家认真对待现在来之不易的幸福生活。

我妻石俊梅

我妻子石俊梅1951年出生于同心县张家塬乡汪家塬村一个父母双残的家庭。解放初期虽然有少许土地,但是因为家里没有能力置办耕畜和设施,褴褛中的她就跟随父母给别人打工,过着四处游荡的生活。1956年合作化后成立人民公社,父母才带他们兄妹安居祖屋。

正当石俊梅到学龄七岁时,其母亲动了两次大手术,她是家里唯一的女孩,只能照顾一家人的衣食住行,耽误了最佳学习机会。十三岁时,她母亲身体能够自理,但是同龄的孩子初小已经读完,自己从头再来已不是一件易事。在其父亲的旧观念中,女孩子将来就是家庭妇女,做贤妻良母就行了,读书学知识有何用?所以农村办的夜校跟读班她也就没能如愿以偿地参加。

贫苦家庭的孩子,从小就养成了吃苦耐劳的好习惯。石俊梅十三岁开始劳动,因为积极上进,博采众长,十六岁加入中国共青团。此时正是农业学大寨、兴修水利、平整梯田的时期。她以自己的苦干、实干赢得了大家的认可,被评为劳动模范,成为铁姑娘队队长。她农忙劳作在田间地头,农闲平田整地、打窖蓄水,以优异的成绩获得了各级组织的赞誉和表彰。二十二岁时,由于她政治上立场坚定,工作中积极进取、模范带头,生活中爱憎分明、乐于助人,顺利地加入中国共产党,成为一名光荣的中国共产党党员。

成家之后,我的妻子由群众评选,被推荐为生产大队副支书、大队妇联主任。她任劳任怨,带领大家劳作在劳动第一线,工作认真、劳动踏实,起到了示范作用。在经过县党校的培训学习和培养后,二十三岁被评选为县妇联副主任、公社妇联副主任、大队副支书、妇联主任。由于成绩显著,她的名字也被列入了《同心县县志》里面。对于一个没有什么文化的农村家庭妇女而言,这是莫大的荣誉!

妻子以共产党员的身份严于律己,以身作则。在大队工作期间,她以自己的实际行动带领大队基建队六十多人,常年在山坡平整梯田、兴修水利。土地得到了良好的水土保持治理,起到了稳产高产的作用,成绩也得到了各级组织的认可。1979年9月,她得到了全国妇女的最高荣誉——"全国三八红旗手"。奖章到现在还完好无损,上级部门多次拍照展示。在第二次全国农业学大寨会议参加人员的名单中就有她。因为当时她正在分娩之际,未能参加国家的代表会议,留下了终身的遗憾。

在任职十几年中,妻子兢兢业业、克己奉公,做出了优异成绩,得到了各级组织和群众的认可,自治区还为"村妇联"奖励锦旗。她经常名列光荣榜,荣誉证、奖状应有尽有。改革开放后,各级组织需要知识化,她已无能力担当重任,退居二线相夫教子。

妻子退居二线后,赡养两位年迈的老人,对他们无微不至地照顾,得到了父老乡亲的认可,孝子之名远近皆知。20世纪八九十年代,大家都响应中央号召,生产责任包产到户,大家共同发家致富。她把所分到的生产资料及设备操作得得心应手,做到了巾帼不让须眉,里外都是一把好手。

妻子由于在以往的工作中没有文化而受到很多制约,所以她知道知识的重要性,在后期对孩子的教育中,循循善诱,常抓不懈,宁让自己吃苦,不让儿女辍学。她深知"非学无以广才,非志无以成学"的道理。她经常督促教育儿女,少年辛苦终身事,莫向光阴惰寸功。四个孩子都以优异的成绩读完了大学。应了名家的四句话:"宝剑锋从磨砺出,梅花香自苦寒来。""千淘万漉虽辛苦,吹尽狂沙始到金。"孩子们以自己的成功报答了一位含辛茹苦的母亲,现在也算小有成就。真所谓:"长风破浪会有时,直挂云帆济沧海。"

相夫教子,四个孩子相继大学毕业。德不孤,必有邻。妻子又被群众推荐,加入村支部领导班子,以一个优秀共产党员的身份,献言献策根植新农村建设和生态建设,来履行一个共产党员始终是人民公仆的带头示范作用。直到儿女不忍母亲羸弱的身体再受到摧残,搬进了省城,这才遗憾地脱离了为人民服务的岗位。

亲家孙公

孙公出生在1941年,生活在一个靠农业维持生活的家庭。时年兵荒马乱,匪患四起,没有安定的生活来源,难以维持正常的生活,生活非常窘迫。日本侵略中国,给中国人民带来了极大的痛苦和伤害,祖国山河破碎,瓦砾一片。孙公出生的这个年代,也是中国人民共同抗日的时期。1945年抗日战争胜利,日寇投降,紧接着开始了解放战争,生活更是雪上加霜。1949年全国解放,赶走了蒋家王朝,打倒了地主恶霸,人民分到了田地,大家才过上了安定的生活。

解放初期,政府非常重视教育,旧社会想都不敢想的事情,农民的儿子有幸开始读书了。孙公少小聪明过人,过目不忘,在校始终名列前茅,很快读完了初小高小,读初中在百里之遥的县城。久经饥寒交迫生活折磨,弱不禁风的身体,怎经得起水土不服,胃痛让他无法直立行走,经校管会研究暂时休学,病好后再续读。哪想这一离学校,就成了终身遗憾。父亲得病已离开人世,家庭没有男人操持,孙公就成了家庭的顶梁柱,求学的愿望再没能如愿。

孙公虽然辍学,但他求学上进的精神并未松懈,我村有一名老先生,他是隆德县的师范生,老先生博古论今解千古,慧眼识丁育俊杰,孙公常跟老师彻夜长谈,聆听老师的谆谆教诲,受益匪浅。孙公勤学好问,文化程度日见增长,在领导的推荐下,他十八岁就成为一名小学教师,教书育人孜孜不倦,转战几地口碑良好。

孙公辗转几地找到了自己的心仪伴侣。胡氏姑娘容颜秀丽,身材端庄,婀娜多姿,真是才子遇佳人,结婚后两人过上了甜甜蜜蜜的幸福生活。

二人几年时间相继生下儿女五人,捉襟见肘的生活更是雪上加霜。因孙公在大队主持工作,家庭的费用、生活的艰难都落在了贤内助的身上。贤内助既要操持家务,又要坚持每日出工,生活窘迫,衣衫简陋,很快一改昔日的风采。

孙公教书育人几年,为人忠厚,既有原则性,又有责任性,所作所为群众耳闻目染,大家极力推荐让他主持大队工作,才二十几岁,上千口人的生活重担就压在了他的身上。他不负众望,认真履行自己的职责,希望大家能丰衣足食。他走乡串户,和有经验的老农促膝谈心,总结当地的自然地理条件,如何精耕细作让农业达到丰收。老天不负人愿,孙公1963年当选村书记,1964年就是一个大丰收。1964年"四清"运动,孙公也在被清算之列,群众的眼睛是雪亮的,别人都相继下台,唯都孙公没有找到一点瑕疵。领导班子重新改选,孙公还是稳坐"钓鱼台"继续履行自己的职责。

当孙公领导大家发展优势农业,早日脱贫致富之际,"文化大革命"开始了。我们大队在孙公的领导下还算平稳,没有受到重创。很快,汪家塬大队就成了先进集体。县级以下领导班子组织群众经常前来参观学习,那时的孙公领导的汪家塬大队真是如日中天。

正当孙公领导的大队蒸蒸日上之际,二小队一个社员放牧糟了几头耕畜。孙公既有原则性，又有责任性，会议认真批评了这位社员，这位社员是贫农代表，当时的贫农代表多么有知名度，就无理取闹和孙公大吵一架，孙公对不讲理的人无法理解。几日彻夜未眠，头痛欲破，卧床不起，几乎撒手人寰，经众人的劝解，再到各地求医，一年以后身体才逐渐恢复健康，稍事休整又成了人民的公仆，履行群众赋予自己的职责。

孙公在位二十余年，汪家塬大队值得一表。20世纪60年代初的汪家塬真是一穷二白，在孙公和各位领导共同领导下，到包产到户，汪家塬的变化真是天翻地覆。大队建设有八米宽四十米长的人字梁大瓦房会议室，开会、演戏、放电影都在里面，有八间一面出水的瓦房，一间会计室，一间出纳室，两间小会议室，两间医疗室，两间科研室，大队有如此多的房子，孙公办公始终在一个小土窑里，孙公是怎么严于律己，大家一看就知。

再谈谈大队购建的集体设施。在孙公主事期间，购置汽车一辆，跑长途；履带式东方红拖拉机一台，耕地；55轮式拖拉机一台、28轮式拖拉机一台，搞运输。建有一个机械修理厂，修理各种机械；一个养鹿场，繁殖种群，割制鹿茸，增加集体收入；铁木组，满足本村设施要求，还走乡串户为村里增加收入；大队基建队，县乡镇的基建都包来让村民做，增加村里的收入。当时这些都是全县的第一。20世纪70年代，汪家塬大队的固定资产，按当时的物价计算，最少也有几十万，按现在的物价衡量，几百万的家底不成问题。汪家塬大队的家底，别的大队望尘莫及，孙公对集体的事业付出了多少心血，事实就是一面镜子。

再说一下孙公对各个小队的安排和调度。他始终诠释着本村自然条件和地理条件。汪家塬是黄土高原地带，水土流失非常严重，孙公就号召各个生产小队组织平田整地基建队，成年在各个水土流失比较严重的山坡地，建造人工水平梯田。现在各队都有那时修的上千亩的人工梯田，老百姓现在还享受着旱涝保收的成果。

汪家塬是十年九旱靠天吃饭的地方，缺水是常有的事情。孙公就号召各队做一个大石涝坝，一年有余的时间，从十里开外的沟里背石头，背上沟台，再用人力车拉回各个小队，各队都做了一个能承载上百立方米的大水池，保证了各队的人畜饮水问题。

组织人员栽树育苗，成绩显著。到包产到户时，汪家塬的地变成了林网条田，路成了绿色长廊，南北走向的几条防风林带，真是抗旱保收的绿色屏障。各个山头有桃杏园，各队还有精果园，孙公的付出有目共睹，我写的付出只是农村建设一隅，这都是众目昭彰、有口皆碑的事实。

读书育人是他主事期间最大的追求。汪家塬的教育离不开他的心血和汗水。为了本村孩子能读好书，不跑远路，从不到两亩地的旧学校，搬到扩建二十几亩地的新学校。旧学校是土箍窑，新学校是崭新明亮的人字梁大瓦房，从一个初级小学转变为初中，又提升为高中学校；从三位老师几十个学生，到后来的二十几位老师几百个学生，四乡八里都来此读书。这样的发展建设，哪一样离开了孙公安排和支持！汪家塬的人才遍布全国各地。孙公为汪家塬村的教育事业，真是呕心沥血，从不计个人得失，难能可贵！育才功高有谁，孙公当属首屈一指。

再谈文化生活。孙公主持初期，组织有文化的群众，自编自演排练节目来丰富群众文化生活，有歌唱，有舞蹈，有戏曲。演"王老五"里面的虎儿娘、活剥皮等的演员，把人物演得惟妙惟肖，现在想起来还令人捧腹大笑。20世纪70年代后期，古典戏又登上了历史舞台，孙公非常热爱古典戏曲，就组织人员置办设施，找有一技之长的人来指导练习节目，不但丰富本村的文化生活，他还带领戏班走乡串户，把快乐带给西北各个乡镇农村，让各地的群众都享受着文化生活的快乐，最终还把古典戏带上了盐池县人民大礼堂。

孙公的为人公正。每一个群众的疾苦他都放在心上，他对群众的关心照顾无与伦比。对孤寡老人经常问寒问暖，对智力不健全的人，他更是无微不至的关怀，对农村群众的纠纷他处理得尽善尽美。曾记得一名社员犯了错误，开社员会批评教育，这个社员是个争强好胜的人，拒不承认错误，有一个领导一气之下要对社员绳之以法。孙公怕事情闹大，和这个领导据理力争，社员免除了一场祸殃。从此孙公声名远扬，成了远近闻名的大善人。他主事期间，对好的建议从善如流，对不利于团结的予以告诫。汪家塬大队在他的领导下，始终是一个和谐大集体。

孙公在主持工作的数十年中，汪家塬大队始终是自治区树立的典范、各地学习的榜样。孙公也是自治区内的风云人物，党代会、人代会、先进表彰会孙公是常客。大队得到的锦旗、光荣榜挂满会议室整个墙壁，他个人得的奖状光荣证数不胜数。孙公在自治区内闻名遐迩。

孙公的政绩有目共睹，出类拔萃，几次可以荣升，他都婉言谢绝。他的心里只有村里的父老乡亲。村里的脱贫致富、奔小康是他一生的追求。可叹包产到户打破了他终生的梦想，眼看自己辛辛苦苦创建的基业毁于一旦，自己实难接受眼前的事实，离开了久久难以忘怀的故乡，到县文化馆工作。因为他非常爱好文学和书法，本来文化程度就非常好，再经几年的自学深造，写出的文章真是字字如金，让人读后回味称赞。他书法本来就有功底，再经几年的练习，落笔点点如桃，撇捺如刀，横有回锋，竖有垂功，造诣高，成为自治区的书法协会会员，书法展他也是常客，宁夏、全国的书法展，也有他的笔墨。

孙公一生淡泊名利，主持工作数十年，两袖清风。村里的建设日新月异，群众的生活蒸蒸日上，自己的家庭生活却始终非常贫困。没有多余的口粮，没有多余的衣衫更替换洗。孙公不是指手画脚的领导，他经常和群众同工同劳，起着表率作用。孙公一心想的是集体发展，哪管自己家庭的丰衣足食，想想看，孙公是不是真正的人民公仆，忘我的付出自己得到了什么？

孙公的一生是艰难的一生，也是痛苦的一生，命运多舛的一生，七灾八难让人无法适从的一生。正在小儿和小女求学上进之际，和孙公相濡以沫的妻子得了不治之症，五十岁就撒手人寰。贤内助离世，孙公的情绪降到了人生的低谷，"老来折子，半路折妻"，是人生最痛苦的事情。孙公经历着失去爱妻无情的折磨，一年多时间都闷闷不乐，萎靡不振。有人劝解孙公续贤，他坚决不同意。怕伤害儿女的感情，就鳏夫独居。还好二女嫁在村里，每日照顾他的生活起居，慢慢小儿、小女都读完了自己的学业，相继成家。儿女们事业有成，孙公也搬进了省城，享受着人间的幸福生活。

住进了省城，儿女们非常孝顺，生活也非常幸福，孙公多年为了集体的事业经常劳累过度，身心经常疲惫不堪，还有无法承受的精神压力，无更点的俭朴生活，早就积劳成疾，心力交瘁，健康受到了极大伤害，不到花甲已满头白发。得病后，儿女们尽了最大的努力，也未能搭救下他的宝贵生命，不到古稀之年就扑入仙境。

孙公的逝世不仅是自己家庭的一大损失，也是亲朋好友、乡间群众的损失。在孙公的追悼会上，众人泣不成声，花圈满院，孙公生前的好友张耀先生，因身体有病，未能前来吊唁，写的一副挽联，记忆犹新："千里吊君唯有泪，半世知己皆因文。"也真实地道出了他俩的多年情意。送孙公的人，来自四面八方，人山人海，在当地还没有这样的送终场面。远方的朋友说失去了一个好同志，乡间的群众说失去了一位好领导，儿女们失去了一位好父亲。孙公的逝世，苍天落寒泪，儿女失亲人，乡里失灵魂。

我对孙公一生朝乾夕惕地认真工作，表示深切的怀念。

环县参加石志彪儿子婚礼

6月2日下午两点,我和妻子、儿子文彪从银川驱车去环县参加妻孙的婚礼。两地相距三百多公里,文彪工作太忙,在行驶的途中还要到工地安排所需的劳作任务,顺路带上文彪的舅母,七事八事途中耽搁,三点多我们才从吴忠动身前往目的地。

一路没有高速公路,虽然道路畅通,但车辆如蚁,小轿车、客运车、运输车等,都穿梭在一条马路上,道路非常拥挤,好车发挥不了优越的性能,只能在拥挤车辆中瞅准时机加速穿越,危险时刻出现,不幸运的大有人在,交警正在处理着善后事宜。我们算是幸运的。虽然道路非常拥挤,到处都在重修在建,不时的尘土飞扬,视角受限。时风季雨不时地陪伴我们的出行,也算路途跋涉的点缀,真乃暑月旅途迎淑气,惬意啊,惬意!现在的信息交流畅通,电话联系,七点我们到了环县的酒店。此时大部分人已比我先到,老一点的都是熟悉的面孔,握手、拥抱、捶打,发自内心的激动和喜悦,有说不完的心里话。侄子、侄孙大部分都是陌生的面孔,只闻其名不知其人的很多,看他们的精神面貌,个个都是英姿飒爽,精神抖擞,都是祖国建设的栋梁之才。

社会进步了,经济发达了,陈规陋习也逐渐退去,现在的婚庆典礼安排在了豪华的大酒店,婚庆的亲朋好友们吃住都在酒店,这样豪华,以前说什么也办不到,真是国家富强了,人民生活富裕了,才能有这样的幸福生活。真的感谢几十年的太平盛世,经过不断努力,人民的生活翻天覆地,才能有此盛景。

这样的婚庆典礼,这么多的人员参加,这么多的费用,得追溯几代人的渊源。我的舅舅从家风的传承,就能看出都是老实厚道之人。表兄老两口现在都是古稀之人,当了一辈子朴朴实实的农民,辛辛苦苦劳作一生,虽没有深厚的文化底蕴,但做人的准则把握得非常到位,能和所有的人和睦相处,平易近人,好接八方来客,不管亲朋好友还是过往的来客,让人既来之,则安之,来得高兴,走得满意,在社会上留下了好名声,也为自己树立起声望和威信。自己的言传身教谆谆教诲给后辈留下了深刻的烙印,儿女们做事不失先人的风范。亲友关系处理、和睦思想传播、吃苦耐劳精神深受赞扬,在集体氛围也有发言权。孙辈都是精英,既聪明又可爱,也是老两口辛勤付出的成果。

婚庆的当天早晨,有住店的,有远道而来的,都集中到了酒店客房和林荫之下容易交谈的地方,大家述说着家长里短和离别之情,有喜悦,欢声笑语,有惆怅,抒情达意。都用不同的方式沟通着人世间的生存奔波和悲欢离合。时间过得真快,总管招呼大家进酒店入席落座,我们也进到酒店大厅,一个硕大的银幕上播放着今日主角一对情侣的结婚影视留念。男的英俊潇洒,女的婀娜多姿,可谓郎才女貌,才子佳人天仙配,而立之年已经淬炼了高深的工作底蕴,如果谋划得当,发展顺利,将来的事业前途无法估量。

此时,礼炮齐鸣,接亲的两辆路虎、九辆霸道徐徐向酒店开来。一下人头攒动,洋溢起了热闹的气氛,双方亲家相顾,礼仪为先,握手执礼,互道祝福,把新人送进司仪设置的花海里。父牵女儿手,含情托衷情,以表爱子心。新郎新娘再牵手,达意表忠心,感谢养育恩,就这样双方融入了一个幸福和谐的家庭,终生相互扶持依托。贺喜的人们既高兴又羡慕,如此宏伟壮观的场景大部分人望尘莫及,大声为新郎新娘叫好祝福,希望自己将来也有如此人脉,办一场人情世故达三江的优越婚庆聚会。

中午十二点婚礼正式开始,奏乐鸣炮,司仪传递着礼仪的顺序,新郎新娘步入司仪设置的典礼大堂,立时饭店生辉。忙坏了摄影师,跑前跑后记录着当时的热闹场景。司仪履行着自己的职责,按规划的议程逐一进行。声调洪亮，出口成章，都是吉祥如意的话语，掌声此起彼伏。随后是颁证定终身，接证相依偎。敬酒认双亲，接福送礼仪。讲话述宏论，接洽全方位。客亲都喜悦，不分彼此谁。婚庆未结又是秦腔一声吼，西北的地方戏，是当地人的喜好，让人听后有种快感。孩童的奏乐、歌唱让人赏心悦目，小小年纪真不可小觑。此时，服务员已经摆满了丰盛的酒宴，花样虽然不繁多，但非常厚实，都是当地的特色，让人们品赏了另一番风味。酒足饭饱，大家各奔东西，忙自己未了的事情去了，我们也回家启程了。

今日又清明

时光如流水，每年一度的清明节我都要回老家去父母墓地祭拜，今年我的身体有点不适，没有回老家给父母扫墓，总觉着心里缺少点什么，寝食难安。不知是自己的良心无法安宁，还是自己的不孝惩罚着自己，总觉着有违为人子者对父母亲怀念应有的底线。凝神静思，父亲已经去世二十五个年头，母亲也去世整二十个年头，我也活过了六十五个年头。父母亲在世的生活条件和父母亲的音容笑貌一下都浮现在了眼前，肚内好像打翻了五味瓶，波浪翻滚，剧烈波动的情绪竟然无法自控，有种不达天愿的感觉。这样的感觉不是今天才出现的，每当有丰盛宴餐，都能激起我对少时和父母艰难生活处境的回忆，心中生出长长的遗憾。父母为我们付出毕生的心血，我现在的幸福生活父母不但没享受过，可能听都没听说过。我内心非常酸楚，就餐如嚼泥，没有一次和父母过去一起享受简单生活的香美之味，让人留恋当初和父母在一起的日子。

人是有感情的动物,谁又顾及眼前的真实感情呢?我也不例外。父母在世的时候觉着人就是这样,都在履行着应有的责任,哪想到随着时间的推移,父母离去越久,怀念的心情越难以忘怀,父母亲的音容笑貌,谆谆教诲,不时地浮现在眼前,让人深思而留恋。没有办法可以挽回,我只能把父母亲的照片放大摆在每日经过的显眼的地方,以告慰自己愧疚的心灵,但也只能相见,无法交流。有时想起以前的事情,真想和双亲再能认真交流一番,但这只能是奢望,无法实现了。

我写这些不知是我这个不孝之子的反思,还是所有人的共同心愿。希望为人之子女者,父母亲在世多尽一点孝心,关心父母亲的一切所需,不要让能做到的事情没有做,悔之晚也,免得将来自己内心愧疚,遗憾终身。现作首诗为怀念祭语。

春风萌芽嗜欲开,千树万树梨花赛。
谦谦君子归故里,初心不忘踏尘来。
行径鸟语山花烂,先魂遨游寒骨冀。
虔心未改爹娘唤,袅袅飘荡儿心安。
自然循环有盛衰,寒暑四季平衡在。
旅途终结居原野,祈盼焚纸香烟排。

家庭团聚

2017年3月中旬,河南老家我弟来宁夏,完成他的一桩心事,也是他完成自己应尽的责任,给儿子订婚。这得说一点缘由,2013年我侄子来宁夏和他哥哥一起在基建队工作将近四个年头,学历有了大的提升,工作也落实在宁夏,自然而然,归宿婚姻都得落户宁夏,所以就有了我弟前来为孩子定亲一事。

这是一次家庭聚会的大好时机,所以我就联系了在延安的我弟。延安我弟应邀前来聚会,首先是我为大家的团聚接风,在分手之际我弟道雄又为大家设宴。分久必合,合久必分,这是人间常理,也是人生必经聚散的客观规律。

接风是我弟海旺来的第二天晚上,因为第二天延安我弟马道军和我妹马飞燕、侄子马文虎及侄媳都来我处聚会。地点是六盘红酒店。延安的众亲人是下午两点半开车动身的。我们开车去过几次延安,大概都是四个多小时,所以六点多我们基本都到酒店等候,打电话联系近在咫尺,就是一下团聚不到一起,结果侄子的导航出了问题,走了许多岔路,最后才团聚在六盘红酒店,时间也八点多了。我和道雄在马路边等候延安亲人的到来,大家久别重逢分外情热,握手拥抱拉近了我们远隔千山万水的距离,寒暄一番大家相互谦让走进了六盘红酒店。宁夏和延安两地相隔甚远,大家不认识的很多,经我们双方老人介绍,几处家人又亲热接触一番。此时服务员已摆上了我儿女们准备为大家接风的丰盛菜肴。经过一番谦让,二十几人围绕一个大圆桌而坐。大家举杯互道祝福,在浓浓气氛中大家尽享美味佳肴,酒过三巡,菜尝五味,侄儿侄女们都频频向我们老一辈敬酒,感谢我们的养育之恩。随后侄儿侄女相互对敬,相互开玩笑和调侃,惹得满堂皆喜。我侄子马泰算是我们中间的公众人物,花样一波未平一波又起,逗得大家捧腹大笑,有时菜肴入口,激动得不能下咽,聚会的气氛是高潮迭起,是一场难得相聚的家庭团聚盛宴,事后让人回味,真切留恋。

时间过得真快,酒店又要打烊了,我们只能安排住宿,回归卧榻,来日再续。回家之后我久久不能入睡,热闹的场景,好似连环画,这篇谢幕,那篇又上演,翻来覆去已经午夜过半,在不知不觉中回到了梦乡。

次日天刚蒙蒙亮,我就起床了,我弟还在甜蜜的梦乡,我进到他们休息的卧室看望,询问他们休息得是否舒服。我弟蒙眬中看到我的到来,立马起床,说:二哥起得真早。早晨各自述说着自家的家长里短,有喜让人心情愉悦,有悲回顾生活残酷,虽然都是父辈留下的只言片语,也让我们知道了许多,以前的生活艰难困苦,大家各奔东西,现在社会稳定,经过大家的努力,都有幸福的生活,真是国家兴盛,人民才能安居乐业。几天相聚聊天都是谈论先辈们带给大家的福泽,也让我们明白了现在的幸福生活真是来之不易。

几天聚会后,大家不得不分手了,为自己生计,有忙不完的事情。临行之前,我弟道雄又为大家设宴送行,这次的酒宴设在世纪宾馆,人员众多,我侄子安排了两桌。可惜我侄子因为在党校学习,最后毕业典礼和当日送行在一个时辰,未能参加。虽然酒宴非常丰盛,没有我侄子在场的那种热闹气氛,加上大家又要分离的缘故吧,场面冷了很多,但是大家在言谈中对这次的聚会非常留恋,述说的话语还是让大家非常感动。希望各处亲人能多走动,或电话联系,互通往来,把我们的亲情关系长期保留下去。不要因为路途遥远,不能长期走动,就断绝我们的亲情关系。

母亲的酒饭

清明回家祭祖,哥哥嫂嫂给我们准备了家乡的美食,兔肉、油香、酒饭、包子,让大家尽情地享用。看到了酒饭,我想到了母亲。

我的母亲做的酒饭是乡村一绝。做酒饭的作料是一升燕麦两碗米,煮熟晾凉后放一个酒曲蛋,包好就算结束。看似简单,做起来却非常费工费时。先取出一升带壳的燕麦,浇少量的水,蒙一会儿,从中取出两碗燕麦倒在簸箕里,搓燕麦的外皮,搓一会儿,簸出一些燕麦皮。就这样反反复复把一升燕麦皮搓掉簸净,燕麦颗粒晶莹剔透。母亲就开始给大锅里倒水,再生火等水煮沸,把拾掇好的燕麦倒进去煮,煮一个多小时后,再倒两碗米,继续煮一个多小时。这时两样材料都煮熟了,此道工序就算结束。然后把煮熟的材料取出,倒在案板抹平,晾一个多小时,把酒曲研细撒在煮熟的材料上面搅匀,就装盆了。盆上面盖一个洋瓷盘子,抱到热炕上,用棉毯子包好绑住,上面再盖一层被子,做酒饭就算结束了。酒饭熟需要二十四小时。做的酒饭快到熟的时候,满屋子都是酒香味。那时没有表,母亲装好酒饭后就在太阳落下的影子画一道印子,第二天太阳的影子落到此地,就是时间到。打开层层包裹,满满一盆酒饭已经成大半盆了,酒饭上面一层白白的细毛。这时母亲就拿一个擀杖,转圈圈地搅,味道芳香四溢。我和弟弟站在酒饭盆跟前,母亲用擀杖上粘的酒饭给我们嘴里喂一点,酒味、甜味混合交错,味道让人咂舌。再放一个多小时就能食用,但越冷味越甜。多食用一点,如似酒醉,晕晕乎乎的。如果开车人食用了,经检查肯定是酒驾。

就这样,母亲成了当地的做酒饭高手,谁家做酒饭都请母亲帮忙。母亲有求必应,给谁家做出的酒饭都是香甜可口。乡间说这是手法,母亲做酒饭的技巧名扬乡里。曾记得几位县长贾世昌、马兆福,还有多位乡领导等来我们村蹲点,都知道母亲做的酒饭好吃,让母亲做酒饭一饱他们的口福。母亲做酒饭的名声也传到了当地及县乡。大集体时期,母亲无劳动能力,在家给我们看护孩子。生产队有一个养猪场,猪生长发育非常缓慢,甚至经常出现佝偻病。大队领导在报纸上看到养猪要喂膨化饲料。领导知道母亲酒饭做得好,就让母亲做酒饭来做发酵的曲子。每做一次酒饭给母亲二十分工,还能贴补我们的收入。酒饭做熟后做成小圆蛋当发酵配方的曲子。猪饲料经过二十四小时的发酵,有一股酒香的味道,猪非常爱吃,一槽食争抢着很快就吃完了,猪健壮了,还根治了猪的佝偻病,真是一大发明。母亲也成了长期做酒饭的人了。那时燕麦有限,就直接用黄米做,一样香甜可口,做发酵曲子一样管用。

　　城市菜市场也有酒饭,叫甜醅。我和妻子吃过几次,还不如大嫂做得好吃,比起母亲做的就差远了。回味母亲做的酒饭,又联想到了父母健在的音容笑貌,劳作辛苦,热情大方,朴实无华,特别是能和乡亲和谐相处,还有和别人交财最怕别人吃亏等,倏时萦绕我的脑际。我的父母啊,真是我一生做人的典范。艰辛付出一生,没有享受到我如今的幸福生活,翻来覆去无法入睡,我失眠了……

生活追忆

我的童年

时光匆匆,转瞬即逝,人的一生也只不过是弹指一挥间。光阴荏苒,岁月如梭,我现在已经步履蹒跚,儿时的欢声笑语、苦难生活,历历在目,恍若在眼前。

我家住在南部山区黄土高原,住的房子都是土坯箍的窑。土窑没有一点安全保障,秋天一下连阴雨,窑顶湿得可见水珠,随时都有倒塌的危险。人住在里面成天提心吊胆,唯恐有危险出现,人们只盼雨过天晴。晚上睡觉都是在火炕上,那时人穷,没有多余的被褥,几个人盖一条被,毡也很少。我们睡的火炕上铺的是竹席,一夜睡到天亮,身上压的全是席痕,摸一下有棱有角的,还沾沾自喜,唯恐即刻而逝。父亲在预旺铁木厂工作,只有父亲回家才能铺一条毡。能在父亲的怀里睡上一夜,真是莫大的幸福。

过去,记得我们家用的一口锅,锅底都是裂口,经过修补继续使用,锅底都是圆圆的铁疤子,是用生铁水浇按的,锅底钉的全是小铁马花,洗一次锅可得一阵时间。这口锅从我记事时用它,结婚后还用它,什么时候更换的我反倒忘记了。我家盛水的缸烂了,箍了几道竹圈,继续使用。吃的水是雨水蓄的窖水,窖一般都十米左右深,没有井泉可用。那时担水的水桶是用木板圈两道铁箍做的,非常笨重,稍微干一点就漏水。吊水用的是柳条斗子,窖深斗子漏,在窖里吊一斗子水上来就剩半斗子水了。那时的生活用具也非常简单,我家有两个缸,一个装水,一个腌菜。盆也有两个,大的发面用,小的和面做饭用,坛坛罐罐少得可怜。曾记得有一年天大旱,全村都没有水吃。河渠村我大姨家下了一场雨,离我家相隔三道沟十几里路,我和姐姐去大姨家讨水,没有好的家什,就拿了一个小口双耳坛去抬水。临走时大哥笑着说,坛坛来坛坛去,回来留个坛坛系。果不其然,我们讨水回来的路上,过沟路非常难走,在红柳沟摔了一跤,坛坛两处分离,水洒了一洼,也应了大哥的话。水没讨成,坛摔成两截,两截坛我们还是带回家,母亲粘粘补补还将就用了十几年。我现在已经住在了城市,煤气灶、自来水、电饭煲……应有尽有,使用非常方便,也非常卫生。现在和过去真是今非昔比,天壤之别。

　　童年的生活非常单调,记得早晨是黄米饭,配菜就是腌的咸菜和辣子,中午素面条也是一个咸菜,配醋、盐、辣子;晚上是煮土豆,再吃少许锅盔。那时没有机器加工粮食,推磨碾米都是石磙石磨,碾的米做出的米饭,始终有米皮掺和着,磨的白面做面条吃,锅盔是粗面做的,非常黑,感觉涩滞不好下咽。低标准时每人每天二两粮,还是集体大锅饭,打饭时排成长队,每人一碗,大部分是菜和淀粉搅和成粥。一碗菜糊糊如何能吃饱人?人饿得各个面黄肌瘦皮包骨头,春天见青剜野菜,挖红根(是一种土里的野草根)。夏秋粮食收割完,小孩子就去拾落下的五谷穗子,拿回家揉揉炒熟簸净,吃一口那味道胜过现在的山珍海味。冬天我们就在挖过的土豆地里找土里埋的没有挖净的土豆来充饥。那时的蓬蒿籽也是金蛋蛋,秋天人们争相抢收地里的沙蓬棉蓬,收回家捶些草籽,经过多道工序加工,也用来充饥。那味道真是涩麻苦,实难下咽!在没有任何食物充饥的时候,这就是最好的救济办法。现在我勤俭节约,都是那时养成的好习惯,现在有时看见糟蹋五谷,就想起昔日艰难岁月。

　　童年时经济非常匮乏,人对经济的重视非同一般,有时候为几分钱争得面红耳赤,不可开交,甚至大打出手。上小学学费五角钱,书本费四角钱,合起来不到一元,交不起的大有人在,妻子就是其中的一员。做一件衣服穿几年,那时小孩做的新衣是长袍,旧衣刚合体,打补丁再穿就成了半袖。我小时候长得比较快,春天做一条裤子,秋天就快到膝盖了。那时没有现在的布料,大部分是土布,土布缩水非常厉害,人长布缩,所以没多久就到半腿杆子了。一元钱三尺布,一条裤子不到两元钱,无钱再添一件,还谈什么内衣内裤。夏天穿的单衣就是冬天的内衣。记得父亲的一件棉袄,穿了整整七年,母亲的一件大襟皮棉袄,三十岁做的,七十四岁寿终,打开箱子还半新不旧的放在里面。过去穿衣真是新三年旧三年,缝缝补补又三年。还好,那时都有老羊皮袄,冬天天冷可以御寒。

那时一头牛一百多元钱,牛肉一斤五角钱,现在一头牛七八千到一万多元钱,一斤牛肉三十多元钱。那时一只羊十元左右,现在一只羊一千多元。过去一件衣服最多超不过十元钱,现在一件好衣服得几万元。昔日一斤水果糖八角钱,现在一元钱买一颗糖……今昔相比物价日益上涨,但民众生活逐渐好转,也是太平盛世的体现。

这都是我的人生经历,有现在的美好幸福生活,决不能忘记历史,不能忘记过去的艰难岁月。

农民生活

只要有智慧,三年可学一个生意人,十年寒窗可成就一个知识分子,可一生不一定能成为一个好农民。有句谚语"买卖人的钱水上帆,庄稼汉的钱万万年",这句话说明了农民赚的钱非常辛苦,来之不易。我当了四十年的农民,今天就把做农民的一些情况详细地述说一下。谁心底最善良淳朴而真实,是农民;谁无私地奉献不计得失,是农民;谁成日劳作汗流浃背,是农民;

谁鸡鸣去耕耘夜半回家中，是农民；谁一生默默无闻不计回报，是农民。

农村三世同堂、四世同堂的家庭比比皆是，五世同堂大有人在。如此和谐的大家庭，城市无法实现，城市大家庭一块儿生活也不现实。农村大锅台尺八锅，四层蒸笼，一家多少人吃饭都能应付。农村生活非常俭朴，一般一锅黄米饭、一个咸菜碟、一盒子辣子就是一顿饭。炒个洋芋、番瓜，萝卜下一锅连锅面也是一顿饭，没有太高的要求。这都是农忙时间的生活。农民油肉不少吃，自己喂个大猪腊月一杀，早上肉晚上肉，顿顿吃肉，油自产自榨没有约束地食用。肥正月瘦二月，饿死饿活三四月。腊月杀猪榨油磨面粉，正月尽情享受，这也是宁穷一年不穷一节的农民，二月春节做的东西所剩无几，也就是不好不坏的将就一月，三四月青黄不接，一般家庭都非常拮据，也是农忙时节吃了早饭忘晚饭，没有正常的生活规律，东拼西凑迎接夏收的到来。

农民的朴实、热情、憨厚，无人能比。如有亲戚朋友来家探望，猪肉片子炒鸡蛋，再有一盘炒土豆丝，配上油千层饼子，那味道没有美味佳肴比得上。臊子面又是一绝，把臊子炒好，面和好擀开切成长条，粗细可跟压面机媲美，口感筋、柔、绵。农民好客，热情招待客人，品味着美味佳肴，述说着家长里短，那感情交融真是其乐融融。

农村置办红白事时，杀猪宰羊，即使负债累累也要把事过好，以免别人议论自己操办不周。过事先请一两个总管，安排所需的一切运转，亲戚朋友乡里邻居来帮忙，总管安排得井井有条，有条不紊，招待员，做厨的，站桌的，端盘的，提茶倒水的，还有打杂的，一切安排就绪。娶媳嫁女是红事，养老送终是白事，红事人们都来贺喜祝福，白事人们都来祭奠追悼。所来之人都是礼客，招待客人一般都是忙三顿：传茶，喝汤，吃席。传茶是油饼馓子一杯糖茶，喝汤一般都是臊子饸饹面，也有吃碎饭的，碎饭是炒臊子下粉汤泡蒸馍，吃席是八人一桌上十大碗。吃十大碗有讲究，一般父亲叔伯娘舅不同席，爷爷孙子邻里可以一席而坐。十大碗制作有讲究，碗下面放的都不一样，四个碗是稀饭菜(烩菜)，配料是金针菜、粉条、萝卜丝，三个碗底下是萝卜切成的小长方形的薄片，两个干菜碗，一个豆芽菜碗。九个菜都是鸡汤、羊汤、牛肉汤烩的菜，唯独豆芽菜是凉拌的。碗上面有四个猪肉片子，两个红烧两个白片，丸子是每人一碗，酥肉切成菱形块，蛋卷切圆形，鸡肉、羊肉五样盖五个碗，就是十大碗一席饭了。一般家庭过一次事大概要准备四五十席，来客礼记了，一吃席就算结束。席的味道各有千秋，每碗各有各的特色，品尝味美令人咂舌。一般都是名厨操办，十里闻香急下马不是夸张。庄前屋后那真是香飘怡人，客人们恨不能立刻满足自己的口福。吃完忙三顿的人久久不愿离去，思之啥时候再有机会品尝回味无穷的美味佳肴。

谈完了农民的生活，再谈农民的劳作。耕死牛挣死牛，庄稼成了再买牛，稀了牛，疼了牛，庄稼瞎了卖了牛。这是农民的口头语，说明了耕田的重要。为了珍惜劳作的时间，一般鸡打鸣农民就去耕田，晨星稀疏露珠高挂绿苗，人扶犁把牛扯犁，二牛抬杠往来穿梭。牛背汗水和晨露融为一体，分不清二牛是什么颜色。天亮了，一垧地耕耘过半，牛疲人乏，稍事休息，观察耕耘的质量，是否满足自己的要求。

说起耕田，大有文章。掌握时间最是关键，特别是三伏天犁的地最好，"伏里犁一椽，秋里犁半年"。伏天犁地是最关键最重要的，所以一定要把握好。再就是精耕细作，第一要耕深，第二要耕细，还不能一顺次耕，头次扯长犁，二次就要打斜犁。耱后地面平整如水，刨开犁酥的浮土，下面全是箭头方。这样犁的地既保墒又容易蓄水，种下的庄稼才能有一个好收成。

"手扶耧拐鞭赶牛，脚踏疙块两只眼睛盯稀稠"。提耧下籽是农民的技术活，有的人一生做农活不一定能摆好耧。摆耧，两胳膊要夹紧，两手勤摇不能摆得幅度太大。好庄稼汉耧刹稳下籽又均匀，摆过去的地行距端直，株距匀称，这就是丰收的前兆。有的人做一生农民，摆耧一直是倒三角，摆出的耧就像水波浪，参差不齐，这就是减产的根源。

黄田在地龙口夺食,夏收秋割是农民最忙最累的季节。每日是朝出暮归,汗流浃背,饥不择食。麦浪滚滚心急如焚,就怕天有不测风云,成熟的庄稼毁于一旦。秋割的庄稼最怕冰雹霜来早,"观天瞅日头,一镰尽地头",这就是农民夏收秋割的真实心情。农民每户都种几十亩庄稼,可想而知,他们多么怕瞬息万变的天气。一年一度农民都在焦躁繁忙中度过,真是夏收泥塘过,秋割须眉白,烈日的暴晒,成日的劳作,只有苦熬时日,争取早日收藏,啥时候黄田收回家,农民才算长喘一口气,万粒归仓心里才踏实放心。

"扬场扬一个左右掀,掠场耍一个小红拳"。扬场,也是一项非常需要技术的农活。有的人当一辈子农民不一定能扬好场。扬场人身上的一个地方非常重要,就是脸蛋,那是扬场的风向标,如果掌握得好,扬场技术就掌握了一半。风大扬低一点抢硬一点,风小扬高一点撒开一点,这都要靠风向标来做决定。如果掌握不好,风大扬高全跑下行去了,风小扬低都落到堆上了。扬场的关键是拔堆折行掌握风向,拔堆没有技术,一直连毛滚,折行没有技术掌握不住风向,颗粒都往下行跑了。所以说农民的活看似非常简单,做起来实在不容易,父母生儿女三六九等,农民做农活的技巧是天悬地隔。

庄稼汉积肥,薄地上粪,如果不信,粪底子就是见证。农活做完后就是农民集结农家肥的时候,就是把牛羊猪圈垫的粪集结一起,开始碎粪,也叫搬粪。农民就这儿铲铲,那儿拉拉,集结所有能增产的肥料。唯独草木灰不能和这些农家肥集结在一块儿,因为农家肥是酸性的,草木灰是碱性的,分开使用,氮磷钾可以发挥作用,合在一起,中和后就什么作用也没有了,还破坏腐殖酸的正常发挥,使叶绿素不能正常有效地发挥作用。现在的农民也懂得科学种田,会合理配置肥料以达到增产。

"寸草铡三刀,无料也上膘"。这就是农民最关心自己的宝贝疙瘩牲畜的真实写照。喂牲畜是农民一生的任务。牛驴是人的帮手和载运工具,猪羊就是农民改善生活的必需品,但要牲畜膘肥体壮滚瓜溜圆,实在不容易,食槽圈棚要打扫干净,草料要搅匀勤添,毛皮要勤刷洗,牲畜才能膘肥体壮有精神。

纵观上述情况,农民太辛苦。没有多余的时间探亲访友游山玩水,都是在成日劳作中度过的。但各样精通实属不易,这就是我谈的一生不一定成为一个好农民的原因。做农民非常辛苦,也非常需要智慧。观天象做生产,分季候下籽种。看稀稠定籽种数量,节时看长势娇艳测丰歉,不分时间的进行田间管理。野草的根除,耕耘的按时操作,倒茬的合理应用,化肥的配比使用,病虫害的防治,观天色的防灾减灾,按成熟的含粉量收割,哪一样不需要经验和智慧,所以做农民是一本读不完的天书,非常难以精通。如果有人说他精通农民的一切运转,我可以说他自欺欺人不知天高地厚。

学大寨夺红旗

1975年秋收结束,也是1976年农业学大寨全国二次全农会议的前奏曲。大队召开全村动员大会,参考学习大寨的先进经验,平田整地,保水保墒,新修梯田。各队组织群众大战各个生产队的山洼坡地,为全农会议的胜利召开提前献礼。

那时农业学大寨已到高潮时期,汪家塬大队管辖四个生产小队,每个生产小队都有两个长期基建队,常年奋战在各个山洼坡地,平田整地,兴修水利。在农业学大寨二次全农会议即将召开之际,大队领导又号召群众开展全民动员大会,组织精壮劳力,各个生产队再增加两个基建组,大战一个月,为农业学大寨二次全农会议增光添彩。

基建队员都是三十以下二十出头的青壮年,我和妻子也在基建组的行列，但我们没有分在一个小组。每五个人一小组，四个小组一面红旗。每天下午收工之际，有专人丈量土方，哪个小组成绩显著，红旗就归哪个小组。红旗频频传递，人心不时都在沸腾，争强好胜是每一个人的心理，拿到红旗的组得意扬扬。劳苦一天没有拿到红旗的组，垂头丧气。

  每天早晨基建队员上工，真是一路高歌一路激情，把农业学大寨和给全农会议增光添彩的热情洒满村庄各个角落。现在回想起当时人为什么那样快乐，到今天我也说不清楚。那时生活条件非常艰苦，是农村从贫穷走向富裕的过渡时期，大集体口粮标准，群众的生活水平基本在一个水平线上，没有太大的贫富差距。经过热火朝天的苦干实干，八点左右大家停工吃早餐，虽然是粗面馍馍一壶水，但是大家吃得津津有味，超越现在吃的山珍海味。早饭休息大概是半个小时，之后又开始了你追我赶平田整地劳作，苦干加巧干，直到中午。那时没有准确的时间，看太阳端就是中午。劳作的人也都精疲力竭，大家各自回家吃午饭。四百一十四斤的口粮标准，谁家的生活也好不到哪里去。下午上工大家一述说午饭，基本上都大同小异，没有过高的标准。但是劳动的干劲真是十足，大家汗流浃背争上游夺红旗。

  我家有两把铁锹，一把好的铁锹每天都让我老婆石俊梅抢走了，次一点的取土方量不行，我就用家中仅有的几块钱，到商店买了一把大头新铁锹，第二天早晨又让石俊梅抢走了。我大发脾气，无奈我父亲又到商店赊了一把新铁锹。此事当时传成佳话，采访记者来平田整地现场采风，把我俩的事迹在报纸上还报道了，《夫妻修梯田争先进抢铁锹的故事》被刊登在《宁夏日报》上。在我俩事迹的影响下，大多数基建队员为了争先进夺红旗，都买了新铁锹，战天斗地奋斗在人造梯田的第一线。

  大干数日，个别队员身体素质较差，苦干实在接受不了，就退居二线。任宝堂当时是生产队长，他就把生产队的安排调动交给副队长来处理，自己亲自披挂上阵，和我们奋战在平田整地的现场。他是一个开朗活泼又有幽默感的人,干劲十足,幽默话也多,不时地惹得大家哄堂大笑。他身材魁梧,精神抖擞,也是初次上阵士气正旺,当天的土方测量核算,红旗就让他们组夺去了。任宝堂的那个得意扬扬,真是无法用文字来述说。

有一点值得一提,平田整地为了保证不让水土流失,还要能让集体粮食稳产高产,必须要科学地劳作。在平田整地的开始,先要找到带子田的中轴线,再测出上面取土的深度。比如坡上面取三尺土,坡下面就要提高到三尺五寸,做出的梯田有点反坡,才能保住不让水土流失。还要把上面的活土蛇蜕皮都要垫在上面,因为上面的土经过多年的犁翻暴晒,氮磷钾和腐殖酸都在上面,这样修的梯田来年耕种,既能保证不让水土流失,又能保证稳产高产,因为修梯田就是为了粮食丰收。

土地彻底封冻之前,经过一月的艰苦奋斗,我们组也夺了好多次红旗。特别夸张的是张兆红和妻子石俊梅那一组。张兆红都快三十的人了,如果他们组夺到红旗,在下午回家的路上,他就手举红旗蹦啊跳啊,红旗在空中高高飘扬,他的喜悦心情也随着红旗高高飘扬在九霄蓝天。妻子在现场无法和我一争高下,回到家中就和我相互挤对,要明天再一决胜负。就这样大家都是为农业学大寨二次全农会议的召开献礼,每个基建队员对集体的劳作无私奉献,今人无法理解也做不到。多天的艰苦奋斗,贫瘠的水土流失的坡地,变成了稳产高产的层层梯田。每个生产队基建队员都做出了优异的成绩,虽然人都是皮脱退相,但看到自己亲手修建的水平梯田,既完成了领导分配的艰巨任务,也向农业学大寨二次全农会议献上了一份厚礼,每个基建队员的心里都是甜的。

抓狼崽

1968年春季，大家都在人民公社大集体的管理下生活。有一天早晨，下庄生产队社员正在出工之际，放牧把式急匆匆跑到领导跟前，汇报昨天晚上羊圈发生狼咬羊的惨景。

由于牧羊人的疏忽大意，昨晚两只大狼跳进了集体羊圈，咬死咬伤数十只羊。大家到羊圈一看，简直是惨不忍睹，有咬死的躺在那里的，有没咬死还在挣扎的，还有让狼把皮抓掉血淋淋满圈乱跑的……羊经过惊吓，看人的那种眼神非常瘆人，稍有一点动静，东奔西窜不能安静。看到如此惨景，领导和社员集体研究，要消灭此害。

经过大家分析，两只大狼可能生有狼崽子。于是全民动员准备先抓住狼崽，再想办法击毙大狼。在大家齐心努力下，终于在两公里开外的一个一百多米深的沟壑里，找到了狼藏身繁衍的洞穴。领导马上决定，组织十几个精壮劳力，准备探穴先抓狼崽子。那时基干民兵都配备枪支弹药，几个有实战经验的基干民兵就带了枪，其他人就手拿铁锹、镢头和杀猪刀去深沟大战凶狠吃羊的狼，抓狼崽子。

在组织的十几个人里面，有两个人值得一提，一个是李登榜，一个是梁鸿太。两人都年近半百，都是经过大风大浪的考验，是走南闯北的硬汉子，都有着复杂的社会背景，方头大脸，环眼圆睁，虎背熊腰，身材魁梧，而且都是胆大心细，他俩是大家的总领队。一切准备就绪，大家浩浩荡荡来到了沟壑的前沿。大家怕洞里藏有大狼，情急伤害民众。几个枪法好的民兵在山的要害地方瞄准狼洞口,等有狼迹出现,好拿一个头彩。在大家各就其位以后,就开始放起了鞭炮,噼里啪啦声过后,洞里一点动静都没有,大狼可能出外觅食去了。大家小心翼翼来到狼洞,观其洞穴,是一个非常狭小的扁缝,人无法直接深入,梁鸿太在前面拿镢头凿山前进,大家用铁锹移土紧跟其后,李登榜在外面手持一把长长的杀猪刀负责安全。经过几个小时的努力,大家被汗水和泥土糊得不像个人样,但在纵深十米开外的地方抓到了七只狼崽子。大家看到狼崽子,又是喜悦又是憎恨,喜悦的是大家终于抓到了狼崽子,憎恨的是这七个小家伙要是长大又要危害多少生灵。就在大家高兴之际,沟壑四处尘土飞扬,大狼已经回来发威了。持枪的人赶紧放了几枪,狼看情况不妙逃之夭夭。届时大家抓住了狼崽子,高高兴兴平安回到村庄。

  狼崽子被抓以后,大狼在庄前屋后嚎叫个不停,领导再次决定,用狼崽子来诱捕大狼。这又是李登榜和梁鸿太担负的重任,经过仔细的考察,在有利的沟壑布下陷阱,等待大狼来救狼崽子时用枪击毙。狼也是聪明的动物,就和他俩玩起了捉迷藏的游戏,东边探头,西面骚扰,南边巡视,北面发威,前后左右时而现身,时而躲藏,不时地觊觎,搞得四处尘土飞扬,就这样,他俩没有任何机会击毙大狼。经过几天的昼夜折腾,他俩被搞得精疲力竭,虽然放了几枪,也是未命中目标,还险遭不测。就在他们没注意期间,聪明的大狼咬断了拴狼崽子的绳子,救走了狼崽子,逃之夭夭。

  虽然他俩没有完成领导交给击毙大狼的任务,但大狼救走了那只狼崽子,也远奔他方,从那以后再也没有发现狼的踪迹。可喜可贺的是,集体的羊只再也没有受到任何伤害和损失。

贩 羊

银南山区汪家塬是我的家,离预旺集市非常近,市场信息、变化我非常清楚,每年农闲时间我都贩羊,赚钱补贴家庭生活。

贩羊必须得准备几样东西方可上路:热天带冷天的衣服,以防天有不测风云;一根长棍以防狗咬,山里人居住都分散,一户都养两三只狗,打狗棒是必须准备的东西;再就是几天生活的干粮。说起干粮,里面大有文章,一般人做的干粮两三天就发霉,不是我夸我老婆,她做的干粮七八天都不发霉,她把面发酵好,往里面一直揉干面,啥时候揉不进干面,才开始烙锅盔,这样烙的锅盔好吃又不发霉。

东西准备就绪,就可和同伴准备上路。一般都是两个人一块儿做生意,出家门十里左右就进山,一般收羊都要走七八十里路,走过一山又一山,翻过一梁又一梁,到高山顶四处一看,到处沟壑纵横,再没有平坦的道路了,真是山大沟深人烟稀少。住户都是依山修一个崖面子,凿几孔土窑洞就是人的藏身之地,经济条件有限,住房的人很少,耕地都是一些沟台山洼地,农村作业非常辛苦。

到了我们收羊的目的地,得找一个向导陪着我们一家一户地收羊,每天早晨在羊圈收几个小时,收不够就下山找羊群再买。买羊不用嘴说,都是把手藏起来捏指头,俗话叫"掏雀儿",卖主先要多少价,买主再给多少钱,都是向导来回说和,价格一旦说好就给定钱,接着就给羊打号,这样就算生意做成了。我一般都出价比较高,山里一家一户都养羊,现在人都聪明了,卖的羊都已经说过几次价,也是我多年做生意的口碑好,所以我就容易收到羊。

收羊有件难忘的事。收羊晚上要住店,一般都和牧主,也就是一家之主住在一起。鸡打鸣牧主就起床了,开始炖起罐罐茶了。他先拿来一个草筐,里面盛满了干柴,干牛粪、驴粪蛋子,再提一壶水,拿几块干粮,然后把火生着了,开始炖罐罐茶。用一个小铁罐绑上一个自制的长把,铁罐顶部半面开口半面打几个小眼,里面装满破开的安化板子茶,少加一点水就开始煮茶了。一把柴火几个粪蛋浓烟滚滚,火苗扑闪扑闪,小火炉半面煮茶半面烤干粮,水开后用一个凉杯来回倒几回再煮,煮出的茶水可以拉线,这时才开始喝茶吃烤煳的干粮。茶喝得滋溜滋溜,吃干粮嚼得呱啦呱啦。清晨的瞌睡多么香甜,几经折腾睡意全无,看人家那种享受真是胜过吃美味佳肴。牧主看我已睡醒,就叫我们起来喝茶,人家喝的茶我们根本不敢喝,就喝人家煮过几次的茶,那滋味真是苦涩难咽,干粮烤得黑黄不均,我们没有天不亮吃东西的习惯,应付一下也算了事,这时我才明白窑洞为什么跟乌鸦一般黑,原来是喝罐罐茶烟熏黑的。

羊收齐往回赶羊可是一件非常辛苦的事情。羊是很多家收集的,赶到一起不随群,东奔西跑四处乱窜,一不注意就丢掉了。一路上碰到的羊群有很多,收的羊一看到羊群就发疯似的往去撵,人就得追跑开的羊,所以一个人根本无法赶羊。赶羊走五十里路,人就得走八九十里,因为个别羊跑来跑去,人要跟着撵来转去,所以赶羊非常辛苦,还要自己身体健康。记得有一次,我的牙痛,嘴张不开,一点东西也吃不进去,两天水米没打牙,饿得饥肠辘辘,还要赶着羊上路,一边赶羊赶路,一边羊还要吃草,身寒又遇连阴雨,那天下着大雨,我被淋成了落汤鸡,肚子的饥饿身上的寒冷,我的情绪落到了人生低谷,心想人生就这么的世态无情,为了家庭生活和孩子的学业,我已经到了举步维艰的地步,病魔还这样的折磨我,想到这不由泪如雨下。真是苍天下雨我落泪,心情难以平静。

时过境迁,昔日口吃黄连无处说的时候已成过去,现在有时如果孩子顶撞我,一下就如打翻了五味瓶,不知怎么,昔日诸多的甜酸苦辣就齐聚心头,真是欲哭无泪,谁能理解过去我的付出。往事不堪回首,我的儿女是孝顺的,一切都满足我的要求,我现在也算一个无忧无虑的幸福老头了。

拔麦子

宁夏南部山区属黄土高原地带,十年九旱,雨水稀少,土质松软,地面很少发生僵硬,所以种的麦子大部分都是用手拔,很少镰割。

麦黄豆黄,绣花姐儿下床。拔麦子是农民最忙的季节,龙口夺食全民动员。没有包产到户之前大人小孩都得上地,家中就剩老弱病残,上工时大包小提,熙熙攘攘,有说有笑都到田间地头。人基本到齐,队长一声令下,"下趟",趟官,是拔麦子带趟的,他是第一个下趟,谁也不能超越趟官。每人眼前四耧麦子,五人一组,四人拔一人捆。一般都有三十几组,那场面真叫一绝,八仙过海各显神通。

趟官一下趟,为抢先机,燕翅形排开,大家争先恐后,都怕落后。但拔麦子是霸王苦,人下趟就无可奈何了,只能三折子一窝,想躲奸溜滑,四耧麦子一堵墙,堵得你无处可逃,又无人帮忙,只能头顶骄阳烈日炎,脚下土汤上蒸锅,面如瀑布无时擦,汗流浃背争上游。拔麦子的人鸦雀无声,只听拔的麦子嚓嚓响,只有队长在喊。拔净放好,麦建子绑牢。

拔麦子一是要有力,二是要有技巧。有力有技巧的就拔得快,无力无技巧就拔不动。有力有技巧,一把抓两耧一尺多长,能不快吗? 无力无技巧,一是抓得少,二是抓得多拽不下来,所以就跟不上其他人。拔得慢的大多数都带着孩子给接趟,帮忙拔麦子。趟官的速度既保证数量,又让所有的人不要相距太远,以便保证质量。

大集体时地头从一端到另一端的距离都长。一般都三四百步,趟官一出地头大家也相继都出地头。拔得慢的有连带关系的给接接趟,大家都拔完出地头。大人小孩都是弓腰驼背,腰腿一时很难撑直,但一片麦浪倏时不见,只见左躺右睡的麦垛子。每一个人都汗流浃背,真是满脸污渍无新鲜,大家相看各有千秋,捧腹大笑互相挤对,还好一趟麦子算是拔出头了。

这时大家都准备缓干粮。妇女一般都带手绢擦擦脸,男人大部分用袖子把嘴和牙擦一下就行,先是喝水补充水分,然后就吃起了干粮。早到的找个麦擦有阴凉,迟到的拉一个麦垛子坐下。一家一户一小攒,同舟共济共同缓餐。如果跟前有一棵大树那真是天赐良机,大家都凑在一起,一边乘凉一边补充营养。拿出的东西花样繁多,有馒头,有花卷,有四五寸长的面截子,还有锅盔等。大家都津津有味大口吃起来,再有一根葱或一骨朵蒜,那就是特殊的享受了。谁家要是送来黄米饭,里面再掺一些地里新刨的洋芋,再有炒的洋芋菜,那真是人间一绝,堪比美味佳肴,无比鲜美可口,想起现在还在流涎。

男人都吃得快,吃完有条件的抽支香烟,无条件的就拧一根旱烟棒子抽起来。休息一般都是半个小时,大家又要继续下趟劳作了。

周而复始的数十天超负荷劳作,人都是黑里透红脱皮脱样,晚上休息,浑身疼痛难忍。黄田在地,第二天接着干!现在思之共苦同生,苦中有乐,其乐无穷。

上新疆

改革开放后每个人都在找发家致富的路子,我也不例外。在谋求如何快速富裕,1988年我三十六岁时,筹钱和亲戚一块儿上新疆做生意。

步行到预旺镇坐汽车到县城,把所需的一切都办好,再坐汽车到石空,然后坐火车到兰州,转车到乌鲁木齐。我是第一次坐长途车,三天两夜坐得我疲惫不堪,一路上只听咣当、咣当的车响声。车内的人有闭目养神的,有看书下棋玩扑克的,还有聊天的。我是一个不爱和人交流的人,就面对窗外浏览各地的风土地貌、山山水水。一路人烟稀少,经过的大部分地方都是砾石满地,碛石堆积,草木凋零,百鸟少鸣,牛羊不见。祁连山在火车南面,一望无际,北面是天山,白雪茫茫。一路经过武威、酒泉、嘉峪关等城市,也是改革开放初期,正在重修再建,没有看到多大的生机,也是在车上向外观看,大自然没有让人留恋和欣慰的感觉。

到乌鲁木齐后,街道纵横,人口密集,各族人民熙熙攘攘都为自己的生存而努力,维吾尔族人口众多。维吾尔族人身材魁梧,浓眉大眼,见到陌生人眼睛直巴巴瞅着你,给人一种不寒而栗的感觉,语言不通,我第一次见到这些人如此剽悍,一百多公斤的人多不可数,他们身上都带腰刀,有的腿上还绑有二尺多长的刀,一看就发憷,给人的第一感觉就是,和这些人做生意一定得注意,以防不测风云。

我们找旅社住下后,通过中介的介绍,很快就找到了卖主。经过翻译的沟通,生意很快就做成了,而且他们还非常友好,这就消除了我的第一印象,人虽然身材魁梧,却正直而善良,不欺行霸市,买卖都是公平交易,虽说身上带刀,但不是用来威胁别人的,是日常生活用具,我的顾虑也没有了,就有了以后我多次上新疆做生意的机会,也改善了我生活贫困的现状。

我们做生意是收羊绒,各地工商局管理得非常严,有时候抓住就全部没收了。记得一次我们在北疆口岸做生意,收了一吨多羊绒拉到我们驻地放好,出门一看山头海关人员拿着望远镜正在扫视着我们驻地,我们一看吓坏了,如果海关人员找到我们收的羊绒,就全部收没了,我们情急之下找了一辆汽车拉上就跑,一直跑到离边界不到一百米,有一个羊圈,我们把货快速藏好,留下两人看守,其他人又快速离开。回到住的地方,心想这下放心了,拿来水杯一喝,紧张得舌头长在了上颚上,拉得嗞嗞直响。发生的这样的事数不胜数,但我们一次次都是有惊无险,躲过一劫又一劫。有的人就没有我们幸运,被抓住后货物全部被没收,倾家荡产。我们做生意还算是幸运的。

以后多次去新疆,我对新疆有了一个全新的认识,这里人不但淳朴善良,而且热情好客。新疆地域辽阔,山川秀丽,物产丰富,水果和五谷都非常好吃,抓饭、拌面、大盘鸡都是我以前没有吃过的,不但好吃,而且做法跟我们当地大不相同。抓饭主料是大米、羊肉、胡萝卜,再加很多的调料,做出的饭极香又可口,但不是用筷子、勺子来吃,用一个大盘子把做熟的饭端到炕上的方桌子上面,人把手洗净用手抓着吃,所以叫抓饭。拌面是把面和好,有人来吃饭,厨子就把面像拉面一样拉开,经过多次的折扯,面像车辐条那么粗就下锅了,煮熟后用凉水一摆,盛到碗里,再炒一盘鲜辣椒炒牛肉,面筋肉香,让人吃后回味无穷。大盘鸡把鸡剁成小块,和青椒爆炒而成。吃大盘鸡就白面花卷,那味道别提多么的鲜美,现在想起来还在流涎。

新疆的水果更是一绝,哈密瓜、马奶子葡萄我们本地没有,香甜肉厚可算世间极品,苹果、大枣、梨、核桃都是新疆特产,味道都比我们本地甘美而香甜,因为日照时间长,昼夜温差太大的关系吧。

回首昔日,真想再去新疆品味美味佳肴和甘甜无穷的各种果品。我现在步履蹒跚,心有余而力不足,怕是很难实现愿望了。

走西藏

雪域高原我去过多次,第一次上西藏进拉萨是秋季。新疆和各地的羊绒大部分都已没有了,和我们一起做生意的同伴捷足先登,他从西藏收回的羊绒质量非常好,我们见到也非常眼馋,就筹资背包上了西藏,住进拉萨。

雪域高原地处西南,一路戈壁一望无际,山峦起伏,沟壑纵横,山顶白雪茫茫,气候变化无常,风和雨让人琢磨不透。世界最高峰珠穆朗玛峰就在西藏。我们一路都在海拔几千米的昆仑山上穿行,到了唐古拉山口,界碑海拔五千多米,到此我们乘坐的皇冠车胎爆了,师傅停车修理,我们下车方便一下,左脚一抬向右面跑了,右脚一抬向左面跑了,我们才知道海拔高,空气稀薄,外地人无法接受如此地理条件,停车修胎的一会儿时间,好多人都受不了,有恶心呕吐的,有头痛欲破难以忍受的,岁数大的氧气跟不上,面如土色半死不活的。我们在格尔木就听人说过,会发生想不到的各种状况,都带有各种药,马上救治,还好,车也修好了,师傅马上发车上路,很快下了唐古拉山口,大家慢慢都有了好转。坐车三十六个小时,我们终于到达了目的地拉萨,找到了旅社暂缓几日旅行的颠簸疲劳。

打了一会盹儿,疲劳好转。回味一路所见,历历在目,眼前一幕幕让人久久不能平静。高原的牦牛在牧民的驱赶下,正在丰茂的草地上津津有味地吃着青草。牦牛大部分是黑的,也有花的,尖尖的牛角光滑透亮,牛毛长可着地。各自吃着眼前的青草，很少拥挤。牧民穿着藏袍，一只胳膊露在外面，甩着长长的牛鞭，高歌一曲，声调悠长，给秀丽的草原增添几分生机。牧羊人赶着几百只羊放牧，有绵羊、山羊，争先恐后抢吃嫩草，牧民转来转去观察羊群周边的情况，领着牧羊犬，牧羊犬身大毛长活像狮子，看后叫人不寒而栗，时不时地吠上几声，山川皆鸣，狼虫虎豹都得望而生畏。

我们休息了一会儿，吃了一些自己带的糕点，就有人来和我们谈生意，我们跟着拉纤的人去看货。走在拉萨大街上，大街上有磕长头的人，一步一叩首，都在路边一起一伏叩拜不停。腿上绑有一层厚厚的东西，手上戴有手套，一直向大昭寺拜去。我们问向导这是从那儿拜来的，向导说远近不一定，有几十里的，还有几百里的，我好奇地问那吃的咋办！向导说先是自己背一些，随后家人骑马一站一站地送。多么虔诚的心啊！一步一拜几百里，多么的艰难，一路的吃喝都背在身上，对信仰多么的虔诚，看后令人久久难以忘怀。

西藏拉萨海拔三千六百多米，空气稀薄，有高原反应的人很难适应。水一般六十度就沸腾了。吃的东西一般都是六成熟，有胃病的人很难接受。我那时正是青壮年，拉萨生活习惯我还可以适应。通过中介向导的介绍和沟通，几天后我们把生意做成了，但运输非常困难，我们把货寄存在一个藏民家中。随后我们把货交给了军航给我们发运，10月2日我们就从拉萨坐飞机到成都。在成都我们等了十八天货才发来，为了生存，冒风险是常有的事，人要是躲避风险是无法生存的。

去内蒙古

内蒙古自治区也是产羊绒的一大地区。我也去过内蒙古很多地方,一般都是产羊绒多的地区。内蒙古给我的印象是,城市都不太整齐,没有街道纵横有序的感觉,但街门都有一副瓷砖镶贴的对联,都是吉祥话语、增寿添财、四季平安等。这里的人都是身材魁梧,方头大脸,显得非常精神,说话彬彬有礼,而且非常热情好客。

在内蒙古做生意风险非常大。内蒙古地处北方,天旱雨水稀少,风沙经常袭扰此地,沙尘暴时有发生,有时遮天盖日头,天地无光,风声如雷鸣一般。如在戈壁滩,风吹沙粒打在脸上,刀割一般疼痛。人顺风行走好似没有刹车,逆风而行寸步难迈。放牧时,好天气坏天气都得出去接受自然随时的变化,所以羊身上的沙粒厚厚的一层,产的羊绒沙粒非常多,无法估量到底有多少羊绒多少沙粒。我多次去内蒙古做生意,挣钱的机会少,赔钱倒有几次。真想挣点钱就要下牧场。牧民都住在山清水秀、水草茂盛的大草原,绿草如茵,百花争艳,百鸟争鸣,牛羊成群,马鸣萧萧,真有赏不完的大自然美景。牧民骑着马,甩着长长的鞭子,哼着牧地的民歌,轻歌曼舞,游来转去,几只牧羊犬跳来蹦去,自寻乐趣。多么丰富而优美的牧民生活,真让人羡慕如何能够融入这里。

牧民的蒙古包,圆形尖顶,制造精良。圆形的毡墙有门有窗,启开通风,非常凉快,关闭后又非常暖和。中间一个火炉烟囱直立屋顶,青烟袅袅,取暖做饭都在其中。一圈氆氇把地铺得严严实实,坐在上面非常舒服。吃的大部分是酸奶子、牛羊肉和酥油茶,五谷杂粮都是副食品。内蒙古牧民人高马大,大概都和饮食有关吧。

这次下牧场,经过几天努力,我们终于把羊绒收够了。牧民也非常憨厚和朴实,好绒卖给我们,次的有的给我们少算一点钱,有的就送给了我们。我们这次收的羊绒利润颇丰,就有了我们多次下牧场收羊绒的机会。集市羊绒我们很少染指,以防不测。

进陕北

陕北,峰峦重叠,沟壑纵横,树木遍布各个区域。这里林木挺拔,郁郁葱葱,山高沟深林密。

陕北城市大部分都是弹丸之地,地处半山高地,民众都是依山造屋,有钱的箍几只砖窑洞,无钱的就依山凿几只土窑洞。大部分都在沟壑两面。田地也是山洼沟台,没有成百上千亩的大块土地,还有改革开放农民新造的畲田。大部分种的是小麦、玉米、番薯、南瓜,其他作物也有,不是主产。人民生活非常朴素。我去了多次,吃的都是一些家常便饭。

在陕北收羊绒实在不好收,没有向导领说生意,一斤羊绒也收不到。如经向导介绍把生意说成一家,一个庄子的羊绒都能收完,一次可收几百斤。一个庄子大概七八户人家,一户养羊也就七八十只,是改良羊,每只羊产羊绒都是一斤或八九两,所以收完一庄羊绒就能收几百斤。以后我们每次去陕北都是先找向导,向导提成给多少说妥,向导找一个三轮车把我们拉上就开始收羊绒,沟沟岔岔转来转去,几天就能把羊绒收齐,付给向导提成,找一辆车装车运回我们的目的地同心绒铺子,一次的生意算是结束了。

我们去陕北收羊绒大部分都在甘泉县停留,在一个私人开的旅店住宿,每年我们去,房子都是干干净净的。这次我们去后,房子非常潮湿。我们问明情况,才知道去年秋天发山洪把房子淹了,是重修新盖的,所以房子非常潮湿。我们住的旅社在甘泉县旁边,也是地处半山腰的高地,山下七八十米深是农田,农田下面是水沟,水沟一百多米宽,六七十米深,可想而知去年秋天的山洪有多么的大。听店主讲,当时发洪水时,从他们住地到对面一两公里,全是白茫茫一片,波涛翻涌,响声雷鸣,我们站在那里,心情久久不能平静,这大概是雨大地方宽水源长,七沟八岔的雨水汇聚而来的原因吧。

我们这次下去收羊绒,下乡所到之处大部分都是重修再建的地方。听当地群众说,洪灾来时政府提前告诉群众撤离,真是伟大的祖国英明的党,虽然这次经济损失非常大,群众伤亡只是个别。以前我们去的一些低洼住户都已搬迁,群众的情绪非常低落,以前的欢声笑语很难见到,我们见到如此情况,心情也非常沉重。公平地收够了我们所需的羊绒,但天灾人祸给此地人和我们的心里造成的阴影,一直挥之不去,同时也明白了水火无情人有情的真实情怀。

2016年除夕

今年的除夕对我家来说是一个特别的日子。妻子生了一场大病,做了两次手术初愈,身体羸弱,没能像往年那样在家聚餐。往年由妻子主厨调百味,玩花样做出的食品,真是五颜六色,百味俱全,味美可口。阖家人团聚在一起举杯畅饮,互道祝福,忘却过去的辛劳,高高兴兴回顾当年的盈余,谋划来年的发展计划,喜笑颜开,谈笑生风,尽其口味共进晚餐。

今年除夕的年夜饭是在饭店聚餐的。我家一共十二口人,和女儿一家六口,十八口人在一起共聚晚餐。饭店装修得豪华明亮而温馨,特大的圆桌十八人就座富富有余。圆桌中间鲜花娇艳醒目,浓浓的香气芳香四溢,让人好似陶醉在百花盛开的游乐园中。各人面前的食具茶杯酒盏琳琅满目,应有尽有。热情的服务员陆续端上各种菜肴,五颜六色全是清真食品。山珍海味鸡鸭牛羊肉青菜糕点随时可以转到自己眼前,白酒是茅台,红酒是宁夏红,啤酒是奥夫特,茶是西湖龙井,如此丰盛的年夜饭,让人看得眼花缭乱食欲大开,不由人举杯庆贺共度良宵。酒过五巡,盛宴吃得也有点杯盘狼藉,每个人也都酒足饭饱。唯独妻子大病初愈,对荤腥五味有些不能消化,不能尽情地享用,只是零星尝尝,看得人也有点心酸。

这次宴会有几大亮点,第一我的儿孙无一落下,大家都兴高采烈地参加阖家欢乐的酒店盛宴。第二我亲家是青海人,难得和我们在一起庆祝佳节,也算多年一遇。第三在大家正用餐之际,我大孙儿马司旭才五岁半,在无人招呼的情况下,起来只身向大家彬彬有礼频频敬酒,问候的术语还接近实宜,让人非常高兴,小小的年纪有如此的举动,出乎所有人的意料,真是初生牛犊不怕虎。第四借助饭店的宽敞大厅,我们阖家照了一个全家福,真是不易。因为大家的工作忙和各种事宜耽搁,多年都是节到人未齐。今年算是了了我的一个极大心愿,全家福对我的出书也是浓墨重彩的一笔。

盼望已久一年一度的年夜饭,是几千年遗留的家风的传承。它蕴藏着社会和谐、家庭和睦,也书写着五千年文明史的传承,更饱含一个家族兴旺、生命延续的传递。所以,它是多么有意义的一个节日,对老人的问候,平辈间的相互祝福,对小孩的鼓励,都是由情而发。虽然短短的几句祝福语,能勾起灵魂深处波澜,让人认识到年夜饭储藏的是和谐共存的真实意义。

清明节

一年一度春过半,一年一度又清明。春风吹醒大地,百花含蕾,百草萌芽,百木秀枝,百鸟争鸣。人们聆听着大地的呼吸,怀着一颗感恩的心,清明扫墓,为铭记亲人。

清明为二十四节气之一,唐朝以前清明为寒食节。如沈佺期《岭表逢寒食》诗为证,诗云:"岭外无寒食,春来不见饧。洛中新甲子,何日是清明。"清明被称为寒食节的时间无从考证,但人们对怀念祖先的感恩之心始终没有变。这就是中华五千年文明史的传承。

清明节早晨踏青扫墓。因路途遥远,在晨星稀疏,东方还没有露出白色的边沿时,我们就上路了。街道灯光闪烁,亮如白昼,四面八方的车辆如蚁,争先恐后,汽笛长鸣,和我们一样都准备长途跋涉回老家扫墓,祭祀祖先,表达自己对祖先的一片感恩之心。

我和妻子带领儿子女儿女婿孙子一行八人,开两辆车,行驶约三百公里的路程回老家扫墓。城市有红绿灯的限制,走走停停,上了高速公路已经天蒙蒙亮。一路我们领略了大自然的无限风光,河套平原绿茵再现,晶莹的水珠挂在出土的青苗上,在微风的吹动下多么像无数双眼睛向人们致意,欢送你的归去,迎接你的归来。车速如飞,不知不觉我们已到丘陵地带,山岭障目,沟河纵横,好像大地刚刚睡醒,没有相互葳蕤争丰生机盎然的景象。转眼我们回到了自己的老家。我的老家是黄土高原地带,放眼望去好像大地还在熟睡,绿草刚刚出土,露出小小的尖嫩芽,播下的种子正在发芽,看不见春回大地欣欣向荣的景象。尽管如此,但毕竟是我的出生地,很多人情世故山川沟壑都让我非常留恋。虽然是回老家扫墓,但还想和熟悉的面孔频频接触,忆往日的岁月。脚踏自己的故土,回忆当年的艰难岁月,回味现在幸福生活,真是来之不易。我已离开故土十个年头,虽然衣食住行都有大的改变,但脑海中始终有抹不去的阴影。春种秋收苦苦熬煎,风调雨顺麦浪滚滚五谷飘香,天时不顺烈日高照禾苗如土,牲畜无有相应的饲料饮水嗷嗷在叫。生计盘算让人彻夜不安,何日天降甘霖,让人焦心暂缓。这就是我几十年农耕生活真实写照,也是我一生难忘的记忆。

我弟、弟媳、侄子先回到家,他们和大哥姐姐都在家等候。我们一行数人来到父母的墓地,向四周看看墓堆有无损伤,一切皆正常才放心。我们带回了十几棵树,就在墓地的两边开始栽种,为了提高成活率,我们还拉来一大桶水,挖一个坑种上树,再浇上水,力求保证成活,不要枉费苦心。一番的忙碌,总算大功告成。我们开始向祖坟献花圈,祭奠果品糕点,集大家的心愿果品糕点非常丰盛,摆了好大的一片。我侄子马泰还给自己的祖父母每人点了一支烟,孙儿知道爷爷奶奶在世都有抽烟的嗜好,略表寸心。大家准备的纸钱非常多。各个小家的纸钱集中,放了一大摞。用打火机点着,火苗轻轻扑闪,青烟纸灰袅袅上升飞入长空。火苗越烧越大,近距离无人能接近,只能远距离拿长棍翻拨。虔诚的呼唤声响彻天空,爹娘、爷奶、太爷太奶,拾钱来。小辈的叫声,各表明自己心态。无奈,我只能回忆父母生前的音容笑貌,谆谆教诲。数十分钟过后,所有的纸钱都化为灰烬,我们只能双手鞠躬,跪拜奠酒,告别祖灵。

扫墓结束,我们来到大哥家,大嫂端上了热腾腾的羊羔肉,香味随着大嫂的脚步声迎面而来,不由人食欲大开。我们赶紧洗手落座,开始品赏老家的美味佳肴。大嫂的手艺本来就好,再拿当地的特产做食材,味道能不好吗?在城市是无法品赏如此鲜美的佳肴的。这也是老家待客的最高礼遇,让我们尽情享用，不时地咋舌。大家都酒足饭饱，聊了一会儿天，出门来，看见各家各户门前都有停靠的车辆。真是国家富强了，社会进步了，民众的生活都有了大的改善，这都是改革开放得来的实惠。大路两边的人熙熙攘攘，都是老家的熟人，见面相互打招呼，互道祝福，祝愿大家都有美好前景。时间过得真快，这次回老家的行程即将结束，我和亲人话别后要启程回家了。

老乡聚会

2014年腊月二十五，相邀老家朋友来家中聚会。都是几十年的老朋友，他们都是公职人员，各行各业的都有，也算是给我这个农民莫大的荣幸，我很感谢各位老朋友的光临。这里得特别提起几人，就是王志强、郭占川、陆兆林几位老兄。王兄是和我在陈兄邀请宴会上认识的，我的邀请王兄没有一点推却。郭老兄的儿子从上海回来搞家庭聚会，他仍抽时间赴我之约。陆老兄不远百里之遥，带老伴赴我的邀请。我对大家如期热情到来，深感欣慰，无以言表，只能说谢谢。

老朋友的聚会我也时有参加，每次都在大型饭店。次数多，我有点不好意思。回家和儿女谈及此事，大家讨论也想请老朋友吃一次大餐。我老伴提出了异议，说饭店的饭大家都吃多了，没有什么新鲜花样儿。陈表兄和张老哥，让我把老家的十大碗再给大家做一次。他们说，你也提出要请大家，这也是一次机会。我就答应给大家再做一次十大碗，就这样，我和老伴开始了准备工作。

城市都是小锅小灶，做十大碗谈何容易，虽然我家有大锅，碗大放不下十个碗。我俩找了好几处地方,总算找到了合适的碗。各样肉食没有问题,各个商场都有,唯独没有十大碗的主料——干菜。城市里都是新鲜蔬菜,干白菜确实不好找,于是,我和老伴去了一趟镇北部,总算找到了干白菜,也能完成我们准备做十大碗的心愿。肉食虽然有,但做席的丸子、酥肉可得精肉,必须是猪后腿的精肉、牛腱子肉、羊肋条肉几样合起来做成的菜,才味美可口,香飘怡人。滚菜,汤必须是鸡、羊骨头和牛肉等做汤,我又找了一些野味做汤,几样汤合起来做出的菜,十里闻香下马可不是瞎说。

麻雀虽小,五脏俱全,材料都准备齐全,开始行动。一道道工序可把我俩忙了个够呛。先是蒸丸子、酥肉、蛋卷、煮牛、羊、猪、鸡肉。滚干菜,做稀饭菜、萝卜条子菜。三天时间我俩没有一点空闲,折腾来折腾去,总算大功告成。

腊月二十五上午九点左右,相邀的老朋友陆续来了。大家互道祝福问好,我们老家都是一个地方的人,有祝福的话,也有一些挤对笑话,既幽默又和谐,不时惹得大家哄堂大笑,一会儿谈论国家大事,一会儿谈家长里短,只要有机会就会有挤对的幽默话出来,惹得大家捧腹大笑,涕泪四溢,真是老乡见老乡,两眼泪汪汪。大家互动的幽默、和谐,无法用言语来形容。

大家开了一阵玩笑,快到十一点了,菜肴准备就绪,大家开始入座开席,也都是我的老朋友,这次办得也比较丰盛,下酒菜有山珍海味,凉拌耳朵、肘子共十几个菜,满满摆了一桌,供大家尽情享用。白酒是国宴茅台,红酒是宁夏红,酒过三巡,菜尝五味,各位老朋友不时咂舌叫好,能得到大家的好评,我也感到非常荣幸。这时端上了妻子做的十大碗,张耀兄特意带来照相机拍起了照,还说,十大碗是老家饭,不容易吃到,拍个照以作留念。拍照结束,大家开始就餐。都说又吃到了家乡饭,各个连声叫好,味道真是一绝。也是妻子多日准备的各种菜肴,下调料是妻子的拿手好戏,每样调料放得都恰到好处,也适合大家的口味,老朋友才能吃得兴高采烈。大家尽情享用美食,也是对妻子的厨艺给予的好评。

聚餐结束,大家议论纷纷,能吃到老家十大碗真是不容易,大家感谢我俩的精心操办,盼望妻子有一个好身体,下次再能继续享用美食。虽然是一句笑话,也是一句实话,妻子也愉快地答应了大家的要求。虽然做十大碗有点麻烦,但能和老家来的朋友一起互动聊天增进感情,也是人生一件快事,何乐而不为呢?

人生感悟

过　年

春节将到,忙碌数日,打扫房屋,清洗设施,添新换旧,花样更新,品种繁多,准备辞去旧岁,迎接新春。

2013年即将结束,2014年快要来临,2013年最后的一天,全家老小欢聚一堂,张贴妙语对联,烹制美味佳肴,整碟抹盘置放糖果、水果,为的就是阖家团聚,叙叙家常,送走一年的悲愁,迎接新一年的和睦相处。

丰盛的年夜饭,花样繁多,品种齐全,多得我都叫不出名字来,味道各有千秋,尝之真是香甜可口,回味悠长。饭桌上热炒凉拌满满一桌,鸡鸭鱼肉、生猛海鲜,应有尽有。菜品五味俱全,烹饪各有所长。阖家尽情品尝,难得的一年一度的家庭团聚。大家兴高采烈,氛围融洽,推杯换盏,互道祝福,品尝着美味佳肴,述说一年的酸甜苦辣,真是其乐融融。

今天全家又在一块儿吃团圆饭,光阴荏苒,时间过得真快,我已经虚度六十二个年头。现在我已步履蹒跚,回顾一生碌碌无为,看着今天的幸福生活和儿女们蒸蒸日上的事业,不由我想起了昔日的艰难岁月。如今居住条件改善,生活富足,都是儿女们积极向上奋发努力的成果。儿女们对我和老伴无微不至的照料,做到我没有能力做到的事情,只觉自愧不如,没能让父母享受到今天的幸福生活,无颜面对九泉之下的父母,无奈当时没有能力拿出丰盛物资奉养二老,这令我含恨终生。

阖家团聚本来应该高兴,不知怎的我忽然潸然泪下。现在,我只能用灼热的心来怀念二老在天之灵。看着儿女们对孙儿的关怀和教育,我也羞于言表。

自己的能力有限，艰难的生活始终捉襟见肘，我的儿女们一直在极度贫穷的年代长大成人。没有丰富的生活，没有像样的衣衫，没有多余的钱让他们使用。他们付出的则是别的孩子的几倍，达不到我的要求我还要呵斥。看看现在儿女对孩子的关爱，曾经的我真有点不近人情，希望儿女们原谅我这个无知的父亲。

随着零时钟声敲响，迎来了马年，烟花腾空，爆竹齐鸣，辞去蛇年喜怒哀乐、悲欢离合，大家共同举杯祝福，新的一年人丁兴旺，和谐顺利，财源滚滚。

四时更替，节时轮回，儿女们渐渐成熟，孙儿一天比一天活泼可爱。长江后浪推前浪，岁月流逝，对镜一看，我已满脸沧桑。无与伦比的天伦之乐，富裕的幸福生活，对我来说已经有限，终老他乡已向我一步步逼近。岁月不可挽回，人们都说心情好生活富裕，人可以长寿，这只能是人们的一种向往。人有旦夕祸福，谁也无法抗拒，返老还童只是人们的一种愿望，谁也无法实现。只能尊重事实，快乐笑对每一天。

家教点滴

儿女们都落户银川，我和老伴也搬进了省城，享受幸福生活，成日带小孙子，尽享天伦之乐，下面写一点我对家教的认识和见解。

我的思想认识，小孩只要不偷人、不打人骂人、不撒谎，其他的都可以原谅。打骂小孩是我最反对的事情。儿童的身体非常脆弱，打骂都能伤害儿童的身体。所以，教育孩子得多动脑筋，善用智慧，让孩子健康成长。家长如果不认真改正自己的不良行为，造成不利于儿童的健康成长，等孩子定型后就无法弥补了。小孩本来就调皮捣蛋，有时我还纵容他们调皮捣蛋，我认为让小孩的思维每次都发挥到淋漓尽致，能激发他们的潜力。在小孩兴趣高涨时，谁如果制止和呵斥，这是我最反对的事情。只要没有超越原则范畴，我都加以鼓励，希望孩子更加努力。

我的大孙女十四周岁，正准备中考，学习优秀，成绩突出，温文尔雅，非常讨我和妻子喜欢。但我俩有亏欠孙女的地方，孙女出生时我的经济条件不好，两个儿子一个女儿正在求学上进时期，没有时间陪伴孙女的幼年，这是我们俩终生的遗憾。随后儿女们学业有成，步入社会，发展顺利，我俩也搬到了银川，过上了都市生活。虽和孙女相距不远，孙女很少来我这，我也无法践行自己的职责。因为小时候没有一起生活，沟通始终是我们和孙女之间的障碍，没有好的办法消除我们之间的隔阂。不像其他几个孙子对我俩，就像贴身膏药，牢不可掉。这也是我最烦心的事情。

我的孙儿三岁刚过一点，行动举止大方，跟大人出外郊游访友，衣着要整齐，仪容要干净。言谈对答如流，有时出口成章，让人无法相信如此之年龄有此见解。也许是动画片看得多、儿童书籍读得多的原因吧。孙儿有儿童电脑，有时搞得我无所适从。他和人逗趣，别出心裁，花样繁多，鱼缸里的清道夫非常丑，他却说非常好看；五颜六色分得很清楚，但见红灯就说是绿灯，见绿灯就说是红灯，故意让同行的人都捧腹大笑，他则洋洋自得；二十以内的数字分得非常清楚，跟你闹，你指哪一个数字，他都说是八；左右也分得非常清楚，车左拐，他就说车右拐，车右拐，他就说车左拐，真让人啼笑皆非，和人玩闹的氛围既幽默又和谐。什么是人间幸福？天伦之乐是无可比拟的真正幸福生活。看着孙儿圆圆的脸庞，两个对称的小酒窝，一双明亮水汪汪的大眼睛，玩出超前意识的小鬼脸，让人咋看咋喜欢，咋看咋疼爱。人都说隔辈亲，确实也是事实，谁也无法解释。

再说我的小孙女，现已一岁十个月，身体均匀，体态丰润，抱在怀里就像一块圆润的小石头,既伶俐又聪明,实在可爱。成天跟着大人鹦鹉学舌,吐字非常清楚,还有自己的思想。比如你问她姓什么,她就说姓马,你偏说她姓张王李赵,她都说姓马,因为爸爸姓马。你问她谁最惯她,她就说是妈妈,你说爷爷奶奶爸爸惯你,她都一概否决。自己的认知谁也改变不了,小小年纪有如此坚定信念,必定不是池中之物,但需要加强教育和引导。就是有时候有点胆怯和腼腆,我就特意锻炼她的胆识。自己拿的东西哥哥一抢,马上就丢手。我看到就让他俩相互争夺,一则增加她的勇气和霸气,二则女孩子必定是弱者,需要哥哥处处让着妹妹,大了就有依靠和安全感。只要有磨炼和有益处的事情,我都鼓励孙儿大胆尝试,培养无畏精神。我这样做是希望他们大了有出息。

　　现今有好多家庭教育孩子的方式我不能苟同。约束孩子的自由权,希望孩子毕恭毕敬,老实而安定,走有走姿,坐有坐势,风度翩翩而讨人喜欢,这样就有些教条。孩子本身就好动,你让孩子就像一只绵羊,如何能激发孩子活力? 所以,希望教育孩子要有正确的教育观。

　　现在的人,生孩子多自己负担重,所以都希望少生优生,少而精,少而强。宠孩子十分普遍,大部分孩子的自私心理,让人堪忧,不要说这是一点小瑕疵,因为千里之堤溃于蚁穴,一定要多方注意,绝不能马虎大意。父母对待孩子的道德教育,虽不要求醍醐灌顶耳提面命,但也要做到尽职尽责不辞辛苦,不要光靠学校教育。学校教育是组织教育,不是多元教育。家庭教育是多元教育,穿插各个方面。父母的品行是孩子的一面镜子,对孩童影响至深。

　　诚实做人,认真做事,是父母的普遍愿望和心理,又有谁能达到人心所愿呢? 社会是复杂多变的,五花八门形形色色的事情都会发生,有不健康的东西影响着孩童的身心健康,需要父母认真观察和发现,尽早做出正确的决定来教育孩子,使孩童迷途知返,不误入歧途。家长如果思想不健康,道德极差,孩童也是集糟粕于一身。

别人的庄稼好,自己的儿女乖,这是每一个人的心理。望子成龙是每一个父母的心愿。如何能让自己的儿女出类拔萃,是父母一项任重而道远的任务和职责,儿女能成一棵参天大树,栋梁之才,就看父母你这个园丁付出多少。如何增强孩童的优化意识,这是当前要着重思考的问题。

家庭有背景,长辈有资历,经济条件较富裕,童年时代没受过大的苦难,孩童心中就有一种优越感,自觉社会丰富多彩,便易贪图享受人生的安逸生活,导致不学无术,游手好闲,这就错了。父母是未成年人的指路明灯,将来的路要靠他们自己来走,虽说长辈会对他们有所帮助,但其一定要有很深的文化功底,良好的道德修养素质,才能无往而不胜。

再提醒一下个别高官厚禄的人士、成功企业家,自家的孩童,也一定要加强教育,不要以为自己有积蓄,就可富裕多少代,藐视知识进步,践踏道德修养,这又错了。所以,贫要读书学礼仪懂道德,富更要读书学礼仪懂道德。绝不能一辈子当官,后辈打砖。

农村人一般家庭条件差,教育又没有好的方法。城市有幼儿园,有专门的幼教老师辅导教育,大部分家长都是文化人,懂得文化的重要性,及早就抓孩童的学前教育,就这样有的还不能尽如人所愿。

我国人口众多,但大部分都是独生子女,城市家庭比比皆是,孩童出生就是阖家掌上明珠,养尊处优是呵护的重点对象,饭来张口,衣来伸手,一直生活在无忧无虑的环境里。对孩童来说,百味无所适,美味无芬芳。物以稀为贵对养尊处优的孩子来说简直是天方夜谭。忧患意识在孩子思想深处,没有任何认知。家长啊家长,道德教育是人一生发展的奠基石,需要悬崖勒马,消除孩童不良的人生观,正确引导他们迈入健康的人生轨迹,这是当务之急,也是今后辉煌发展的必经之路。

一个人能成栋梁之才,综合素质是成才的先决条件。学习好,多学几门知识,只是丰富了个人文化底蕴,想要将来融入复杂多变的社会,就要善于与各种各样的人打交道,才能立于不败之地。道德品质是第一要素,有好的道德品质,才能和人们和睦相处,共同发展。现在有些孩童和年轻人,自以为是,目空一切,任何场合唯我独尊,有时让所有的人非常难堪。这已经成了普遍现象,需要家长认真思考,万不能让不正之风影响青春少年。家风传承要发扬光大,要培养弘扬道德、遵守公德、品德良好的好孩童、好青年,让道德品质的接力棒代代相传,这样何愁国家没有栋梁之才,家庭没有孝子贤孙,中华五千年的文明史,就无后顾之忧了。

自我节制

酒色财气是人无法逾越的障碍,四大皆空只是人们的向往。谁能跳出三界外,不在五行中呢?又有谁能控制自己祸不起萧墙呢?难啊,难!

酒是穿肠毒药,色是刮骨钢刀,财是下山猛虎,气是惹祸根苗。

无酒不成礼仪,无色路断人稀,无财世路难行,无气倒被人欺。

文人墨客两首六言诗,各有说辞,实难取舍。但是,"度"是人一生的界碑,如何不超越度,这需要一个人有自制力,超越自我,正确认识酒色财气的危害,实现自己的人生梦想。如果没有自制能力,就成了:酒之过,害人似剑;色之过,自取夭折;财之过,劳神成疾;气之过,百病丛生。谁又能做到饮酒不醉、坐怀不乱、知足常乐、肚里行船呢?

膳食是人们享受的先决条件。适量的饮酒能疏通心血管正常运行,消除疲劳和情绪紧张,舒经活血,开胃消食,驱除严寒,促进新陈代谢,既有健康价值,又有药用价值。人际交往场合,酒是礼仪的融入,沟通的桥梁,多好的东西,就是人们不会正确地利用。酒如果不能克制,酒醉如泥时常发生,喝得不省人事,口出狂言,食物喷洒,想站不能立,没有一定的风度,跟死狗没有两样,既糟蹋自己人格,又拖累众人扶持照料。为什么在交际场合不能控制适当的量呢,让自己不过分尴尬,这就要在交际的时候注意"度"的把握。适可而止,让交际的氛围恰到好处就行,既维护了自身的高贵人格,又不伤害自己的身体,何乐而不为呢?

爱情缘于性。男女之间,虽可以解释异性为"朋友""知己",其真实动因是同性中的某种缺失,才去在异性中寻"朋友",与异性朋友在一起,和与同性朋友在一起的感觉是不一样的。换一个角度来考察人性,恐怕也有一定的道理。

自然界存在着异性相吸的道理,孤阳不生,孤阴不长,这个道理谁都知道。这就要正确利用相互媾和来达到目的,让世间万物都能健壮成长,生生不息。这是自然规律,不是想怎样就能怎样的,它有正确的运行轨迹,需要人们按照正确的程序,实现自己情感方面的夙愿。

所以世间万事有利就有弊,有弊就有利,没有一成不变的。正确利用人情感的缺失是没有错的,过分贪色淫秽就超出了人性的正确范畴。如何把握"度",这是不可逾越的众生唾弃的界碑,这是人生最终的目的。

金钱是社会运行物价交换的平台,不是万能的东西。有钱能使鬼推磨。这些形形色色的"金钱论"给人的感觉是金钱很金贵。其实,每个人都爱钱,因为钱能使人富有,钱能使人的许多美梦成真。可人们又怕钱,怕自己被金钱迷惑,怕自己变成"拜金主义者"。"君子爱财,取之有道。"爱钱不等于不择手段去赚钱。古往今来,围绕金钱演出了多少悲剧,为此而出卖灵魂、出卖人格的人是卑鄙无耻的,只有辛勤劳动换来的血汗钱才是最珍贵的。

揭开它那神秘的面纱,我们透过金钱的本质来看,就会发现钱不过是一种商品交易的产物,如果丧失了那种能够交换商品的能力,那么纸币不过是一些废纸,金属币也只不过是一堆破铜烂铁。对钱认识的态度正确,理解得透彻的人是不会被钱所动摇的。所以,我们要正确应用钱财给人带来的方便,绝对要做钱财的主人,不能做钱财的奴隶。终生经营够生活所需就行,不要贪得无厌而不择手段。

人在生气冲动的时候,大脑思维容易阻塞,正常思维容易短路。人在大脑"短路"的情况下,要对棘手问题做出及时、正确的反应几乎是不可能的。这就是生气时无法控制的因素。有些人做出了无法挽回的事情,就是"一时气大冲斗牛,要和怨儿做对头",不说今后问题怎样解决,只看到眼前的利益。其全部的注意力都集中在导致冲动的这一件事情上,对于其他的诸如后果之类的问题根本就没有时间和空间去考虑。因此有人说"冲动是魔鬼"。无数个令人扼腕叹息的悲剧一再向众人诠释了这句话。包括我们在自己的经历中也多少有些心得与体会。

生气的实质意义是"用别人的过错惩罚自己",是人类最愚笨的一种行为,但适当假装生点小气,可以调节氛围,但不要让矛盾激化。

人生中可说可见可点的事情就是酒色财气。人生旅途的沉浮,就是与酒色财气的博弈,一枯一荣都和人的生存息息相关。什么叫世俗?世俗就是酒色财气。从世俗的观念去看,酒色财气是整个物质世界的缩写与标志。人生的整个过程就是与酒色财气进行博弈的全过程,它是成功或失败的参照物。把握得住它就是成功的人生,难以舍弃就是失败的写照。有人说,人生苦似海,所谓的苦,就是在博弈中被酒色财气所击倒,一败涂地,或者说在博弈过程中没有实现自己的真实人生目标的感慨而已。

酒色财气是人一生的随行者,在人生的旅途中要正确应用,不要贪之成性,无力自拔,影响自己的正确人生目标。适可而止是人生旅途中的"度"。能掌握适合的度,酒色财气就是世俗的人之常情。懂得了这个道理,也就明白了做人处世的道理了。

戒 烟

我从十三岁开始抽烟,现在已经六十二岁了,抽烟五十个年头,烟也融入我的正常生活。熟悉已经转成了自然。在特定的时间不抽一支烟,抓耳挠腮焦躁不安,想安定一会都难。

我十三岁辍学开始参加劳动生产,当时是人民公社大集体的时候。我先是放牧,赶着牲口整日数山头。有时候看着哪个牲畜不顺,便吆喝几声;有时候嘴里哼着小曲,一边看着牲畜吃草,一边注意着四周的安全,以防牲畜跌入山坑和豺狼的入侵。如果能看到有个人,就相互靠近,说说话消除心中的郁闷,增进彼此的感情。有一个放羊的把式,是我的表兄,成日和我在一起,那时我的年龄太小,不懂人间的世事。表兄三十多岁,讲什么我都觉得有道理,他说在山里放牧虫子非常多,要吃烟,一吃烟虫子就远离。我不明抽烟的利害关系,就大口地抽起来,几口下肚天旋地转,呕吐不止,才知道烟醉如此了得,几日见烟就想吐。无论表兄怎样劝我都不抽了。有一日我俩一块儿走,有一条长蛇出现在了我俩的眼前,表兄说,你不信我今天给你做一个实验,他把长蛇抓住,在他吃的烟锅头里挖了一点烟屎,放在了长蛇的嘴里,只见长蛇在地下滚了几滚,便一命呜呼。我一看此东西有如此功效,真不能小视,就这样我又开始抽烟了。

几次想戒烟都没成功。抽烟太有诱惑力了,早晨起来的第一支烟,大概是烟里尼古丁的作用,抽起来能提神醒脑,舒筋活血,五脏六腑相继活泛起来,僵硬的身子一下活泼了许多。再就是饭后的一支烟,青烟袅袅不时地从鼻孔和嘴里吐出,那个享受真是"饭后一支烟,赛过活神仙"。思考问题点上一支烟,烟雾萦绕上升,好像思绪拉长了许多,思考很快就顺理成章地完成了。几个熟悉的人坐在一起,每人点上一支烟,说说家长里短,世间万物,也拉近了沟通的距离。和陌生人接触,烟起着桥梁的作用,递给一支烟,问声好,也就达成了沟通的先决条件。也就是这样,我抽烟延续了几十年。电视广告常播吸烟有害健康,我也知道有害健康,就是无法戒掉。

这次戒烟实属无奈,带孙儿,我抽烟找个能回避的地点,可以独自抽烟,孙儿不来纠缠,也能满足我一生唯一的嗜好。孙女就不行了,我抽烟,她跟着我寸步不离,我取一支烟,孙女也要一支烟,我点着抽烟,她也要让我给她点着,达不到自己的要求,还要跟我耍脾气,我没有一点理由安抚,只能忍痛割爱,开始了戒烟。

几十年的生活规律一下被打乱,第一天戒烟还有前些天的尼古丁支撑,虽然一天焦躁不安,还能应付,以后随着慢慢尼古丁的减少,好像一个大铁锅压在了头上,眼花缭乱视物不清。颠三倒四语无常规;忽惊忽咋精神恍惚;骨节酸痛四肢无力;三餐无味食物如泥。五天以后看见别人抽烟,烟雾缭绕,自己感觉"魂上九天,魄入冥府",抓耳挠腮好不难受,闻到一点烟味,感觉得到了很大的享受,刺激啊,刺激!

一旬以后,嗓子干,无痰只想咳嗽,吃药不管用,数十天的折腾,慢慢有点好转,排泄又出现了问题。常规的排泄紊乱,厕所,里出外进成了我一人的天地,吃药还是无用,几天后慢慢好转。又开始了嗜睡,我又无法控制,成天迷迷糊糊,倒头就想睡。以前,我晚上休息和午休都非常有规律,这下不行了,睡眼蒙眬,好像没有清醒的时候,啥时都想睡。

今天提笔书写戒烟的感受,已经戒烟三十五天了。虽然闻到烟还有一点留恋,却不像戒烟当初无法控制自己的情绪。现在有人给一支烟,我可以控制自己的情绪不接。虽然有点挠心,过一会儿也就无所谓了。

活个明白

谁能洞察世间万物,熟知它们的属性?又有谁能剖析人世间真理,不让纠结常烦恼于心呢?难啊,难!

人生短短的几十年,分秒必争地学习、实践、总结经验,也只能知道一点皮毛,更何况人有自身的生活安排,又有很多的人际应酬,耽误了很多的宝贵时间,每日挤出的时间也是微乎其微,怎能通晓博大精深的人间真理呢?

大多数人一生都是浑浑噩噩地走完人生旅途,匆匆地来,忙忙地去,生活几十年没有对人世间做出任何贡献,让人们来怀念。雁过留声,人过留名。人类的进步,五千年的中华文明,生命延续层出不穷,真正让人怀念的有几人,按人类的繁衍生息计算寥寥无几。人生的名利之争,确实是过眼云烟,没有几个人生演绎让人久久不能忘怀。人只有宽大的胸怀,容纳一切可以容纳之人与物,才能让人怀念和歌颂。

蛇不说自毒,人不说己过,这是人普遍的心理。大家共同活在复杂多变的社会,为了自己的生存空间,甚至一点蝇头小利不择手段。真是说话微言大义,做事唯利是图。有个别人做事,只要能满足自己需求,什么样的事情都能做得出来,真让人发指。人与人之间难道就没有一点怜悯之心吗?何苦做出的事没有一点道德修养呢?让所有的人无法接受,真是百思不得其解。

人来大千世界走一回,不能糊涂地来,糊涂地走。在读书时,应尽早熟读道德修养的书籍,让人明白地在世间走一回。多读圣贤书籍,圣贤书籍能提高人的认识能力,什么事情能做,什么事情有伤害绝不能做,找到人生旅途的指路明灯和正确的人生观,切莫糊涂一世。

家和业旺

我是一个普普通通的农民,面朝黄土背朝天,耕种四十余年。膝下有三儿一女,现都大学毕业,步入社会。儿女都已成家,大家都在一块儿工作,发展自己力所能及的事业。往事不堪回首,养儿防老这个陈旧的观念让父亲在我十二岁时就让我回家做了农民,还说这样自己老有所依。我们兄弟三人,不知为啥,父亲就认准了我就这样,我辍学回家,可叹我只读完小学四年级。

我酷爱知识,但没有机会在学校学习,于是就借书来阅读。小说、杂文、医药书、唐诗宋词、阴阳八卦,甚至是包东西的一片报纸,不管农忙农闲,只要有字,见到就读,直到现在,有时间就手不释卷,有时看到精彩处就废寝忘食。虽然读了很多书,但对于一个只有四年级水平的我来说,没有老师指导,很多东西理解起来非常困难,只有请教字典老师。直至现在,《新华字典》我都翻烂了几本。

二十岁我和妻子结婚,生下三儿一女。我和妻子都没有啥文化,在生存与复杂多变的社会,遇到了很多无可奈何事情。所以,我知道知识的重要,从小我就给孩子们灌输读书理念,培养他们爱学习、求上进的好习惯。因为我和妻子都受到了知识的制约,无法进一步发展。我做过生产队会计,领导让我入党,一块儿干事,我没有同意。我知道自己知识微薄,干最大也就是一个村级干部。农村人文化水平都不高,有时候遇到事情想不通,就喊爹骂娘,这是普遍现象。我不想因为我而让自己的父母受到不恭。妻子基本没有文化,做事非常踏实,得到大家的公认,先后担任村副支书、村妇联主任、县妇联副主任、乡妇联副主任,还得到了全国妇联"三八红旗手"的光荣称号。土地承包的实施,政策上的年轻化、知识化,她只能退居二线,赡养老人,教育孩子,操心孩子好好学习,让他们将来有出息,完成我们未竟的心愿。

父亲没让我继续读书,让我抱憾终身。父母做人的道德修养,却让我受益终生。父亲为人直爽,特别爱帮助别人,和邻里非常融洽,谁家有事情,他都一帮到底,忙个不停。父亲的思想既善良又淳朴,善恶分明,心胸豁达,是我一生的楷模。他对儿女们的谆谆教诲,让我们受益无穷。

遵循父亲的教诲,根据当地做人的需要,我给自己及家人定下八条做人的规则,陪我迈步做人的一生。诸如作风正派,不玩赌博,不闲话是非,为人接物,交财共事,妻贤子孝,严父慈母,尊老爱幼,对每条都有明确的实践论述,我都写于纸上,时时鞭策自己做人的每一步。我也常给四邻八舍剖析冤仇事,说服不平心。我最不能容忍的就是军阀思想、恶霸作风、地痞流氓行为。遇到了,不论得失,都反戈一击。

出门遇到连阴雨,行船又见顶头风。正当家庭和睦,孩子们学习上进的时候,父母亲相继离世。真是不吃阳间饭,光阴撤一半,这对我们本来拮据的生活,更是雪上加霜。农业生产连年遭大旱,本来就是靠天吃饭的南部山区,更是让人无计可施。孩子高额的学费,使我家的生计举步维艰。无奈我做起了小生意,长年奔波在大山深处。贩卖羊绒,贩卖牛羊,赚来少许的钱,加上亲戚朋友的资助,勉强维持儿女们的学业。家中几十亩薄田,都落在了妻子的肩上。她是一个要强的人,家中的生活,农田里的劳作,里里外外,全靠她一人撑着。农忙的时节,更是没白天没黑夜的劳累。生活的重担没有压垮她这个强人,家里操持得井井有条。孩子们也都很争气,各个学习成绩优秀,荣誉证书高高叠起,都是优秀班干部、学生会主要成员。我们生活虽然很苦,但看到这些,心是甜的,是孩子对我们努力的回报。

就这样孩子们都完成了自己的学业,步入社会。现在找工作难,农民家庭的孩子找工作,可想而知有多么的艰难。父母没有一点资历,又没有当权的亲戚熟人,找合适的工作谈何容易!无可奈何,最后选择了自己创业,干起了小包工。孩子从小到大,我对他们讲的都是积德行善;道家的无为,无为无以为,无为而无所不为;儒家的仁义礼智信的圣贤思想。他们都有良好的道德修养,能和同仁和睦相处,懂得以众为我、以舍为得、以和为贵、以敬为尊的道理。几年忙碌下来,孩子们的事业也算小有成就,每年都有几百人在一起工作,也解决了好多家庭的生活问题。

现在我三个儿子一个女儿,他们都已成家,儿子、儿媳、女儿、女婿八人中有七名大学生,一名研究生,儿女们事业在一块儿,经济稳固,按需分配。大儿媳开了一个预算公司,有三十多人,业绩很好,也解决了好多家庭的生计问题。二儿媳在畜牧厅下属单位工作,三儿媳在回民实验小学任教,女婿在科技研究院上班。这样的一个大家庭,儿女孝顺,兄弟团结,妯娌和睦,生活有滋有味。像我这样的家庭当今少有,儿孙满堂,和谐共处,也算我们老来之福吧!

我的理想就是源清流净,泽被乡里。人活着就要承担责任,对国家每个人都有自己的义务和责任,对社会民众要无私地奉献,才不枉在人世走了一回。民众需要有人来组织,建设美好家园。有人分担国家的义务和责任,社会才能安定,国家才能欣欣向荣。要承担责任,就有干不完的活,操不完的心。所以我的孩子们干得都非常累,没有定时饭,更不要说按时休息,有时还会遭人非议。大儿子有不顺心的事,来我处一声不吭,无声抗议。二儿子、三儿子不顺心,就唠唠叨叨:"爸爸,你错了,看在单位上班的,人家有多悠闲,我们这样劳苦不知为了什么?"我就给他们讲,做一个对社会有用的人不容易,"自在不成人,成人不自在"。都想自在,国家能繁荣昌盛吗?顺便我就给他们讲"和而不同,同而不和,达则兼济天下,贫则独善其身"的道理,让他们不要计较持不同观点的人的非议,要团结和自己有不同观点的同仁,把企业做大做强,才能有益于社会,解决更多人的生活问题,何乐而不为呢?这就是我对他们的要求。行有道,谋有序,德广布。

孩子们能和工人打成一片,也是因为他们数十年从不拖欠工人工资。好多人从一开始就和他们一块儿干,到现在仍不离不弃,也是能和谐共存的关系吧!有的工人来时负债累累,现在还清债务,还有可观的存款。有的工人经过几年的工作,供儿女完成学业。有的工人来时一人,在大家的帮助下,现在喜结良缘。虽然都是一些微不足道的小事,但表明了孩子们做人厚道,为人诚实,众人才能信任,才能任劳任怨,相互扶持,把工作做好。这样才有了大家同心协力、相互理解的工作场面。现在企业发展生机勃勃,前途可观。

经过几年的努力,从轻工开始,现在初具规模,人员增加,设施健全,质量保证,口碑良好,成年有干不完的工程。建设美好家园,为国家繁荣昌盛添砖加瓦,我心愿足矣。

春节感怀

光阴漫长,岁月如梭,送走了马年的除夕,又迎来羊年的新春。

春节是大人和孩子最喜欢的日子,张贴对联,鸣放礼花鞭炮,辞旧迎新的节日,热闹非常。每一个人脸上都洋溢着节日的喜悦。

除夕是阖家团聚的日子,一家人欢聚一堂吃年夜饭,欢声笑语共享节日的快乐。做的佳肴非常丰盛,鸡和鱼两样主菜绝对不能少,它代表吉庆有余,也是每一个人的心声和祝愿。丰盛地菜肴满满地摆了一桌,大家共同举杯祝愿老人健康长寿,祝青年人事业有成,祝小孩聪明可爱。祝酒词不但是一家人的福愿,也是全国人的心声。送走马年的艰苦奔波,迎来羊年的事业辉煌。

酒过三巡,菜尝五味,老人看着自己的生命在延续,喜上眉梢。青年人,人生几何,把酒当歌,猜拳行令一比高下,热闹非常。小孩不时做出让人啼笑皆非的动作,逗得人哈哈大笑。何处是幸福乐园? 天伦之乐是无可比拟的幸福乐园。

除夕之夜真是万家灯火,一片灯火通明,烟花爆竹声此起彼伏,腾空烟花怒放,五光十色,变换各种颜色,美丽极了,不时让人拍手叫好。零时的钟声敲响,爆竹齐鸣,迎接新的一年到来,那是多么激动人心的一刻,我想全国人民都和我的心情一样,都沉浸在欢乐之中。

大年初一早晨,各家都是吃饺子,我家也不例外。我和妻子早早就起床开始准备早饭,儿孙来到之时,我俩已经包好了饺子。我给饺子包了一个钱,说谁吃到包的钱,谁一年能有好运,我女儿今年怀孕,钱让她吃出来了,祝愿我女儿平平安安生出小宝宝。

下午,弟弟和弟媳带着儿孙来我家拜年。两家合起来二十几口人。大家相互祝福问好,糖果频频传递,相互热情招呼。大人一边品尝着各样果品,一边聊着家长里短,小孩嘴里吃着糖果,还不时地玩出一些新花样,逗得大家捧腹大笑,那个热闹就别提了。

正在大家热闹之际,妻子已做好了她拿手菜肴,是老家的十大碗,外带生猛海鲜,满满地摆了一桌。大家都举起了酒杯,互道祝福。不善言辞的,一切都在酒里。妻子的手艺真是一绝,大家不时地咋舌叫好。我们老一辈碰了几杯也就了事,青年人就开始了猜拳行令,从红日高挂,一直玩到日落西山。个个面红耳赤,醉眼蒙眬,语无伦次。虽然表情异常,但我心里非常高兴,难得的一年一次聚会,就是超出原则范畴又有什么不可呢?

落笔之时已是大年初三,春节是一个快乐的节日,祥和的节日,阖家团聚幸福的节日。遗憾的是父母已经离开了人世,不能和我们欢聚一堂。如能和我们欢聚一堂,那就没有一点遗憾了。

我为人父

我这个父亲，一生要强给孩子们带来了很多的压力。儿女们没有快乐的童年，他们都在努力和压力中生活，平时有干不完的活，上学学习成绩还不能落后，成绩一直要名列前茅。成绩好能得到我的奖励，成绩差我就呵斥。我的儿女也非常要强，从不落于人后。就是没有别人家的孩子那么自由散漫和快乐。做人的道德品质更要彬彬有礼，一言一行都要遵照孔孟思想而行，不能做违背伦理的事情。

孩子们好不容易一个个大学毕业，都想找一份安逸的工作，我没有让他们找工作，让他们做起了力所能及的事情。从毕业到现在没有一时的空闲，他们始终在努力和压力中工作，让他们由压力而产生动力。他们身上的压力是同龄人的好几倍。我这个父亲是不是有点太不近人情，不是一个不疼爱儿女的父亲？恰恰相反，我非常疼爱我的儿女，只要儿女提出的问题，在我力所能及的情况下，我都竭尽全力办好，义无反顾，绝不视而不见。

如今家庭对孩子都很溺爱和纵容。我是一个失职的父亲，虽没有给儿女们过多的爱，但也没有放纵儿女们的所作所为。给他们灌输做人的优良品质，绝不让他们撒谎，不纵容不良的生活习惯，让他们老老实实地做人，勤勤恳恳地做事，这就是我的原则。现在看来，未免有点太苛刻，今人对孩子的纵容溺爱和我的严加管教对比，我也不知道自己是对是错。

我的思想比较顽固。积德行善，修身养性，仁义礼智信，在我的思想深处留下了很深的烙印。对于今人的为人处世和生活习惯，参照西方式的生活文化,我多数接受不了。我非常尊崇唐朝张公艺和明朝郑濂的大家族生活。同出一脉,只要大家都有一颗善良的心,难道就没有一个和谐的家庭吗?云南的土楼就是和谐的象征,现在都被列入了世界非物质文化遗产名录,它里面储存着大量的和谐生活,有深厚的文化底蕴,才备受世界关注。这难道不需要我们来借鉴吗?

如今大人对孩子的关爱,大大超出了孩子健康成长的范畴。人人望子成龙,希望自己的儿女将来能有大的出息,但过分的溺爱,使孩子不知道未来生活的压力,怎么能造就有远大理想的人才呢?成功人士哪一个没有经过艰难痛苦、千锤百炼成就了栋梁之才。孩童需要关爱,关爱孩童健康成长,培养良好的道德品质,不应该纵容和宠孩童的不良习惯。

我给儿女们制造压力,我认为人来世间走一回,不能碌碌无为,要为人类社会做一些贡献。国家富强,民族兴旺,需要每一个人的努力,使祖国立于不败的世界之林,是每一个公民的责任。所以我给儿女们制造压力,让他们产生动力,为社会为人民做一些有益的事情,大家如果都做对国家对人民有益的事情,都对国家对人民负起责任,我们的国家一定能够繁荣富强,辉煌一程接着一程。

人

一撇一捺,组成一个人字。两腿八字大开,立于天地之间,多么的伟大和自豪。捍卫国家主权,发展经济,造福苍生,多么壮丽的英雄气概。如果做事不周,没有道德品质,修养极差,说话没有章程,做事颠三倒四,还做一些不道德的事情，就侮辱人字了。人字一倒写，八字对天大开，就成个草了，飘忽不定，没有立足之地，随时都有可能东倒西歪，被人踩踏，久而久之就和腐枝败叶融入一起了。人如果长期在被人防备和瞧不起的环境中生活，这样活着有什么意义！

人活一生，必须尊重人生游戏规则，树立良好的道德品质，完善修养素质，养成好习惯，说话诚实，做事实在，不能有不良的行为，这样才能算是一个人，对得起一撇一捺。

人啊，活一生，必须要有坚实的人生基础，才能稳健立足社会，得到大家的认可，是一件不容易的事，不是一天两天，而是一项任重而道远的功课，要学懂，要做好，必须长期坚持。经过自身的努力，才能德高望重，会有辉煌的一程。人啊，人活一生一定要对得起这个"人"字，对不起，一切就都完了，无从谈起涉世的荣耀了。

学会做人，就要懂得复杂的人际相互生存的社会圈。社会圈说大也大，说小也小。社会圈内有多重复杂的事情，要面对这个复杂的社会圈，不容易，是一门博大精深的处世哲学，道德修养达不到一定的境界，无法面对复杂的人际关系。人都活在这个世界里，各人有各人的想法，各人有各人的观点，各人有各人的认识，要和每一个人都能和睦相处，就要学会做人，才能在社会圈内活得自由愉快，没有障碍，与世无争，无忧无虑地生活。人活一世，金钱，权势，是非，争斗，都是多此一举，生不带来，死不带去，明白了知足常乐，就高高兴兴，快快乐乐生活，不要为烦事而伤脑筋，为琐事而不愉快。

家 庭

家庭的组成,要有和睦相处的家庭观念,良好的夫妻关系,更重要的是要有大公无私的道德情操。对待家庭成员,父母、兄弟、姐妹、儿女都要有一定的章程。对待父母要孝顺,给自己的儿女做一个好榜样,防自己老来的难处。对待弟妹,要想到自己为大,既代表自己,又代表父母,这个头必须端正,大公无私,无私才能无畏,来组织领导一个家庭快速发展,兄弟姐妹才能尊重你。头啊,头一定要安端,一旦安偏,就成一个烟锅子头了,自己就无处发挥作用了,说话做事都没有人听了。

对待兄嫂,要像尊重父母一样尊重。将兄比父,将嫂比母。有父母,尊父母,无父母,尊兄嫂。对待兄嫂,他们既是兄嫂,又是父母。一定要搞懂这个道理,不管发生什么事情,都要和兄嫂商量,如何妥善处理,多听兄嫂的指导,不要不尊重兄嫂。

对待儿女,同儿女的关系一定要处理好,要有一个限度,没度不成,和子女像父子,又像兄弟姐妹,又要像好朋友,你生气的时候,他怕你,你高兴的时候,他可随意地接近你,这样才是一个称职的父亲。不要一直板着脸,让儿女无法接近,你慢慢就孤独了。

不要因工作忙,就忘掉家庭关系的处理,一旦失去,无法挽回,自己就失去了尊严,路要自己修,不要等着别人给你修。

父　母

　　父母是辛勤的园丁，是表率，是启蒙老师，一生奉献者。孩子就像一棵小树，身上经常会长出一些杈芽，你就要像园丁一样，勤观察，勤动手，慢慢地把他修成一棵参天大树，栋梁之才，这不是一天两天，也不是一年两年的事，是一项长期的工程。这就要有耐心，慢慢去做。父母是孩子的表率、老师，你不但要好好教育孩子，还要每时每刻做孩子的榜样。你的一言一行，一举一动，都离不开他的小眼睛和小耳朵，你的修养有多高，孩子的修养就有多好。家庭的修养素质是孩子好坏的关键。做每件事都要从自己做起，不要给孩子留下不好的影响，让他们在良好的环境中，茁壮成长。

夫　妻

　　百年修得同船渡，千年修得共枕眠。千里姻缘一线牵，对面无缘难相逢。这都是说婚姻的。夫妻间的姻缘，就要珍惜，尊重对方，相互谅解，达成共识。不要相互猜测，互相怀疑，争争吵吵，这样不好。夫妻应该互敬互爱，关心理解，要记清楚，有不到的地方大家共同谅解，这样才能少生闲气。好话一句三冬暖，恶语一句六月寒。一切都要包容，不要小题大做。该容人处且容人。

夫妻一块布上穿衣，一口锅里吃饭，一起生活不容易。俩人组成一个家庭，就要爱护这个家庭，不要做出对家庭不利的事情。有不愉快和矛盾发生，要妥善解决。不要一有冲突，就说要离婚。离婚不是解决问题的关键，关键是如何处理好后续的问题。结婚之前谈的是爱情，结婚后就是责任，不要对家庭不负责任，出口伤人，做出让人无法理解的事情。这样做对双方都不好，伤害最大的是自己的孩子。车到山前必有路，船到弯处自然直，想尽一切办法解决问题，千万不要离婚。

人一旦结婚，组成一个家庭，一个自私的产物就出现了。人啊，很多东西都可以买卖，或让或借，包括贵重物品、钱财、物件都可以转让，唯独给别人不让的就是，自己的个人感情。男女关系一旦形成，一个自私产物就出现了。有快乐，相濡以沫；有矛盾，天翻地覆。所以每一个人都要认真对待。不要猜测，不要疑心，不要想着感情会出问题。违规的事那是个别，不是整个，啥事都要有真凭实据，才能立于不败之地。一个有良知的人，做事是有原则的，不会轻易抛开个人感情，去拈花惹草，做出不道德的事情。所以遇事不要胡乱猜测，不要让矛盾扩大化。要理解、宽容，心平气和地处理解决自己有怀疑的事情，才能真正疏通双方感情，才是一个家庭能长期和睦相处的基础。

感情一旦出现问题，不要把事态扩大，压住事情苗头，想办法挽救发生的事情，才是关键。不要想着怎样把对方搞倒搞臭，把对方搞倒搞臭，你自己也没有多光彩。事实上是把双方都搞臭了，感情也就结束了。

感情产生矛盾，出现问题，要想方设法挽救，不要想着离婚，离婚是对自己儿女最大的打击。人都会犯错误，金无足赤，人无完人，只要能从错误里走出来，认识错误，认识到这给夫妻造成了感情破裂、家庭支离破碎的严重后果，就要包容，下不为例，给予改正错误的机会，不要一棍子把人打死。感情虽当时受到伤害，将来前景是光明的。

兄 弟

兄弟同出一脉,长大后只不过各人另外组成了一个小家庭,自己有一个生活小圈。不能忘记兄弟是荣辱俱连、安危同体的。兄弟谁有事和困难,都是大家的事和困难,都要担起责任,负起职责,渡过难关。谁都有事,也有困难的时候,只要大家一条心,多大的困难也都无所谓了。兄弟一条心,黄土变成金,要想成就一番事业,大家必须团结。三个臭皮匠,顶个诸葛亮。这就要大家无私,无私才能无畏。每一个人都做到无私,任何事情都能办到,什么困难都能解决。

兄弟本是同林鸟。有事同鸣,不要有事争鸣。同祖同根,血浓于水,有什么解决不了的问题呢?不要有事相互争吵不休,大打出手,这就既没有素质又没有修养,何谈道德品质,侮辱仁慈。所以,有事大家心平气和地面对,解决发生的事情,绝不允许因蝇头小利而同室操戈,暗藏杀机,使事情走向极端,无法收场,最终声名狼藉。切记!切记!

姐 妹

姐妹同是一脉血缘,相互之间是裙带关系。姐妹的后台,就是兄弟,姐妹的事就是兄弟的事,要关照,要帮助,要照看。虽说有三十代的家门,没有五辈的亲戚,但在自己所生活的圈子内,是要尽自己的所能,把姐妹家的事放到第一位,不管啥事,都是自己的事,一帮到底,绝不含糊。这样姐妹才有依靠,你在亲戚面前才有威信,亲戚才能相信、尊重你,你也能担当起姐妹的依靠。如果把姐妹看作别姓人,只当亲戚,这样就会慢慢疏远,没有兄弟姐妹之情,也就等于没了亲戚关系,没了一切。

兄弟是姐妹的依靠,又是自己的血肉亲情,事事都得互相关照,不要组成一个小家,只顾自己的家,忘记做事的原则,你干你的,我干我的,互不相关。这样你就慢慢没有娘家,自己单枪匹马,没有后盾,没了动力。必须牢记兄弟就是自己的后盾,自己的威力,自己的依靠。就要相互照应,有矛盾相互谅解,大家都忍让,不能结怨,达成共识。这才是根本原则。

婆　媳

婆媳关系,是人类历史遗留下来的一种制约关系。媳妇踏婆踪,有什么样的婆婆,就有什么样的媳妇。这都是流传的一句老话。现今社会,人人平等。过去的女人大多没有文化,如今青年人都有文化。媳妇大部分都比婆婆文化水平高,理论知识也懂得多。但婆婆有阅历,阅历也是知识。不论文化理论知识和阅历,都是知识,都要相互尊重,不要产生矛盾。

婆婆对待儿媳妇,是儿女,是朋友,是姐妹,不要认为我是婆婆,高高在上,我能生下儿子,就能管教媳妇,这样就错了。人难免犯错误,给予纠正就行,不要斤斤计较。一切都要包容,用自己的爱心,唤起媳妇和自己的共鸣,这样才能和睦相处,不发生矛盾。

儿媳妇对待婆婆,是老人,是朋友,不管怎样都得尊敬。能生下你的丈夫,也能生下你,人老都愚拙,大脑思维都不够用,常常做出一些让人接受不了的事情。儿媳妇就要用爱心去开导去解释,不要抓住问题不放,不给回旋的余地,这样就容产生矛盾,闹得水火不容,无法收场。

婆媳关系是非常微妙的,关键是相互包容,绝不能见人就说,我媳妇有多么的不好,或我婆婆有多么的不争气,这就是矛盾的发源地。有事要装心里,慢慢消化,不要外扬,一外扬,事情就很难挽回,相互传是非,都伤自尊。自尊一伤,就容易发生矛盾,那就清官难断家务事了,争吵不休了。所以有事一定要包容,不要乱说,自行消化,使自己经常有一个好的心情,把不愉快深埋,把欢乐留给大家。

儿 孙

作为子孙,就是老人的生命延续,从小要听老人教导,学老人的道德品质,慢慢长大。不要因自己能自强自立,自己的学识高于老人,做事就自作主张,不把老人放在心上,不听老人教导和劝告。这样不好,自己的一切都是老人给的,老人不但是自己的血脉传人,也是前半生的教育者和奉献者,老人虽说老来愚拙,但他有阅历,阅历也是知识。应该尊重老人,他们的批评教育应该听取,不能做出越轨的事情,让自己后悔终生。尊重老人是给自己修的一条康庄大道,如果自己给自己的路都没有修好,老人处境虽说难点,但将来自己的难处就可想而知了。

邻 里

邻里,是亲不过的亲人,冤不过的冤家。谁能救你于水深火热,谁能帮你危急关头的困难,谁能给你找到快乐和幽默,邻里。谁又能和你争吵不休,让人火冒三丈,邻里。谁又让你处处受刁难,时时掣肘,邻里。和邻里的关系一定要处理好。处理好了,有灾有难时,有邻里前来搭救;有急难之事时,找邻里帮忙。远亲不如近邻,就是这个道理。你心闲无事的时候找邻里,说说笑笑,既开心又方便,大家都有一个好心情。

邻里关系处理不好,为一点小事争吵不休,今天你把我怎么样了,明天我又把你怎么样了,边界,实用的物件,等等都是掣肘。所以和邻里的关系,非常重要,一定要处理好。必须大量容人,和睦相处,虽不容易,但一定要做到,做到了,遇到事情说开也就过了,遇到大事妥善处理。不要争吵不休,甚至动武。一旦互不相让发生矛盾,就不好处理了。低头不见,抬头见,见面多尴尬。和邻里关系处理好了,不是亲人,胜似亲人,在你急难之时比远亲强得多得多。邻里关系很重要,不能产生矛盾,要和睦相处直到永远。

朋　友

朋友是什么,有过救命之恩,和自己有过生死相遇的是朋友。一般同事之间没有真正的朋友,是相互利用、各求所需。人际交往一般面子能过就行。你好我好大家都好,不要过分亲热,亲热就是翻脸的前奏。相互过分亲热,各怀心思,必有索求。如果主动和你亲热,一定要有思想准备。人家亲热,你也得热情,所求就多,甚至苛刻,有啥事你如果办不到,就会产生矛盾,矛盾一激化,就是翻脸,相互争吵不休,无有宁日。以前的热情关系,就跑到九霄云外去了,成了相见不相识的仇人了。所以我说的尺度,一定把握好,要清楚人与人之间要有一定的距离。既不能疏远,又不能太亲热,才是人生旅途的正确的方向。

论　理

有理走遍天下,无理寸步难行,这句名言,流传千古,是每一个人的口头禅。但谁又能真正说出真理呢?"理"是才智和口碑的服务者。一个有才智口碑好的人,和一个没有才智口碑的人论理,无论如何,无才智口碑的人有理,也说不出道理。有才智口碑的人无理,也能把事情说得头头是道。这就是才智口碑与理的关系。遇事不要强词夺理，论理重证据，和别人论理，理顺一切头绪，找到充分理由，抓住有利证据，达到准确无误，才能不失时机据理力争，达到自己想要的目的。和别人论理，不要先发制人，让别人先说，你认真听，听出破绽，拿出有力证据，说一个心服口服，就行了，不要得理不饶人，让对方无法接受。十分的本事用七分，三分留下育儿孙。一定要注意尺度，不能一棍子把人打死，造成无法挽回尴尬的局面。

承　诺

人活一世，做事说话不要轻易承诺。一旦做事说话有承诺，必须兑现。不要像有些人，样样事都给人答应的宽口袋，可是一样事也办不了。这样不好，有承诺就必须无条件兑现。这样人才能相信你，慢慢就有了威信，尊重、服从你的论述，你就能立于不败之地。说话有人听，做事有人帮，一切都就顺理成章能完成自己的夙愿。

诚　信

人活着要有诚信，不能撒谎，撒谎的人是良知的败坏。人办事说话都要实在，不能说话办事都绕圈子。诚实是做人的根本，言必行，行必果。有道德修养的人,都是取信于人后受到众人的拥戴,来发展自己的事业,造福苍生,名留青史的。奸诈小人是没有好下场的,虽说能一时翻云覆雨,但时间一久被人识破,就寸步难行,事事艰难,无人交往,到头来落个身败名裂,一无所有的下场。所以说话办事都要诚实,以诚信取信于人,才能立足社会,成为强者。尊重别人就是尊重自己,尊重、诚实、和睦相处地搞好人际关系,这就是立身之本,务要谨记。

成　败

　　成功来自谦虚节俭。为人和气,勤俭节约,能和所有的人和睦相处,共同做事,是一个人有道德修养的标准。十个指头有长有短,更何况芸芸众生,要发展事业,就需要各类人才。用人用其长,补其短,事业才能发扬光大,宋江能统领梁山一百单八将,就是取长补短,仁义待人,才有水泊梁山英雄好汉的传颂,至今脍炙人口,人人称赞。待人要平易近人。做事要克勤克俭,富翁都是精打细算才创造了财富。人生活于世,绝不能铺张浪费,暴殄天物,那样就达不到自己理想的目标。

　　败来于奢侈。许多富翁企业家,如果做事不矜持,奢侈浪费,挥金如土,坐吃山空,多么富有,都不能富贵到底。所以持家干事业必须勤俭节约,精打细算,才能有良好的发展,完成自己的夙愿。但无论如何不能奢侈,节约能从繁荣走向辉煌,奢侈能从繁荣走向破败。

气　度

　　人要有气质。气质就是人的形象、肚量和涵养。气质和形象是自己树立起来的,气质和形象是吸引人的第一要素。给人的印象是好是坏是强是弱的关键,看你如何把握。量是容人的气量,啥事都看得平平淡淡,无所争议,大量容人。不要遇事,自己控制不住自己,失去形象。量和涵养自己要修,所以形与量要时时注意。不管遇到什么事情都要谨慎,对自己的一举一动都要保持良好的修养。形与量就是一个人道德修养的试金石。

教　育

　　孩子从小读书,他们不知道是给自己读书学文化的,他们认为,是在给父母读书,直到初中他们心里还是认为是给父母读书的,他们不懂父母在为他们修着金光大道,也不知道知识的重要性。所以做父母的一定要抓好孩子的基础知识的学习。有了良好的基础,才能有好的未来。如果抓不好孩子的基础教育,上高等学府就非常艰难。

　　高中的孩子已知道知识的重要,这时用功,为时已晚,没有坚实的基础知识,上大学非常艰难。一个人没有高等学府的知识升造,很难让思维的境界达到一定高度。关心孩子的教育,是每一个做父母一生的工程,也是孩子人生转折的关键。一定要把好这一关,让自己无后顾之忧。不要看自己有多么成功,放弃孩子的教育,这就完全错了。自己的一切都是过眼云烟,孩子的成功,才算真正的成功。人生本身就在走阶梯,父母就是抬轿的,能把孩子抬多高就想方设法抬多高。别想着靠儿女享福,享福是后话,孩子学业有成、事业成功了,享福的事就来了,孩子学业不成、事业不成功,想享福也享不了。

人活着能自主,是最得意的事情。人一生要做很多事情,要有做事的主心骨,要相信自己的能力,相信自己的判断。办事要有信心,才能自立。自立就要脚踏实地地干事业。干出一番事业才能自强,立于不败之地才能自主,这是一个递进性的道理,明白了自立、自强、自主的道理,做事就有了规范,认真总结经验,完成自己的心愿,达到自己的目标。

贫穷来源于愚昧,愚昧来自于无知识,无知识是因为不读书。人要改变未来,必须狠抓读书,只有知识,才能改变未来的一切。知识是无价之宝,无法用金钱来衡量。所以必须多读圣贤书,圣贤书能净化人的心灵,提高人的思想境界,也能造就辉煌的人生。穷要狠抓读书,富也要狠抓读书,富不读书一样能走向贫穷。所以任何时期,任何情况,都要尊重知识,认真读书。让知识陶冶人的情操,使自己不被社会淘汰。

书中自有黄金屋,书中自有颜如玉。知识就是个宝,要认真收藏,扩大积累。有些人不重视知识,一味地赚钱,认为钱是个好东西,这就错了。一辈当官,十辈打砖,就是因为有权有钱慢待了知识。不管贫富,只要能尊重知识,苦读圣贤书,一定会从辉煌走向更加辉煌。

孝 悌

世人大多知道忠孝,可谁又能懂得悌呢?忠孝悌是一个人一生的做人法则,忠孝是人们的口头禅,忠孝都能举出好多的例子,可悌谁又能知道多少呢?忠是对国家对人民忠贞不贰,孝是对自己的父母孝顺,顺从父母的心愿。悌就包括多了,兄弟姐妹、亲戚朋友需要的都是悌道。要想做好悌,就是一个"忍"字。唐朝有个张公艺,是八代没有分家的族长,唐太宗问:"张公艺你八代没有分家的绝招是什么?"张公艺不说,要写,写了半天给唐太宗看,满纸全是"忍"字,别无他字。这是一个真实的故事,要想和睦相处,没有道理而言,只能忍,公正无私相互包容,一个家族才能和睦相处地生活。

不听闲话,不讲闲话,相互忍让,既公正又无私,难道还不能和所有的家庭成员和睦相处吗?不听闲话,不讲闲话,我又得提一位古人。明朝官员里有一个人叫郑廉,七代没有分家,一家一千多口人,开国皇帝朱元璋问:"郑廉你一家一千多口人,没有分家的秘诀是什么?"郑廉回答说:"不听闲话,不讲闲话。"朱元璋听后思虑片刻后,给郑廉两个梨。郑廉拿着梨前面走,朱元璋让侍卫后面跟着,看怎么给一千多口人的家庭分配。只见郑廉回到家中,把梨双手高举,告诉家人梨的来历,吩咐家人搬过来一口大缸,打满水,把梨捣碎放到了盛满水的大缸里搅匀,让每一个家人都能喝到一碗,还叩拜感谢皇恩。朱元璋听后,就赐了郑廉一块"天下第一家"的匾。从这个故事里,我们可以看到一个人的道德修养如此之高,小小两个梨做得如此缜密,这样还能有不和睦的家庭吗?这就说明了孝悌的重要性。如今的社会都在模仿西方的生活模式,经济独立,生活独立,把老祖宗传授的忠孝悌都抛之脑后了,让人非常痛心。"四海之内皆兄弟",但朋友间真挚的友谊,真是不多见,急切呼吁,对孝悌的认识,应该发扬中华民族五千年的文明史,让《三教》《论语》《庄子》发扬光大,让其与友谊、孝悌共辉煌。

我的家庭从目前看,还算是一个和睦的家庭。三个儿子都已成家,生活独立,事业在一块做,经济巩固,花费按需分配,也没有什么异议。我很高兴,希望大家一直能公正无私,相互包容,解透孝悌的真谛,和睦相处到永远。这就是我的心愿。能否达到我的心愿,从目前看,虽说有些小的矛盾,小摩擦,但大体统一。毕竟年轻,知识可以,阅历浅薄,看不破世事,再过几年,一定能参透我的良苦用心,使我的苦心经营,能有丰硕的果实,我愿足矣。

依 靠

人结为伴侣,就是终身依靠。年轻的时候,女人得靠男人,没有男人身无主,生活、工作、行动都有不便。老来男人全靠女人,有老婆生活住宿都方便。儿女与父母的感情,与母亲更亲近,母亲能占百分之七十,父亲也就是三十左右。如有啥事都给母亲讲,父亲要知道,还得老婆传话。老婆不传,你啥也不知道。如果没有老婆,父子谈话有代沟,言多容易训斥,时常大家都不快。有老婆相互调解,阖家都无事。公公跟儿媳没有一块儿拉家常的习惯。想跟孙子玩,还得几个糖。老婆在,老婆就是一家之主,老婆中央一坐,老头就靠边一坐。儿子坐椅子,儿媳坐床头,爱孙满床玩,一家人言谈吐语都方便,天伦之乐也有了。一切按部就班,都是老婆的功劳。

我谈这些,如有人不服气,再啰唆几句,自己的老婆给你做妻子时,你花了几个钱,就把人家娶回家,给你生儿育女,一生操持家庭运转,苦不堪言,是人的都得想想,在一个家庭功高盖世该算谁,最伟大的非谁莫属呢?

生 气

气从心头起,恶从胆边来。人生气好比一个小雪团,自己理清楚,给自己找错,把气慢慢消解,这个气雪团也就随着融化了。如果自己不说自己过,只给别人找错,这个气雪团就越滚越大,一直压得你喘不过气来,你才能知道,生气是不必要的。气大伤身,对自己的身心健康都有坏处,还影响要做的很多事情,不要自己跟自己过不去。有气就想着宽容理解,你的心情才能舒畅,对自己的身心健康、大脑神经都有好处。气可损身,也能气病,希望大家能认识生气的坏处,少生气或不生气,遇到烦心事的时候,多告诫自己,宽容谅解,善待别人就是善待自己。善待自己就要少生气,不生气,心情愉快地活好每一天。

糊 涂

人生一世难得糊涂。不是说什么事都得糊涂,大事一定要明白,不能有错。小事明白，也要装糊涂。因小事起不了多大的风波，你装一装糊涂也就过去了。如果你和小事都斤斤计较，那你就是一个矛盾的发源地，安舒的生活就不得安宁，生气就成了家常便饭，难以自拔，烦恼日增，对身心健康都不好。人一生一直在矛盾中生活，看你如何认识矛盾，你如何把小矛盾装成糊涂，大矛盾妥善处理，这样就能省好多的心，对自己的身心健康大有好处，减去好多烦恼。所以我希望不要为小事而烦恼，更不能为小事而斤斤计较。需要糊涂，糊涂得内心明白就行了。解脱矛盾对人的困扰，开心是最好的良药。

分段人生

人活一世，我把每个年龄段的思想反映和因果关系，写于纸上，望参考。

一岁至八岁，顽皮捣蛋；九岁至十六岁，青春飞扬；十七岁至二十四岁，叛逆背行；二十五岁至三十二岁，求职定性；三十三岁至四十岁，发展事业；四十一岁至四十八岁，成败结果；四十九岁至五十六岁，展望基业；五十七岁至六十四岁，静观世事；六十五岁至七十二岁，畏缩衰退；七十三岁至八十岁，怕死爱钱。

人出生知事到八岁，无忧无虑地生活，既顽皮又捣蛋，无所不为，无事不敢做的。

九岁至十六岁，进入了正规学校，受到了组织教育，做人、学习，是好是坏已见分晓，基本可以看到孩子的优劣。

十七岁至二十四岁，读中学，读大学，也有一些知识，知道一点事情，自己有自己的思想，大人说话不一定听，做一些自己想做的事情，是最叛逆背行，碰的钉子多，对一个人的成长是有很多好处，以屈为升。

二十五岁至三十二岁，读书已读完，没有读完学业的也有自己追求和理想，而立之年基本都找到自己发展的目标，有公务员，教师，工人，农民等，各行各业各就其职，这段时间就是求职定性，决定人的一生。

三十三岁至四十岁，就是八仙过海，各显神通，每个人都在这个年龄段，把自己技能发挥到淋漓尽致，用自己的聪明才智创造人生辉煌一页。也就是三十不发，四十而不富。

四十一岁至四十八岁，自己的前途命运改变得怎样，这时已见分晓，有钱的，有权的，教授，企业家，工人，农民，一生奋斗的成败结果都出来了，可以说成败论英雄，一切都有定论了。四十不惑，啥事都清楚地摆在面前了。

四十九岁至五十六岁，有成就的继续完善和巩固，没有建树的也就这样了，五十而知天命，自己有多少本事，多大能耐已清楚，只能展望自己的成败得失，更希望自己的子孙，青出于蓝胜于蓝。

五十七岁至六十四岁，只能静观世事变迁，自己无能力扭转乾坤，只能做一些力所能及的事情，没有精力来接受挑战。

六十五岁至七十二岁，体力不支，精力不够，没有宏图大业的抱负，也就是一生劳累到多灾多病的时候了，只能退缩，别无他想了。

七十二岁至八十岁以上，人人都得赴黄泉，但是人人都怕死，总想多活时日，而且还贪一生没有受用过的东西，更爱钱财。生不带来，死不带去的东西，谁又能做得到不要呢？

成功　成熟

　　成功和成熟是两个概念。成功是一个小环节，成熟是一个大环境。一件事做得尽善尽美是成功。学业完成、研发项目做出成绩也是成功。成功的事数不胜数，人活一生不一定能成熟，一个能处事不惊、心若止水、才高八斗、学富五车、道德修养、素质极佳的人才算成熟。宰相肚里能撑船就说明了这个问题。为什么人们都说大官好见，小鬼难缠，能做大做强的人都是胸怀四海，万物存心，心系国家民族的安危，把黎民疾苦当成己任。有事一视同仁，公正无私，平易近人是成熟。能做到的人有多少？有的人当个小官，或做点儿有成就的事情，就不知天高地厚，高高在上唯我独尊，不管别人的死活，只求自己的耀武扬威。这样的人只能一时的兴风聚雨，绝没有长期的荣耀和发展。是一时的成功而没有成熟。有很多的高官企业家，最终走上不归路，就是一心为己不为人人，只成功，没有成熟。

　　人活一世道德品质是第一要素，做公益的事情就是道德品质的试金石。人不为己天诛地灭，但在所需满足，衣食无忧后，就不要有贪欲。人心不足蛇吞象，这是一个普遍现象，能从这里面走出来的人才算成熟。

　　如何贪婪，都是生不带来，死不带去。生命只有一次，所以不能只为自己着想，要对得起来到这个世界赋予自己的责任。人是哭着来的，不能笑着走，要想笑着走，必须多做善事、公益事情，积德行善做公益事情，对一个人来说没有多么的难，始终保持良好的心态，做起来也就容易多了。做善事公益多了，一生无愧，心里也就踏实了。大爱无疆有什么不高兴的呢？

解读境界

历史变迁,世事轮回,万物兴衰,自然延续,都生存在阴阳平衡的载体。谁又能深知奥秘呢?自然规律的长盛不衰,就是阴阳平衡的真实写照。重阳不生,重阴不长,万物都生存于太极,太极生两仪,白中有黑,黑中有白,五行相生相制,生克制化,保持平衡,这就是自然规律。懂得了自然发展规律,人生的轨迹才能平稳地长足发展。人的思维境界,就注定了一生的规划,有即时规划、短期规划、长期规划,都是顺应自己思维而前进的。

自然境界、功利境界、道德境界、天地境界是人一生的追求,百分之八十的人都处在自然境界。及时做好规划,今天要做好什么,全年要干什么,几年之内要达到什么样目标,都要做好规划。

功利境界,属于高层管辖之内的人物,只能做一个地区发展的规划。科技的实施,城乡的建设,尖端技术的研发,关注民众生存与疾苦。能使国家地区繁荣进步,做出一定贡献的人物,只要不贪赃枉法,胡作非为,就是一个功利阶层的楷模,既满足了自己生存的所需,又做到了对社会和民众服务的义务,名垂青史,流传后人。

道德境界,五年规划、十年规划、百年规划,这都是执掌乾坤,摇撼宇宙,大人物的思想境界。道行苍穹,德布众生,胸怀祖国,放眼世界,有几人能做得到呢?

天地境界,谁知道天有多高,地有多大,只有及知周天之事,又识周天之物,生生不息,长存宇宙,才有天地境界,留给后人的积德行善、因果报应、修身养性,谁又能解得通呢?

  所以大部分人,都是随自然境界而前进的。不要脱离自然境界的运行轨迹,有一个平常的心态,就会有发展的空间。如果脱离自然运行轨迹,异想天开,就一事无成。认真解读自然规律,认识自然运行规律,人才能活得明白、充实。

城乡融入

  安适的生活是每一个人的向往,哪儿才是安谧的地方?什么才是让人安适的生活呢?冰冷的城市生活,悠闲的田野生活,你到底怎样选择呢?城市虽然高楼林立,车辆如蚁,人流攒动,机器轰鸣,却上无蓝天,下无草原,空气一片浑浊。但有发展的空间,池大好养鱼。人就是通过发展才换回美好的生活。不发展哪儿有好的生活呢?成人不自在,自在不成人,就是这个道理。城市规划、建设、环保、安全、科技发展,人民的生活平稳,哪一样不需要人来服务和管理。只要自己努力,会由贫穷转变为富裕,有不断发展的希望,经济慢慢壮大,让自己立于不败之地。

  农村好多事情制约了发展。物质的匮乏,运输的不便,高科技的难以实施,都制约了农村的发展。但向往安谧的地方,过安适的生活,莫过于农村,桑梓的厚道,感情的交融,淳厚而朴实,大自然的馈赠,更让人留恋。春暖花开,百草丰茂,百花争艳,百鸟争鸣,一派欣欣向荣。农民的劳作生活,我更向往。春播农夫忙,早饭阡陌路,午时耕耘绘。春下一粒籽,秋收万归仓。虽说满污垢,心底且纯洁。夏季麦浪滚滚,秋季硕果累累,牛欢马叫,无处不让人流连忘返,多么安谧的地方,安适而环保,自产自食,全是绿色食品,为啥说农村人比城市人健康,原因就在这里,远离污染,绿色自产。

城市有好的医疗条件,城里人比农村人的抵抗能力差。农村适合人的居住,城市更有发展前景。什么事情都是矛盾的,任何时期,都难找到一个平衡点,人一生都在追求幸福,谋划发展,难道这不矛盾吗?做任何事都是既有矛,又有盾,矛盾就是人生旅途的平衡点。

多么向往田园的生活,此生怕是再难步入,只能气绝松柏寒,屈膝父母前了,来完成我没有尽到的责任,但一定要实现。

老　人

太平盛世六十多年,社会和谐,民族团结,国家富强,现代化的发展真是日新月异,高科技的实施步入世界巅峰之林,人民的生活丰衣足食,一派欣欣向荣。就是城乡老人生活差距太大。

我的儿女都在银川工作,我也搬到了银川居住。这次回家看到年近古稀之年的哥哥姐姐,还在地里辛勤地劳作,腰蜷腿弯,衣服污垢不堪。摸一下手皴得实在可怜,不由我潸然泪下,痛彻心扉,只觉自己对不住九泉之下的父母,没有照顾好自己的亲人,无地自容,但我也无可奈何。

我也是农民出身,非常喜爱农村生活。就在庄前屋后田间地头走走,看到农村的悲惨景象。农村没有青年人做生产,全是老年人在土里刨食做生产。我所住的地方是南部山区,黄土高原,靠天吃饭,没有引流灌溉。劳作一年经济收入跟打工收入就差远了,所以青年人都出去打工挣钱,不愿再做生产。孩子都留在家里让老人看管，老年人都成了生产的主要劳力，是看家抚养孩子的坚强后盾。无怨无悔老黄牛精神淋漓尽致体现在了农村老年人身上，可叹。

　　一方水土养一方人，看到现在的情况，真是心潮起伏，久久难以平静。农业生产不是谁想做就能做好的。有句老话，三年学一个生意人，一生不一定能做好农业生产。现在的年轻人都出去打工挣钱，不做农业生产，做生产的丰富经验靠谁来学习和掌握呢。现在提倡科学种田，科学种田也离不开长期积累的丰富经验。所以，农村需要高度关注，了解农村的现实情况，解决农村现实存在的问题。农业生产需要后继有人，老人需要老有所养，老有所乐，希望继承中华民族五千年的优良传统，让农村的失调走向得以解决。

　　我虽然也当过几十年的农民，儿女们长大成才，经过自强不息的努力，都市生活我也有一席之地，享受着天伦之乐和无忧无虑的生活。时而也参加都市的老年活动，了解一些城市老年人的情况。城市老年人大部分是解放初期和中期参加工作的。有好多的文化程度不高，退休工资也不高，但衣食无忧，过着逍遥自在的城市生活。偶尔听到一些老年人的谈话，抱怨现实生活有失望与不满，家庭生活处理得纠结，自己情绪低落，找不到幸福生活的终点。借用毛主席的一句话，"牢骚太盛防肠断"。所以，你认真仔细想想，为了革命的胜利，有多少人为信仰而付出了一生，又有多少人抛头颅洒热血赢得了太平这几十年，他们得到了什么？没有听到胜利的号角，没有看到五星红旗高高飘扬，没有拿过国家的俸禄，没有享受人间的幸福生活。如今的幸福生活，是他们用鲜血与生命换来的，我们应该好好珍惜，好好享受如今的幸福生活。

　　所以，希望城市的老人要有正确的人生观，老有所为，老有所需。发挥自己做一些力所能及的工作，减轻社会负担和家庭负担，让更多的人参加国家建设，让我们的国家经济富裕走向更加辉煌！

幸运与不幸

生活,就是一堆待解决的问题,拿不稳的胜券,摸不清的失败,不幸与幸运是会交替出现的。生活本身就是幸福和痛苦组成的。幸运并非没有许多的恐怖与烦恼为伴,不幸并非没有许多的安慰与希望相随。但人永远都渴望驾驭生活,改变现状。尽管有很舒适的美好生活,人还是不停地在为生活而付出,一直在描绘未来的宏图。社会在发展,人类在进步。必须得发展,所以发展不能说贪得无厌。这是自然规律,自然规律离不开知识。所以要认真攻读各类书籍,净化自己的思想,使自己的学识始终不落伍,不要被时代淘汰。

知识丰厚就等于一个人站上了高峰。看得远,心胸也开阔,其表现出前途一片光明。如果没有知识,好比一个人在黑夜里走路,阴沟里穿行,前途一片漆黑,做事情都是意识不清,看不到辉煌的发展。所以任何时期都要尊重知识,认真学习,净化自己的思想,不要为自己的能力而烦恼。艰难是一时的,坎坷是终生的,但一定要看到前途是一片光明的。

贤人和小人

贤人,胸怀韬略,急难关头能挺身而出,忘我,不计回报,襟怀坦荡,虚怀若谷,能吃亏忍让,不计名利,遇事不会无端发难,坚韧沉着,精气内敛,有时显得大智若愚,这才是最聪明的大贤人。希望多多观察,善用贤人。

小人,惹是生非,捕风捉影,说三道四,颠倒是非,造谣惑众,歪曲事实,挑拨离间,暗箭伤人,拉帮结派,诡计多端,激化矛盾,制造流言蜚语,抬高自己,这就是小人。要好好注意,不要上当,不怕不识字,最怕不识人。远离小人,才能成就大业干大事。

量才用人　各尽其才

人的长处和短处并没有界线,有时候短处在特定的条件下能转化为长处,就看你如何应用。如果应用得当,就会创造效益。在用人中,先认识再应用。让爱吹毛求疵的人去管理质量问题,让谨小慎微的人去抓安全,让斤斤计较的人去管理财务,让八面玲珑爱传播消息的人当信息员,让争强好胜性情急躁的人抓突击生产,这样就是量才用人。取长补短能收到良好效果。用人不要光用有长处的人,不用有短处的人,总体看本质。从短处挖掘长处,更值得注意。让所有的人发挥闪光的一面,为我所用,实现自己所要达到的目标。

做一个合格的领导

作为一个企业的决策者、管理者,"我"的主要任务是研究发展战略,抓大机遇,谋大发展,而不是和下属抢事做。

"我"是一个非常重要的字眼,尽可能的要用好,我既代表权力,又代表授权,有裁决权。要清楚自己在做什么,应该做好什么。要对员工设置一定的约束和压力,使员工知道干什么,干好什么,清楚自己的职责,认真负责完成领导所下达的任务。但对行使的权力,一定要行有道,谋有序,思想一定要明确,不能瞎干和蛮干,以求质量和数量的安全过关,不要有任何瑕疵。

代班人要眼观六路,耳听八方,随时发现问题,及时解决,不能偷懒。不停地观察和发现,让发生的问题都解决在萌芽状态。给员工一种感觉,领导无时不在。让员工认识到自己的存在价值,努力完成自己应该完成的任务,质和量才有一定的保障。这样才能体现出一个代班人的自身价值,确保各项环节有效运转。

吃　亏

人生在世最难的是吃亏。占便宜是每一个人最高兴的事情。但人生在世决不能占别人的便宜,应以吃亏为主。能吃亏少很多是非,肯吃亏能得到大家的敬畏,常吃亏能吃出一定的权威,一生一世吃亏,能吃出人格闪光辉。

要做到吃亏很不容易,遇到事情要有思想准备,吃亏是一件难事,也是一件非常痛苦的事情,但如果早有吃亏的习惯和准备,也就无所谓了。人生何其苦,从苦中求乐,从苦中求发展。科学证明,人生百分之七十的时间是痛苦的,只有很少的时间是快乐的。但心里一直有一种自足感,就会快乐。不要有过多的贪欲,贪欲高的人痛苦就多。人人都知道知足常乐,谁又能做得到呢？神仙不贪财，金身莲花台，何况凡人呢。但一定要有度，不要超出界限，始终保持一种自足感，不要为钱财而伤脑筋，不要为钱财而失和气，一切顺其自然规律来进行，就不会有太多烦恼。

苦其心志

人生最高境界，莫过于能够自主自律，使其自我磨砺。古语说得好，天降大任于斯人也，必先苦其心志，劳其筋骨，饿其体肤，空乏其身，行拂乱其所为，是动心忍性，曾益其所不能。

人要想成就一番事业，必须要在痛苦和困难的环境中来历练。经过的痛苦和困难越多，对一个人的成长帮助越大。痛苦和困难是人成功的试练场，能让人在逆境中发展，在困难中生存，在痛苦中茁壮成长。这样历练的人，才能担起历史赋予的重任，翻开辉煌的人生一页，造福于社会和人民。

犯错与批评

一个人难免犯错误。当一起共事的员工犯了错误，不能粗暴地给予批评。人非圣贤，孰能无过。要经过认真调查之后，心平气和地与其加以沟通，晓之以理，动之以情，指出缺点，不伤害其自尊，使其心悦诚服，从而激发工作热情，使其有责任心、积极性和创造性，这样才能显示你做人的水平和宽容。

理与礼是一对解不开的双胞胎。你在处理事情时只用理,而不用礼,你有多充足的理由,对方也难以接受。所以做每一件事情,必须以理服人,要以礼下士,才能和所有的员工和睦相处,搞好团结,发展生产,确保任务顺利完成,达到理想的目标。

以业为家

"齐家方能治国",这句至理名言出自诸葛亮之手。一个家庭和一个国家是一样的组成部分,国家可以用法律来约束一切,犯法可以管制、量刑,但家庭不行,家庭每个成员都和自己有血缘关系,或亲情关系,或夫妻关系,或父子关系,或兄妹关系,或妯娌关系,非常复杂,所以管好一个家庭实在不容易。作为一家之主,要有好的道德修养和前瞻水平,要有超前意识,不能有私心,无私才能无畏。要权衡一切,不能偏听偏信,始终心中有数。稳字当先,对每件事情都要善始善终。做过的事情都要有据可证,才能有说服力,才能让所有的家庭成员信服和尊敬。

做好这些需要努力做到以下八点:一要胸有成竹。不管事情有多大或多小,自己心中一定要有数。二要心胸开阔。要包容家庭所有有过失的人,既往不咎。三要能吃亏。无私才能无畏,一切为家庭着想。四要集思广益。集中大家智慧,吸收有益建议,做出正确判断。五要统筹兼顾。六要顾全大局,任何事情全面安排,不因小失大。七要关爱有加。对所有家庭成员像爱护自己一样,一视同仁。八要背宽驮重。压力自己驮住,不推卸责任。

做到以下这八点,自然而然就是一个被家庭公认的一家之主,也是一个被人仰慕和尊敬之人。要做到这些很难，不是一朝一夕，要一生一世的做到底。一是和睦相处，二是无私无畏，三是光明磊落，四是心胸广阔，五是尊老爱幼，六是兄妹团结，七是夫妻和睦，八是妯娌如宾。

成才教育

"人之初，性本善"，这句三字经名言，教化着一代又一代人。真正谁又能做得到呢？人之初，无怨无恨，怨恨都是生活中积累而来的。人体基因和家庭教育起着很重要的作用。处世善者，子女就有几分善意；处世恶者，虽不能一概而论，大多子女会受不良思想的影响。要想改变，只能苦读圣贤书，精通圣贤思想，才能改变自己。人一定要认真学习，不断净化自己的思想，才能立足于社会。

人之初，忧愁和难以解决的问题就会出现。责任和希望同在。父母如何让子女长大成才，这就是责任，不负责任，就没有希望。责任和希望，是做父母的一副坚韧的重担，怎样担好这副重担，是一项任重而道远的任务。负的责任多，前途一片光明；负的责任少，光明和阴暗各半相随。所以教育子女要尽心尽力，全身心的付出，才有相应的回报。人生教育和道德教育问题：人生教育是初期模仿教育，道德教育"仁义礼智信"。父母不是高高在上的尊者，是辛勤的员工，每日都要做到培土、浇水和修剪，孩子才能有出息。在教育孩子的过程中，一定要尊重科学，不能盲目地找各种理由，对孩子施加超负荷的压力。要劳逸结合认真学习各种知识，让高尚的文化情操来净化孩子思想，使他对发生的事情都有一个全新的认识。当孩子走向社会，父母就不用太操心,他能独立闯下一片自己的天地。

子女长大成人,有生存能力,就要定位。全身心地投入,用自己的经验和阅历,给子女指一条明路,指引子女有追求、有目的、有目标地去工作。不要让孩子摸石头过河,摸石头过河既费时又费力,往往是事半功倍,达不到预期的目的。

知识　素质　修养

所学、所听、所见,都是知识。一个人读的书多,不一定知识就高,素质就好。读的书多,素质不好,修养不高,就是把所学、所听、所见的没有读懂并理解,只知皮毛,似懂非懂。学知识就要学会应用,才算知识。合理地应用知识就是素质。所以知识和素质是相提并论的。修养就是知识和素质组成的道德品质。懂得了这些道理,就要认真读书,增强知识,使自己的素质修养达到一个高的境界,来做人做事。

儿女不是自留地

以屈为伸,实践互动是孩子成长发育的重要环节。现在父母最怕孩子受到伤害,不让孩子受到一点委屈。出外游乐园玩耍也害怕别家的小朋友欺负,双眼紧盯时时关注。所有的事情都由大人料理,恐怕孩子做出难以接受的事情无法收场,这就大错特错了。人都得从小就历练坚强的意志,碰几个钉子算什么。碰一次钉子是对事情的更进一步认识,它不但对孩子没有任何影响,反而能增进他承受能力和思考能力,何乐而不为呢?实践创新是孩子将来处世的必经之路。孩子你现在不让实践创新,将来要面临的所需就无法应对。所以,孩子不是自己的自留地,想怎样刨就怎样刨,然后根据自己的意愿栽培植物,认为只要自己付出就有丰厚的回报。植物只有生命没有思想和灵魂。人是既有生命又有思想和灵魂的。灵魂是与生俱来的,思想是实践创新积累而增长的。明白了这个道理,教育孩子就有了正确的方向。对于孩子的一举一动在大人的监护下正确履行是父母的职责。小孩子好动爱玩是普遍现象,他们在玩耍中学习、探索。因为小孩一切行为都是将来智慧积累的良好基础,父母要鼓励孩子多锻炼和磨砺,增强孩子的坚强意志和勇于创新的精神,对于将来的宏伟目标有清晰的认识,稳步迈入人生轨迹。

　　溺爱孩子是每一个父母的天性。现在有些父母溺爱孩子有些太过,孩子的一切应酬和事务父母都承包下来。包括吃喝拉撒睡都是父母精心料理,没有给孩子一点实践锻炼的机会,将来步入社会你让他如何应对?实践出真知是人生的必经之路,不要以为自己对孩子尽到了责任就能看到希望,那倒不一定。实践之路都让你自己承包了,没有让孩子接受实践新生事物的机会,孩子怎能应对复杂的社会,启迪大脑向多元化发展。小孩接受新生事物才是自强自立的关键所在。只有让孩子多经风雨见世面,磨砺自己的坚强意志,才能与众不同脱颖而出,然后知道世事奔波多么艰辛,也明白父母对自己曾经的付出是多么艰辛,更要知道父母要看到的就是将来自己的希望,让自己始终有一颗感恩的心,回报社会,报答父母。

　　孩子每天完成自己的作业以外,多给他一点自由活动的空间。调皮捣蛋好动爱玩是孩子锻炼智力的基础。为什么人都说怪孩子将来有出息。因为他经历的东西多,受的挫折多。以屈为伸这个道理谁都懂,因为他碰的钉子多,接受的新鲜事物多,实践创新经验就丰富,他就比同龄孩子经验积累丰富得多。所以,希望各位家长在自己监护下多给孩子一点自由,让他有自由活动的空间,锻炼他的能动性和智商。不要以为小孩就是自己手中的雀儿,一放手就会飞掉。如果牢牢控制孩子自主能力一定会得不偿失。还达不到自己的预期效果,有时还会造成双方不必要的伤害。因为物极必反是客观规律。

现在人都聪明了,都不愿多生。七俊八杰的现实家庭现在没有,就是有也无法生活。少而精少而强是每一个父母的心愿。宠爱孩子就成了家中的重中之重。孩子共享的思想少得可怜。最令人心痛的是孩子的自私心理。一家之中唯我独尊,吃要吃自己的可口食物,玩要玩自己喜欢的玩具,不管家庭经济是否能够承担,只要自己喜欢谁也无可奈何。满足小孩愿望不是不可以,而是要在家庭经济许可的情况下来满足小孩的愿望,绝不能认同不良思想蔓延发展。道德教育到了高声疾呼的时期。家长不要以为自己的孩子学习好就能代替一切,那倒不一定。如果孩子学习非常好,道德品质非常差,你就有多高的知识水平也无人问津。因为你没有高的修养素质,和你接触就像碰到一根刺,谁不怕伤害,还有谁和你和睦相处共存。我们的国家是一个有五千年文明史的国家,最注重的就是道德品质。乐为天下苍生而乐,忧为天下苍生而忧,这就是每一个人来这个世上的责任。所以,良好的道德品质是对孩子教育的关键所在。父母就是辛勤的园丁,刨土、施肥、浇水、修枝,让孩子成为栋梁之才,团结广大民众建设我们的美好家园。前面我谈了对于孩子实践锻炼应放任自由,后面我谈了对于道德品质教育要亲身履行。让孩子将来成为一个对社会对民众有用的人,来实现自己的宏伟目标而努力奋斗。

人生感悟

养成热爱阅读的习惯

读书是人的精神食粮，也是陶冶人的情操必备之物。"秀才不出门，便知天下事"。万事万物都在书中，历史故事中的政治纷争的演绎，国际形势的动荡，家国情怀的培育，自然生态山川河流飞禽走兽等，都能在书籍里面找到。大可精通治国理政企业发展的方法，小可明白家庭生活的和睦相处的道理。这都是增加自己能力的精神食粮，也是解疑释惑的钥匙。

现代人大学读完，就觉着自己的十几年寒窗已经读完书了，明白了事理，成为了一个学者。其实高等学府学习，只不过所学的知识让人学习更加系统、专业，和真正学会走人生的路之间还差得很远。要找到做人正确的答案，自己摸索实践锻炼是一个方面，主要的要靠苦读各类书籍，才能找到正确的做人答案，迈入正确的人生旅程。有好多高等学府出来的人不愿意再读书，是不是初小到大学读完已经对读书厌倦了，这样人生无法进步。要想有所作为，必须认真攻读各类书籍，增加知识、丰富智慧是前进旅程的指路明灯，是明白人生顺势而为的风向标，是实现人生发展辉煌的基石。这么有益又有实用价值，有些人就是不愿意多读书，怎能明白世间的大道理呢？怎能步入人生正确的轨道呢？阅读主要是要养成一个好的习惯，你不要看着书厚，没有时间一下读完，就放弃或大概翻看一下，理解不了要领等于白读。读书不要心急，只要长期坚持没有读不完的书。一边读一边领会书里的思想，里面的东西一旦切中你实用的要害，阅读兴趣就来了，就百读不厌了。但不要读与自己生活无关的书籍。有些唯利是图的人，不注重道德修养和个人情操，读一些图有其表的书,这些书读起来只是好玩,但不要爱不释手,它对人生没有任何帮助,也只能浪费人生的大好时光,有时还让人步入歧途。

《我爱阅读》央视滚动播出好长时间,阅读都纳入了国计民生,国家提倡读书对国家富强人民幸福有多么重要,所以要认真多读书。读的书多了,起码有一个聪明的头脑,头脑聪明了,发生的一切事情都能在自己智囊中找到切入点,何乐而不为呢?央视有一句话:"读书与后者有关"。人们工作中涉及的三百六十行,只要你认真在书本中查找,都能找到自己理想需求的要领和智慧。我向大家推荐几类比较实用的书籍。多读各类处世智慧学,明白道德修养是提升个人素质最好良药,是大家和谐共存、培育家国情怀的基石。治国理政唐宋八大家的书中就有一些东西就是最好的教材,可以借鉴,也是高瞻远瞩仕途发展贪欲节制的清凉莲池。它能对人的写作、做人都有一定的启迪与帮助。熟读唐宋八大家就能领略古典文学的精美,不仅可以积累文化底蕴,更可以领略治国理政的思想和智慧,也是人生感情投入家国情怀的真谛。企业发展和企业管理就是非常实用的一门哲学,穿插各个方面的知识,必须认真解读。企业的经营与管理,人才的应用与配备,感情的投入与开发,都是企业发展的职场钥匙。鬼谷子的敌我分明,事物发展占尽先机的论述相当明确深邃,政治游说,军事指导思想,对于现在的职场、交际、营销都透露着极大的玄机。能找出做人的正确答案,让人清楚地活在竞争激烈的社会中。中华文明五千年,各行各业都出现过各类优秀人才,著书立传发扬光大是有成就人的心愿,所以自己命运和前途希望向哪个方面发展,只要认真翻阅查找,都能找到自己所需的理想书籍,也就是发展顺利的指路明灯。认真读书何愁自己的理想不能实现,事业不能发扬光大。一切都在书里面,看你下了深厚的功夫没有。功夫下到了,有了急难事情就不用抓头皮失理智了,眉头一皱计上心来,一切都能迎刃而解。所以长期阅读就是把可用的东西收集于智慧仓库,再转为智慧工厂,输出于人生各个环节而应用,这就达到了读书益于应用的目的,人们有什么理由不认真学习呢?

前面我已经谈了阅读的重要,希望人们能挤出一点时间来读书。不要工作忙身心累,寻求一些有刺激的活动来放松自己。想扎金花打麻将搞一点人际交往的小刺激,其实这就错了,不带一点彩头玩着没有意思,提高不了人的兴趣,带点彩头就成赌博了。玩耍带彩头,争强好胜,不甘示弱是人的本性,到那种场面玩耍谁还愿意示弱甘拜下风,有时为一点蝇头小利争得面红耳赤。时间一长厚道人情交往就越来越薄。昔日的喜笑颜开一块儿玩耍最终成冷面相对,多么不划算。还不如有时间多读一点书,比什么都有用,有选择地多读书,加强人际交流,厚积薄发。既增长了自己的精神食粮,又增加了自己的知识储存,在日后工作中是解惑释疑的良药,还能起到鞭策醒脑的作用,正确的阅读是不是对人生是百利而无一害呢?

家庭矛盾的解析与化解

家庭矛盾不外乎有这种,父母和儿女的矛盾,兄弟姊妹之间的僵持,夫妻感情的纠结等矛盾。其实都是一些正常家庭矛盾。处理得好,和睦相处,处理得不好天翻地覆。

父母跟儿女闹矛盾,都是在儿女最叛逆的时候,或结婚成家以后。因为前期抚养教育父母是无私的奉献,各样行为比对在儿女心里还没有形成,只知道自己父母是最优秀的抚养者和监护者。二十岁左右自己也有了基本的知识,对一些事情都有自己的认识和挑战。对各个家庭情况的对比,父母对自己学习成绩的要求,做人道德品质的灌输,对错误的严厉批评,这些容易激发孩子的叛逆心理。这时的儿女不一定听话,因为这时正是其探讨人生和最叛逆的时候。其要挑战自我的认知是否达到正确的着力点。任何事都要亲历亲为,解除约束和无畏的纠结,实现自我的想法。结婚成家后和父母的矛盾。兄弟姊妹众多,父母所做的事情,如分配不公,另眼相看,偏心等,这些都是矛盾的发源地。每人都有自己的心思,不思考着自己怎样开源创新发展经济,勤俭节约筹划节流让生活常有盈余,只知道更多地索取。

兄弟姊妹之间的矛盾。每人都组成一个小家庭,每个家庭的发展和大家都不能平衡。但相互之间都有好多事情在纠缠,也有很多事情在掣肘,所以,比对和纠结就成了家常便饭,不思考着自己如何发展,遇事息事宁人,因一点蝇头小利,或一些刻薄的语言就发生矛盾。多么不值的矛盾冲突,但谁又能克制的了呢?还需要明白一个大道理,兄弟姐妹是同源之水,同根之木,一荣俱荣,一损俱损。谁都有困难的时候,有困难大家帮一下,渡过难关,不仅能拉近相互的感情,还能显示血缘亲情关系的重要。

夫妻之间的矛盾就牵扯的面儿广了。因为成天要面对一家人的生活,所有的事情都要亲力亲为,所以发生矛盾的概率非常高。经济收入的歉丰,家庭生活的用度,儿女事宜的操心与安排,夫妻感情的纠结都是矛盾的发源地。如何能让家庭稳定,要明白开源节流是家庭稳定的坚实基础。有句口头禅:男人是个耙,女人是个匣,不怕耙儿齿儿少,就怕匣儿没底儿。其实,在当今社会男女都是耙儿要有齿儿,但女人一定要是匣儿有底儿。围锅台转的家庭妇女已成为历史,男女同工同酬是国家的大政方针。各行各业都有女人的身影出现,也体现了男女平等的就业政策。经济收入各有所进,来维持长久的家庭稳定和经济计划支出。所以男女都是耙。女人为什么要匣儿有底儿呢?因为女人是操家的里手,勤俭节约是妇女的美德,把钱花在最需要的刀刃上还要筹思再三。这样的美德谁不心服口服还责怪呢?所以家庭妇女是管控经济的最好人选。操心儿女更是女人的美德,关心儿女吃喝拉撒睡等都花去了毕生的精力。所以儿女对母亲的感情是坚若磐石,无人代替。儿女学业规划,理想的追求,前途命运的安排,父母同样付出了自己的想法和精力,希望儿女青出于蓝而胜于蓝,将来有一个好的归宿,这是父母最大的心愿。以上写的都是家中正常运转的事情。贫贱夫妻百事哀,家中的一些经济支配,生活的艰辛,向好的方面追求等,都会有矛盾发生。但这方面的矛盾,都容易解决,很容易达成共识。唯独夫妻感情之间发生矛盾就不好解决了。夫妻之间是难舍难分的关系,也是阴阳难以分离的互补关系。你看太极图,两条阴阳鱼,白中有黑,黑中有白,阴阳互补,永不分离,保持着生态平衡。世间万物都是这种关系,人也不能例外。明白了这个道理也就明白人生潜在的矛盾。太极是阴阳互补演化保持平衡,人要不断努力完善自我、发展经济维持家庭现状。所以,通过两句诗和阴阳互补就能知道夫妻的潜在矛盾。为了生活的所迫,哪能成日的卿卿我我永不分离。相互分离要认识清楚,所行奔波是为了家庭发展的长期稳定。各自的无奈单身宿户,胡乱猜疑是多此一举,胡思乱想就会产生矛盾。要明白大部分人做事都是有原则的,不按人生游戏规则做事的人有,只是个别,不会是全部。希望人们正确管控夫妻关系,和睦相处调节生活节奏,让幸福的生活直到永远。

  再谈一点解决的最好办法。父母跟儿女解决矛盾的最好办法是儿女对父母的一个拥抱,父母有多么生气只要儿女能放下自己的纠结,给父母一个拥抱,大家相互一笑,一笑泯千愁,一切事情都解决了,不要和父母讲理,因为父母一生对儿女付出的太多,儿女还有什么理由和父母讲理呢?所以和父母讲理是讲不通的。兄弟姐妹之间要讲理,但讲理能起一时的作用,要长期有效,只能自己吃亏,自己吃的亏多了,无私才能无畏。自己无私地为大家做了很多事情,还有谁不信服和尊敬你呢?夫妻矛盾的化解,靠讲理是讲不通的。你有善言巧舌如簧,我能反驳百念俱灰,没有道理可言,所以讲理是讲不通的。夫妻解决的最好办法就是肢体语言。口述,亲爱的我爱你,对不起,请原谅。来一个娇柔拥抱,或甜甜的一个吻,一切都在不言中,事情无形地就解决了。所以,夫妻肢体语言是和谐共存的最好基础。遇事不要冷处理,热情地面对,是解决问题的最好良药。

人在旅途

人在旅途

青海五日

9月30日晚，儿女开车把我老俩和二儿媳妇及小孙子送到飞机场，准备去青海。十点四十分飞机起飞。飞行的过程中天地一片漆黑，只有飞机的嗡嗡声。俯瞰大地，祖国的大好河山，城市灯火辉煌，乡村繁星点点有聚有散，一派欣欣向荣的景象。高速公路两面行驶的车辆如长龙一般，眨着明亮的眼睛，奔驰在通向繁荣富强的幸福大道上。

时间如梭，飞机已经降落。走出机舱，来到大厅，我二儿马文勇出差在青海，已在大厅等候我们。二儿开车把我们拉到了平安县五星级宾馆。宾馆设施一应俱全，温馨而典雅，我们笑谈一会，就休息了。

晚上休息较晚，精力不够，我们还在甜蜜的梦乡，听到当当的敲门声，抬头一看，已日出东方。起床洗漱结束。宾馆准备有早餐，我们就去餐厅就餐，就餐结束，稍事休整，出发了。

出了平安县城，行驶在原始自然风貌的群山峻岭之中。天是那样的蓝，地是那样的绿，道路蜿蜒而崎岖，真是无限风光在险峰，一点也不夸张，事实就在眼前。

我们来到了李家峡水电站，李家峡位于黄河干流的河谷中段，黄河从风景区北部由西向东流过。西面是松巴峡，东面是李家峡。雄险的大峡谷，陡岩绝壁，怪石嶙峋，河道狭窄，水流湍急，涛声震天。坐落在这里的李家峡水电站，是青海境内继龙羊峡水电站之后又一大型水电站。

李家峡水电站，宽阔的人工湖面，将给古老而多姿多彩的坎布拉风景区增添一颗闪亮的明珠。游人到此一游,能领略到高原奇异的湖光山色。蓝天白云,青山绿树,碧波荡漾,山峦纵横,茂密的森林植被,古老的宗教文化,雄伟的电站,绮丽的峡谷库区及独特的藏族风情,集自然景观和人文景观于一体,是天然的旅游、观光、休闲胜地。大自然赐予人们的世外桃源,让人久久难以离去,流连忘返。

我们来到坎布拉国家地质旅游区,车辆如蚁,人山人海,都在领略着大自然的美丽风貌。坎布拉丹霞地貌由红色砂砾岩构成,岩体表面丹红如霞。奇峰、方山、洞穴、峭壁为主要地貌特征,山体如柱如塔、似壁似堡、似人如兽,形态各异。各种造型栩栩如生,形态千奇百怪,有鬼斧神工之妙。群山巍峨,林海苍茫,绿色的草原奇花异草争妍斗奇,大自然真是气象万千,让人屏吸疑神,目不转睛,思绪万千。大自然是多么的神奇而美丽啊。

离开了坎布拉,准备去德贵午餐后休息一会儿。这下惨了,几十公里路,没有隧道,没有桥梁,都是随自然条件修的路,一公里两道弯绰绰有余。我和妻子有晕车的老毛病,这时她恶心我吐,我恶心她吐,头昏脑涨腹内翻腾,真是肚内打翻了五味瓶,那个难受无法用言语来形容。走走停停总算到了德贵,午餐我俩都没有吃,只是在那儿休息了一会儿。

下午我们来到了塔尔寺。塔尔寺是佛教旅游胜地,到处车水马龙,人山人海。来来往往的人群,熙熙攘攘,在烈日下喘息着观看塔尔寺的胜景。

塔尔寺全寺四面环山,殿宇宏伟,佛像庄严,梵塔棋布。其中,大金瓦殿和大经堂是全寺主要建筑。大金瓦殿始建于清康熙年间,上下三层,飞檐四出,各抱形势,歇山式金顶,覆以镏金铜瓦。墙面用琉璃瓦砌成,图案精美,殿内有纪念宗喀巴的大银塔,殿堂正门上方悬有清代乾隆皇帝亲题的"梵教法幢"的匾额。塔尔寺依山和沟壑错落而建,其中以八个塔、大金瓦殿、小金瓦寺、花寺、大经堂、九间殿等最为著名。八宝如意塔,位于寺前广场。据说,这八个塔是为纪念佛祖释迦牟尼一生之中的八大功德而建造的。

第一天的旅游收获颇丰,观看了李家峡水库,坎布拉的丹霞地貌,塔尔寺的佛教圣地。晚上住在共和县的宾馆。一天的奔波劳累,很想早入梦乡。但一幕幕的旅游胜景不时地浮现在眼前,大自然和人工建造的自然风貌和辉煌建筑,让人久久难以入梦乡。

　　第二天我们由共和去青海湖。我们开车先到青海湖北面的山峰,青海湖一览眼底。茫茫的青海湖一望无际,到处人头攒动,车辆如蚁。观光的人群从四面八方蜂拥而至,都来欣赏大自然赏赐给人们天然的美好风光。

　　青海湖位于青海省东北部的青海湖盆地内,既是中国最大的内陆湖泊,又是中国最大的咸水湖。由祁连山的大通山、日月山与青海南山之间的断层陷落形成。这里地域辽阔,草原广袤,河流众多,水草丰美,环境幽静。湖的四周被四座巍峨高山所环抱:北面是崇宏壮丽的大通山,东面是巍峨雄伟的日月山,南面是逶迤绵绵的青海南山,西面是峥嵘嵯峨的橡皮山。举目环顾,犹如四幅高高的天然屏障,将青海湖紧紧环抱其中。从山下到湖畔,则是广袤平坦、苍茫无际的千里大草原。烟波浩渺、碧波连天的青海湖,就像是一盏巨大的翡翠玉盘平嵌在高山、草原之间,构成了一幅山、湖、草原相映生辉的绮丽景色。

　　青海湖畔,天高气爽,景色十分迷人。辽阔起伏的千里草原就像是铺上一层厚厚的绿色的绒毯,那五彩缤纷的野花,把绿色的绒毯点缀得如锦似缎,数不尽的牛羊和膘肥体壮的骏马犹如五彩斑斓的珍珠撒满草原;湖畔大片整齐如画的油菜花金黄鲜艳,芳香四溢;那碧波万顷,水天一色的青海湖,好似一泓琼浆在微风中轻轻地荡漾。

　　我们来到湖畔,有以团队形式来的,有家庭成员一起来的,有朋友相约而来的。三五成群来欣赏大自然的风光和美景,大家相互述说着青海湖的渊源和自然天成的浩瀚工程。有相互摄影来此留纪念的,有坐汽艇去湖中央荡漾的。各自根据自己的兴趣和爱好尽情地在此游玩,时间过得真快,抬头已经是夕阳西下,我们只得离开依依难舍的湖边美景和大自然馈赠给人们水天一色的高原风貌。

我们来到互助土族自治县的土族故土园旅游区。互助土族故土园旅游区位于青海省东北部,地处青藏高原与黄土高原结合部,独特的地理位置,使这里形成了独特的自然景观。另外,这里是全国唯一的土族自治县。土族,这个古老的民族世代在这里繁衍生息,使这里形成了独特的人文景观。这些独特的自然景观和人文景观吸引了众多中外游客前来观光旅游。

景区内原始淳朴的自然环境、雄奇独特的生态环境、古老神秘的文化遗迹、风格迥异的民族风情具有很强的吸引力和竞争力。极具特色的土族民族文化,发育完好的高原生态系统,历史悠久的宗教文化和青稞酒文化构成了互助旅游的四大品牌。因其独特的人文与自然条件,而形成的青海土族文化艺术,又以其文化、历史、语言、民俗、艺术、宗教信仰等诸因素的独特而增添几分神秘。同时,以"二月二擂台会""六月六花儿会""丹麻会"等民间传统节庆活动和观经会、庙会等吸引着大量游客。

我们跟着讲解员,认真仔细地听其讲述故园土族悠久历史、风土人情,跟着观看景区遗留下的精美艺术品、农家设施、生活用品,还观看了土族歌舞。土族歌舞粗犷而豪迈,歌声带有花儿的味道。舞蹈好像巫司在奠酒祭神驱鬼。其服饰独具风格,穿绣花高领、袖镶黑边的长袍,腰系两头绣花的腰带,穿大裆裤,小腿扎上黑下白的绑腿带,戴毡帽,穿云纹布鞋,载歌载舞。真是国土辽阔,千奇百怪,让我们领略了前所未闻的风土人情和自然景观,真是不虚此行。

青海省西宁市一日游。西宁地处青藏高原河湟谷地南北两山对峙之间,统属祁连山系。湟水河自西向东贯穿市区。高楼林立,经济繁荣,民族众多,就是道路比较狭窄,让人感觉好像暗无天日,大概是街道狭窄,高楼林立的关系吧。古玩市场是雕梁画栋,古玩店铺琳琅满目,相互衬托,五光十色,让人眼花缭乱，古玩样样精美，件件奇特，让人凝神静气，目不暇接。有幸我买了一点以作留念。

我们又转到了地下商场。据说，现在的地下商场是20世纪70年代的地下防空洞改造而成的。一条长长的地下商业通道，时不时地有十字交叉。里面灯火辉煌，百货齐全，两面铺面衔接紧凑，服务态度热情周到，人来人往，热闹非凡。我们下去的地方是通道的中间，向东行走了好长一段路程，还是一眼望不到边。20世纪70年代，中苏关系紧张，如此浩大的工程，现在总算派上用场了，成了地下商业交流中心。这里具有历史教育意义和现代经济繁荣的现实意义。

五天时间转瞬即逝。我们又坐上飞机翱翔于蓝天之上。一会儿时间飞机降落在了河东机场。儿子儿媳和可爱的小孙女来接我们，回到了银川。

凭轩而看，天空污浊不堪，难见明月星辰。地高楼林立，人头攒动，车辆如蚁。绿色湿地"树"星星点点，小区绿化，人均半米。空气中尾气丛生，黑烟弥漫。

哪儿是雅静留恋向往的世外桃源？原始林海，绿色草原，清水河畔。那真是蓝天白云，碧水相伴。林海草原，安逸悠闲。奇山怪石，风景无限。食品肉食，绿色自产。就此落笔，以作思念。

一

奇峰怪石群山间，蓝天白云碧水边。
游玩有兴涉此地，祖国一片好河山。

二

宗教信仰各不同，虔诚建造多费铜。
佛祖真身今何在，道德修养蕴其中。

海南六日

　　游玩在青松翠柏之间,流连徘徊在青翠的森林之下,悠悠的白云飘绕在无际的太空天间,几缕青雾袅袅攀绕在群山峻岭。芳草青青,花瓣沾满衣衫,游人穿梭,身临其境,此时此景,真如踏进人间的洞天福地,享受不尽的大自然风光美景。

　　此次海南一游,收获颇丰。集体旅游团团员们在旅游公司门前乘旅游公司车,去机场前往海南游玩,乘车行驶中,带团导游简单讲述了海南的一些情况和旅游安全知识,使游客对旅游安全有了认识,对海南有了一个简单的了解。在机场,各人又准备了一些临时享用喜好之物。

　　夕阳西下,暮色降临,大家乘机飞入空中,凭窗遥望,天地同色,俯瞰大地,有城市的地方灯火辉煌,街道路灯连起一条条亮丽的风景线。机动车眨巴着明亮的眼睛,穿梭在纵横之间,一片欣欣向荣。飞越平原、崇山峻岭,黑黝黝的一片,只有飞机的轰鸣声。南宁飞机的一起一降,四个小时飞行终于到达终点海口机场。迈步机场大厅,大家整理好自己的行装,海口的导游已手拿小黄旗招手相邀。大家集中跟导游上车前往宾馆。在行驶的路上,导游做了自我介绍,简单地介绍旅游的景点。还讲着妙趣横生的故事,海南十八怪:十八岁的姑娘像老太,树根长在树皮外等。为了安全的考虑,导游讲解了游人注意当地的一些事项,当地的风土人情:男的叫阿哥,女的叫阿妹,不能叫先生小姐,此地叫小姐和先生是骂人。还有海南一些地方治安问题,说有很多"飞车党",包背身前是自己的,包背身后包是别人的,提醒大家警觉,以防有不测风云。不觉午夜过半,我们来到了下榻的饭店。良辰美梦未完,东方已吐出白色的边缘。洗漱结束,食用早餐。今天主要领略亚热带和热带的地理风光。我们乘车驰往亚洲博鳌论坛会址。一路芳草青青,紫荆花绽放点缀的自然多姿多彩,真是姹紫嫣红。行驶穿越的是崇山峻岭,遥望的是碧蓝的天空,人间绿色天堂,花的海洋,历历在目,展现在眼前。气候湿润,空气宜人,让人陶醉在无限向往之中。

博鳌亚洲论坛永久会址景区坐落在美丽的东屿岛上。景区里宏伟气派的现代建筑、智能化的会议设施、河海交融的旖旎风光、古老动人的美丽传说,演绎着人与自然的和谐。博鳌亚洲论坛会堂威严而辉煌,我们有幸参观了会场,好奇心强的人还在主席台上拍了照片。这里外景非常美丽,奇山怪石,小桥流水,喷泉造景,是人们理想的拍照留念的地方。大家都以自己的喜好,找到理想的人和位置以作留念。

东山岭历史悠久。山中奇峰巨壁,幽谷清泉逶迤绵长。大自然塑造了千姿百态的锦绣河山,历代劳动人民创造了光辉灿烂的历史文化。丰富的文化遗产,构成了东山岭的奇特神韵。让人留恋,百看不厌。导游的呼唤,夕阳已到天边,兴致未尽,也无法留恋。

分界洲岛是海南岛重要的分水岭,南北的温差就在此处改变。游客可在这里感受曾经荒无人烟的岛屿风情,并可在无人岛上畅游与冒险。乘快艇到岛上仅需三分钟。沿着由凿有国内外各个朝代古币的花岗石铺成的"钱路"拾级而上,但见石峰林立,峭壁万仞,奇树簇拥。站在山顶,分界洲岛周围海水清澈,与沙滩相衔接,构成了一幅美妙的天然画卷。

分界洲岛设有潜水。身体好的年轻人下潜领略自己适应的功能。我和妻子带领着孙儿坐潜艇,凭窗观看了海底的世界,海底也是千沟万壑,巨石狰狞,珊瑚众多,鱼蟹游动,小鱼窗前戏水,大鱼远离轰鸣,偶尔看见一两条大鱼,兴奋而激动。三十分钟的下潜,六十米的航程。

景点设有鲨鱼游泳、海狮跳舞、海豚顶球、乌龟求食等项目,只要花钱,尽可游玩。我们游玩了一会,迈步来到海边沙滩,身临其境感受海边的自然。微风轻浪,好像平嵌玉盘展现在眼前。大家都想在海边留念,照相就成了关键。

呀诺达热带雨林内生长着大量的原始森林和次森林,空中花篮、老茎生花、藤本攀附、谷区密林深处的生态栈道、巨石两边陡峭的石级、悬空摇晃的过山吊桥、峡谷飞瀑中攀爬的铁索依山势地形巧妙结合,让游客一走进呀诺达,就感受到雨林深处的静谧和神奇,领略到飞瀑戏水的刺激和乐趣。植物品种繁多,有幸又见到了海南一怪,树根长在树皮外。园内有光棍树、见血封喉树等,真是热带雨林,树木品种繁多,草就像一棵棵扇形大树,让人惊叹不已。还有蟒蛇馆,蟒蛇攀爬在人造孤山枝丫之间,时而扭动身躯,向人们点头示意,欢迎大家的光临。

导游带大家参观了亚龙湾玫瑰谷,进入园内,真是绿色天堂。百草争丰,生机盎然。花的海洋,娇艳芬芳,让人陶醉在芳香扑鼻的诗情画意之中。

老爸茶店是海南的一大特色,芸芸众生,人情世故,尽融于其中;传递着人们生活情趣的变化,又是舒解生活郁闷的场所;渗透着人生滋味,喝茶文化的滋味,需要慢慢地回味品赏。

茶文化在老爸茶店展示得淋漓尽致,服务员的举手投足真让人羡慕,一边讲解,一边操作,把茶的功能叙述得有滋有味。酸性物质跟弱碱性的对比演绎得让人心悦诚服。不买几盒,实难了却心愿。

海南大小洞天景区环海修造,绿色植被覆盖,南山名为长寿之山。更为奇妙的是,大小洞天有"不老松",与这块宝地共同书写了"寿比南山不老松"的千古福愿。大小洞天以道家文化为主要特色,巨石上雕刻着道教鼻祖老子的画像,慈眉善目手拿拂尘,注视着人间祸福。何处是洞天福地,除此何求?

天涯海角风景区,以美丽迷人的热带自然海滨风光,悠久独特的历史文化和浓郁多彩的民族风情驰名海内外,它依山傍海。碧海、青山、白沙、巨石、礁石浑然一体,宛若七彩交融的丹青画屏;椰林、波涛、渔帆、云层辉映点缀,形成南海特有的椰风海韵。

游玩时间充足,导游说:海边可能能捡到海贝珊瑚之类的东西。海边游玩几天,我从未涉足海里。挽起了裤腿涉足水下,希望能有所收获。海浪袭来目不转睛,只盼能有所发现,二百米的涉水寻找,一无所获。

海南岛四周低平,中间高耸,以五指山、鹦哥岭为隆起核心,向外围逐级下降,四面环海。山地、丘陵、台地、平原构成环形层状地貌,梯级结构明显。没有千里河套平原,风沙弥漫戈壁,更没有千沟万壑。只有嵯峨蜿蜒崇山峻岭。几日的游玩都在山中盘旋。农民的住宿不知在何方,留心观看,没有见到农庄小院,也没有见到耕种的农夫。虽然绿意盎然,可能是季节的关系,农夫大概另有安排。

海南人的五官,大部分天阁扁窄,额头凸出,弯月眉,深眼窝,高颧骨,剑峰鼻,仰月口,尖下巴,身材矮小。没有北方人的方头大脸,五大三粗,可以说小巧玲珑,个子低矮,可能是摄入的牛羊肉少的关系。新疆人身材高大,内蒙古人的雄浑圆润,就是摄入的牛羊肉多的关系。他们皮肤黝黑细腻,没有饱满水灵的肌肤,大概是紫外线强的关系。但人是绝顶聪明,机灵不可小觑,能抓住有利的时机,赚回颇丰的收入。

我们跟的旅游团,吃的饭导游安排,一般都以清淡为主,早点稀饭鸡蛋小蒸馍,中午十菜一汤大米饭,晚餐是十菜一汤大米饭,一桌十人,大概也就是百元的伙食。两餐的米饭,也不觉胃酸,可能是咸海水浇灌稻子的关系。一方水土养一方人,若在西北老家,两顿米饭我可受不了,胃酸。去了南国海边,有幸品尝了生猛海鲜,有鲍鱼、海胆、大龙虾等,虽说新鲜,那味道跟西北羊羔肉、牛羊肉小炒差远了,也许是我的口味接受能力有限,临高乳猪是海南特产,以其皮脆、肉细、骨酥、味香而闻名,时间紧迫,未能品尝,深表遗憾。

海南有椰子、荔枝、香蕉、杨桃、榴莲、鸡蛋果、芒果、山竹等多种果品。虽然品种繁多，品尝后觉得没有西北水果的甘甜。思之良久，得出的结论，是昼夜温差太小的关系。为什么新疆的哈密瓜、马奶子葡萄、库尔勒香梨等都比别处的要甘甜，就是昼夜温差大的关系，事实就是如此。

游玩几天，连续的穿梭，只见了几头黄牛、骡、马、驴，羊没见，只听说有黑山羊，也没看到，禽类倒是看见了几只鸡。路边有保护动物的警示牌，画像是猴和羊，几天的转悠，也未能见到。

海南的森林覆盖率是全国第二，大部分是双子叶阔叶果林，果树是漫山遍野，我们去时虽然是冬季，到处都能看到垂吊的果实。单子叶的针叶林很少。树围跟树冠很大，树身较矮，可使用的很少。路边经过几辆拉运木材的车，都是短小不正的木材。没有松柏树高大笔直，青翠碧绿，苍劲挺拔，生机盎然，更没有松枝傲骨峥嵘，柏树庄重肃穆。这就是经果林和取材林的区别。

高速公路很少有收费站，只在呀诺达见到一个收费站。高级轿车奔驰、宝马、奥迪之类行驶的很少。大部分是大众和本田等。客运车没有旅游车豪华，大概是旅游胜地的关系，以赚钱为主吧？没有三四十米的大货车，路上跑的最大的车我数了一下，才十四轮。海南大型运输靠的是什么，大概靠货轮都走了水路吧？

几日的旅游，无法评论海南住宿的简陋，生活的简朴，因为大家是有组织的一个旅游团，旅游公司已经把旅游费压到了最低，一切都是低标准，所以对住宿生活不能评头论足。如果谁觉着没有享受玩好，可以自费豪华旅游。

几天的游玩已经结束，我们又来到了海口机场，早晨八点二十五分登机飞上了蓝天，江南水乡碧蓝的天空、蔚蓝的海洋，和晨曦交相辉映，让人心旷神怡，地平线和空中的领略大不相同。"马航"的失事，渺无踪影，不由人低头看海，向上苍祈福，求老天保佑一路平安。南宁机场飞机的降落，我买了一点南宁的特产，又飞上了蓝天。四个小时的飞行，凭窗领略了大江南北风光地貌，真是江南水乡，北国风光。千沟万壑，逶迤峥嵘，南方绿意盎然，北方千里冰封。虽然南北差异很大,人定胜天,改造自然,到处都有人居住的痕迹,四海无闲田啊!

国家富强了,人民生活改善了,从未想过的事情已经实现了。我和妻子都是农民,也出去旅游了几次,每到一个景点都是人山人海,车水马龙,有一好的景点想拍照留念,都是十分拥挤。也领略到了各地的风土人情,偶尔搭一次话,各自传递着各地的信息,也知道了一些闻所未闻各地事情。

飞机又降落在了河东机场,由带队的导游带领,我们平安地回来了,一路基本算是平安。就是元旦大家相互祝福,有个小朋友酒喝得多了一点,出现了一点小插曲,及时施救,没有发生意外。现我把所见所闻写于纸上,若有不正确的地方,望同游的人指出更正。

五一探亲旅游

五一劳动节放了几天假。让人们放松,休闲,娱乐,探亲,旅游,消除长期工作的压力,增加一些户外活动,见识一些闻所未闻的自然奇观,了解各地的风土人情,品尝他方的美味佳肴。

我和妻子、二儿、儿媳、女儿、女婿、侄儿和两个小孙去陕北探亲旅游。开了两辆车自驾游,怕走迟车堵,不到六点我们就上路了。上了高速公路,比我们早的大有人在,高速公路已车辆如蚁。为早达目的地,你追我赶相互竞争,谁都不愿落后。

车行一个多小时,到了定边县,我们下高速吃早餐。排骨大烩菜和烩肉是陕北的特色,我们每人要了一碗烩肉和一份米饭,味道果然与众不同。一大碗烩肉眼前一放，立时芳香四溢，不由人直流口水，吃到嘴里咸淡适中，我们吃得津津有味。难怪烩肉也是当地的一大特色。

吃过早餐，行驶在定边和靖边高速上。一望无际的大平原。笔直的柏油马路，车速如飞。转眼之间进入陕北的丘陵地带，有少许人造植被呈现在眼前，虽然还不挺拔高大，已经郁郁葱葱。倏时又进入山林地带，崇山峻岭沟壑纵横，断崖峭壁，仔细一看，原来陕北是丹霞地貌，红色砂砾岩呈现在眼前。自然森林覆盖率也非常茂密，地下水资源也非常丰富。凡是经过的砂砾岩峭壁，到处都能看见地下水溢漏的痕迹。难怪这里的植被如此丰旺茂盛。高速公路沿河床修造，河转弯处大多是桥梁，绕度大的地方就是隧道。四百七十多里的路程，不到五个小时我们就到了延安。

我们在延安北高速口出高速，我弟的儿子马文虎在那儿等我们。我们在这之前从没有见过，只用电话联系，大家集中到了一起。我侄子前面带路，二十公里的路程，不大一会儿就到了冯庄乡李庄村我弟住的地方。我弟的住所在半山腰。我们到的时候，我弟和弟媳、儿子、孙子在那里热情地接待我们。我父亲十五岁就和我大伯为了谋生，各奔东西，再也没有见过面。我和我弟也是在我五叔寿终正寝时才见的第一面。这次见面大家都非常热情，这大概是血缘关系的原因吧。我弟媳马上给我们做饭，我和我弟、侄子们拉家常，谈论各自的家长里短。我孙子和我弟的孙子玩得可开心了，好像是一见如故。这时我弟媳已把饭做好，陕北的特色荞面饸饹。在大家酒足饭饱之时，我大姐和小妹、外甥、外甥女都来了。老姊妹都到了知天命耳顺之年的人了，还从没有见过面。见面好像久别重逢，喜笑颜开，那个热情无法用言语来述说。时间过得真快，我们又要分别了。我是长孙，我抓住姐姐弟弟妹妹粗糙的手，他们还都奋战在农业生产第一线。侄子、外甥资质都极佳，学业却止步不前，没有得到深造，大家还都过着一般生活。看到如此情景，我一般都不落泪，不知怎的眼泪夺眶而出，真是男儿有泪不轻弹，只因没到伤心处。我是一个不称职的家族长孙,没有能力让家族成员都过上幸福生活,真是惭愧。但只要大家相互沟通,互通往来,我将尽自己最大的努力,让大家一定有一个幸福的前景。

我们一行九人,人太多,无法在弟妹家住宿。驱车开往延安市,住在了延安五星级隆华饭店。客房装潢非常豪华,常用之物应有尽有,给人感觉温馨而舒服。我们休息片刻,去餐厅用餐。餐厅非常宽敞明亮,布置得好像世外桃源。人造千年古树桃花争艳,松枝翠柏郁郁葱葱,三只大象站在大树底下,活灵活现,栩栩如生。几只鸟笼里面鸟儿叽叽喳喳叫个不停,欢迎大家的光临。雅座别致温馨,可欣赏大厅各处的人造自然景观。我们各随自己的爱好点了几样菜。饭菜真是五色俱全,五味芳香,看一下人都有食欲。等酒足饭饱后,大家才缓缓上楼休息。

天蒙蒙亮我就起床了。人们都说壶口瀑布是全国三大瀑布之一,蔚为壮观。也激起了我的好奇心,想早点去领略大自然的奇异风光。不大一会儿孩子们都起床,吃了点早餐,我们就上路了。不到二百公里的高速路,两个小时就到了高速出口。到达目的地还有九公里。比我们早的大有人在,已经是车水马龙互不相让。九公里的路程走走停停,到达壶口停车场走了两个小时。届时男女老少人山人海,有坐轮椅拄拐杖的耄耋老人,还有白发苍苍让人搀扶的厚德老妪,大部分都是千里迢迢来此游览盛景。可想而知黄河壶口瀑布的魅力,久负盛名,让天下人来争相观看。我们排队买了门票进入自然景点,原来壶口瀑布是凹槽跌落而成。仔细观察了一下山川地貌,壶口瀑布是两岸苍山夹持,把黄河水约束在狭窄的黄河峡谷中。壶口上游是平卧的沉积岩,凹槽看似像较松软的砂砾岩。经过亿万年的冲刷,形成了蔚为壮观的景象,河水聚拢,收束为一股,奔腾呼啸,跃入深潭,溅起浪涛翻滚,形似巨壶内黄水沸腾。巨大的浪涛,在形成落差,注入谷底后,激起一团团水雾云烟,景色分外壮观。不由人赞叹叫绝。不知是大自然给人造就的奇幻梦境,还是大禹治水给人们留下的奇观,谁也说不清。

我和妻子的夙愿已经实现,孩子们还要到别处游玩,我俩已是筋疲力尽无心游玩,孩子们无可奈何,只能陪我们回家。到了安塞,山上有一个人造大鼓,孩子们说路过此地,要上去看看。开车上山行了一半,又步行了几十米,我腿痛得实在没办法。停下来拍了几张照片,就此返回。这次出游虽然只有短暂的几天,我们见到了从没见面的亲人,还看到了天下瀑布奇观,也算收获颇丰。

端午一路滨河道

太阳冉冉升起,把第一抹晨辉洒向大地。我和妻子、儿子、儿媳,还有可爱的小孙子,驱车离开银川市,外出游玩。汽车在滨河大道奔驰,村庄院落、花草树木展现在眼前,一望无际的万顷良田,咋看都像绿茸茸的栽绒毯。晨露挂满枝头,晶莹而可爱,润目怡神,惬意而留恋。绿叶上的水珠,在微风中轻轻地荡漾,真像珍珠撒满原野,让人陶醉在大自然的无限风光中,勾起我对田园生活的无限向往。

滨河大道依河床沿岸精修而建,一路上黄河尽收眼帘,时而远,时而近,时而宽,时而窄。举目远眺,波涛就在脚下。宽处一望无际,窄处举步蹬岸。停车观看一下滔滔流水,曲直不限的自然风貌,多么豪迈而壮观,让人思绪万千!

黄河百害,唯富一套。天下黄河富宁夏的千古颂语,淋漓尽致地说明了宁夏黄河两岸平原,既平坦又宽阔。五百多公里的河岸线,宁夏黄河两岸人民,利用上天赐予的得天独厚的自然条件,养育和富足了一代又一代两岸儿女。

人类的进步,高科技的发展,经济的繁荣富强给宁夏插上了腾飞的翅膀。滨河大道的柏油马路既宽又平,驱车行驶,车速如飞,眨眼工夫河边建造的黄河楼,高耸于河岸之上。一尊古铜色伟人雕像矗立眼前。近前仔细观看,原来是一尊女像,数十米高,七八米宽,身披霞衣,正反同体,合二为一。她一手托经卷,一手举五谷,建造得非常精美,几乎没有瑕疵。塑像的人物是谁,暂时没有文字的考证,她巍然屹立在黄河岸边。黄河命名母亲河,她以伟大而美丽的母亲精神昭示人们,要人一生重视耕读,勤于道德修养,不要做违法乱纪的事情。

往前行走数十米,一个精修地窝坑展现在眼前。精做的汉白玉经卷历历在目,经卷敞开,文字清晰可观,摆开在地坪的一圈,正中好像古铜色的墙面一堵,近前一看,上面全是伟人圣贤。时间紧迫无时间浏览,只能草草看看。又前行,道教的鼻祖老子挡在前面,骑着青牛,一手拿拂尘,一手托经卷,慈眉善目俯视人间,无为的教化,道德的修真,让人敬佩万分。滞留时分,孙儿呼喊,恍如惊梦。

东绕西转总算来到了黄河楼门前,高大的牌楼精工细作,雕梁画栋五颜六色。前行数米,一块硕大的自然石棱立于眼前,上面由王正伟撰文,书写了黄河五千年的古代文化,沿河浇灌河两岸造福宁夏人民的悠久历史,字字如金,铿锵有力,回味悠长,也是宁夏人民发展进步的真实写照。

黄河楼建在人造假山上面,四面环水,优雅独特。东西南北四座大门,豪华而大方,四角建有四层角楼,层次分明,各有千秋,走近中间主楼,四门双通,旋梯门正在修建,没有开通,无缘攀登楼顶一览风景。我们只能踏边台梯上到二层平台。上面还有六层楼阁,雕梁画栋精雕细刻,二龙戏珠,龙凤呈祥,五福捧寿,五彩缤纷,布局协调,看得人眼花缭乱,心旷神怡。转到东南向下一看,下面到处都是翻阅的经卷。古人的杰作,今人为什么不去深探,学文化,懂礼仪,修道德,看《今日说法》让人浮想联翩,久久难以释怀。

作顺口溜二首。

一

沿河选址黄河楼,经济发展融其中。

八方游人来观看,咋舌吐语颂声传。

二

昔人闻鹤筑酒楼,现今富强搞旅游。

慕名黄河构缩影,娱乐消费囊中收。

我们又来到一百零八塔。它依山而建,是国家保护文物。台塔全是红砖白灰修造,历史悠久,已经有脱落的地方,虽然经过修补,还是能看见风化的痕迹。台是由长而短,层层收缩,塔是由多变少,顶塔只有一座。我们从南边蹬台阶而上,主塔肚内有醮炉,是让来的游人敬香焚钱化纸用的。今人谁带香表来此焚烧,所以肚里面就放了一个储存箱,以备有心的游人来布施。

站在塔的顶峰没有导游解说,思绪万千理不清。一百零八,到底意味着什么,说是三十六天罡,七十二地煞,它的层次不整,坐落不均。一百零八是偶数,看塔形呈一三三五五七九等雁翅推下,全是奇数没有偶数,不知偶说明什么,奇又代表了什么,只能带着疑问,由北面顺台阶下山而行。

很快来到了黄河坛,这里原名金沙湾,也是以此得名的青铜峡峡口。进入旅游大门,高大的牌楼呈现在眼前,正中书写中华黄河坛,一边是天敬,厚德载物,一边是地法,自强不息。要解读牌楼术语,真不容易。中华黄河坛多么伟大而自豪的署名,滔滔黄河水川流不息,无怨无悔养育了多少代黄河两岸的儿女,所以命名母亲河。它的精神它的文明让人敬佩万分,为它歌功颂德，设坛祭祀、瞻仰，也是亿万人民的心愿。天敬，厚德载物，要人们顺应自然规律，自然规律就是厚德载物，它承载了世间万事万物，也养育了世间万事万物，预示人们要有博大精深的天地精神，和睦相处地生活在天地之间。地法，自强不息，要人们遵纪守法，不要违法乱纪，来发展经济，建设我们的美好家园。国富才能民强，国家富强民族兴旺，才能不受外来的欺负和凌辱，多么有现实意义和教育意义的题词，让人思绪万千该如何把握关键。

  此时已烈日当头，艳阳高照。炽热的黄河滩，晒烫的砌石地，人汗流浃背实在难熬，草草地看了后面的设施。古铜色的展台上山光水色，历史古迹，英雄人物，两道牌楼。因为没有带笔墨，也就没有记住上面的题词术语，最遗憾的是没能细读王正伟的作品。我让儿子用照相机拍了下来，回家一看模糊不清，大概是光线太强的原因吧，下次一定精心研读。过了拱桥前面是过厅，穿越过厅，上面有数十个汉白玉石鼓，书写了夏朝到民国的各朝各代的历史记载，还有石砌四方坑，里面汉白玉的二龙戏珠，透过玻璃盖玲珑剔透，做工非常精制，活灵活现讨人喜欢。还有大禹治水制伏兴风作浪的赑屃，身压石碑俯首帖耳地为人民歌功颂德。一个大圆台上面有一口大酒樽，台阶两侧坐的都是历朝历代的将军，没有看懂它说明了什么代表着什么，大概是金樽坐将，或者是酒壮英雄胆。只能用两句唐诗来形容他们的丰功伟业："熟知不向边庭苦，纵死犹闻侠骨香"。"天地英雄气，千秋尚凛然"。想想我国九百六十万平方公里的辽阔疆域，都是这些英雄好汉，不顾个人安危流血牺牲，东征西战不懈努力，才有了现在完整的国土面积，有了五十六个民族和睦相处，共建家园。看先人想未来，大家一定要万众一心，和睦相处地发展经济，建设好我们的国家，让我们的国家屹立于世界民族之林！还有一口大钟，悬挂在厅子中央，敲一下山川齐鸣，也预示警钟长鸣不要忘记历史，不要忘记黄河养育的功劳。这里还有胡作非为触犯天条，被玉皇大帝打下凡，吃财不泻财的貔貅，张衡制造的地球仪，大灵龟、望天吼等。天气太热，游人四散，都找阴

凉的地方避暑乘凉去了,我们也乘车回家了。

这次沿滨河大道游玩,虽然天气热,时间短,没能记住好多东西,没能尽兴,也算收获颇丰。看到宁夏出资修建的黄河楼、黄河坛,知道了一些黄河形成的历史,看到了气势磅礴的黄河精神,懂得了为黄河立碑树传的真实文明,解读了黄河悠久的内藏文化。川流不息的黄河,它胸怀博大,无私地奉献,让人既羡慕又敬佩,用一句话来形容,它真是源清流净,泽被乡里。

赋诗一首,以作纪念。

西域汇聚入东海,九曲十八敞胸怀。

造福生灵亿千万,设坛作传树碑牌。

羊羔肉及其烹饪

羊羔肉是西北特产。来到宁夏旅游,蒸羊羔肉必吃。回族的羊羔肉做得非常有特色。宁夏是回族自治区,是多民族和谐共存的大家庭。回族羊羔肉的特色,大家都有所了解。

羊羔从出生到四十五天宰杀,是最佳食用时间。山羊羔肉十一斤左右最佳。绵羊羔肉十五斤左右最佳。羊羔太小就发育不良,做出的食品没有特色的效果;过大不是超时圈养,就是发育太快显肥,太油腻不好入口。所以要吃最好的羊羔肉,挑选时间是关键。

蒸羊羔肉的程序比较复杂。先要拣掉羊羔肉上面的零毛,洗尽羊羔肉内外的杂物,再拿一块砧板,用砍刀剁成小块,放到一个大盆里。这时就到了调五味的时候了,盐、花椒,山区的大红葱是主调料,副调料有酱油、料酒、生姜、大蒜、鸡精和五香粉。把这些调料按比例放好,搅拌均用,再给上面撒上一层薄薄的面粉,熟上半斤香油泼在上面,再继续翻搅,让肉和调料融为一体,就开始装碗,装好碗以后,就放到笼里开始大火蒸。一个小时羊羔肉就熟了,就能吃。但一定要蒸一个半或两个小时。蒸这个时间是因羊羔肉的筋、脆骨正到火候,吃到嘴里不用牙使劲嚼,正好香烂入口。一碗羊羔肉端到眼前,"十里闻香下马"不是夸张,确实有此奇效。那个味道其他食物确实无法相比,可以说是香破头。

做大件羊羔肉。做羊羔肉有大件子一说。羊羔四条腿算四件,羊羔脊背和脖子算一件,一共五件子。羊羔肉件子卸好,先放到大水锅里煮一会儿,捞出来,把先煮的羊羔汤倒掉,再给羊羔肉上面用刀子划开一些口子,一切就绪,把盐、花椒粉、切成小段的大红葱放到一个大碗里,再加上其他调料,调料都放齐。羊羔肉件子放到大盆里,用手给羊羔肉上抹调料,所有能抹到的地方都抹到,放到盆里腌一会儿,再倒水开始再煮,这时要文火慢慢地煮,不能用大火煮。大火煮,熟烂不均,容易干锅。所以做饮食也是有学问的。这样做出的羊羔肉件子,口味适中,老少皆宜,谁吃了不竖大拇指还怪了呢。谁如果还说这样做的羊羔肉不好吃,那天底下再也没有好吃的东西了!

宁夏银川舰文化展览

双休日,我和家人去参观银川舰。城市车辆如蚁,红绿灯有规则地指挥车辆纵横和转向行驶,大家都严格遵守交通规则。这也是现代文明的一种体现。

人生感悟 RENSHENG GANWU

银川舰停放在黄河东岸。我们出了银川城,在五渡桥用早餐,品尝了宁夏特色风味驴肉小吃。酒足饭饱,我们上了滨河大道,宽展的柏油马路,车行如飞,穿梭在林荫之间。薄薄的白云挡住灼热的阳光,凉风轻轻吹来,给人一种夏尽秋来空气怡人的感觉。碧绿的青草在微风吹拂下,荡起此起彼伏的秋千,不时地向人们致意,欢迎大家的光临。林荫大道上不时地有叫卖的农户小摊,也有停车购买的过往游客,全是现摘现卖的新鲜果品,看一眼都让人嘴馋,我们也买了一些,带回家和家人一起共同享用。

"若要富,先修路"。这是国家领导人提出的改革战略大方针。现在的公路真是四通八达,不但方便了当地人民,也方便了全国各地人民。我们行走了一路,纵横的柏油马路贯穿了城市和乡村。国家的富强,民众的富裕都和四通八达的公路息息相关。每条公路都是车辆穿梭,不同车辆开往各自的目的地。有搞运输的,拉运货物做生意的,有拉设施搞建筑的,还有像我们这样游玩的,也有拿着画板笔墨采风的。真是物尽其用,每一个人都能达到自己理想的终点站,实现自己的夙愿。

我们终于来到了银川舰参观现场。文勇买了门票,我们步入游览现场。银川舰隔水举目可见,就是一下不能踏跃舢板近距离观看。为了收入,旅游景点都有游览车,既方便了游人,也能增加景点的收入。我们坐上游览车穿梭在人造堤的柏油路上,堤低洼下的湖水,清澈透明,在轻风微微的吹拂下,荡起轻轻的波澜,鱼虾跳跃粼波闪动,深深的湖水也有如此的生命力,真是大千世界无奇不有。低洼的草本植物郁郁葱葱,散发着芳香扑鼻的大自然的气味。让人不时地深呼吸,吸纳既纯净又新鲜的室外空气,城市中无法嗅到这样无污染的清新空气。

游览车停在了银川舰的北面,距银川舰还有一百多米,我们徒步迈入银川舰跟前。以前我们只能在电视上看到各种军舰行驶在海洋的画面。而今天我们亲临现场,不但亲眼看到军舰,还亲手触摸到以宁夏都市银川命名的银川舰。银川舰全长一百三十多米,宽十二米多,全是钢铁建造。舢板整个全是一厘米厚的铸钢连成一片,我四处查看没有任何焊接的痕迹。我思之良久,这么大的一块铸钢板是如何铸造出来的?舢板设施建筑,骨架用各种材料构筑。舢板上有八座炮台,分别在四面各个重要位置,可以对空对地来犯者全覆盖。瞭望台我们上了几层就被封住了,因银川舰在低洼的水里。登高望远也看不到远山美景,更看不到当地的一些设施建设,只能下梯领略别处设施。我们进到操作室,各样数码仪表呈现在眼前。这些东西对我来说是那么陌生,什么也看不懂,只能把驾驶员操作手柄摸摸,以满足自己的心理。来到生活区,好几口大锅,长时间没有使用,不那么光亮照人,它也是曾经军人生活的保障场所。工作室现在没有工作设施,都被小商贩占据了,出售各种小玩意,让游人以作留念。休息室非常低矮,里面有几张小床,虽然封闭很严,毕竟是铁皮做的外围,随着一股习习凉风的吹过,我虽然没有在里面居住,也觉着有一股寒意。如果到北冰洋执行任务,那个寒冷就可想而知了。舢板下面出进的门已经被封死,不能到里面观看,只能就此止步,但下面机舱外围全是用铁建成。我站在舢板思之良久,一根针丢下水去都不能浮在水面,如此庞大的一个钢铸造的铁疙瘩怎能浮在水面,不得不让人感慨知识就是力量,铸就了如此辉煌的战舰展现在人们眼前,不仅漂洋过海执行任务,又能平稳地行驶在水面上。无知的我看不明,也想不清,只能就此落笔。

  我们又坐上游览车。原来游览车道是一个环形的跑道,路边还有一些军用设施,坦克,装甲车,高射炮等,走马观花看了一下,来到了停车场。硕大的一个停车场没有停几辆车,游人也非常有限,不像别的旅游景点车水马龙。我又站那里思之良久,宁夏银川舰军事文化展览基地,占地二百多公顷,设施建设,工作人员的费用,每天得用多少钱,当天还是双休日,如此萧条场景怎能维持各样费用周转呢?慢慢明白了一个道理,银川舰矗立在那里是一种精神,它显示了国防建设的辉煌和伟大。让人们认识到国家的富强,民众的安居乐业。如此庞大的一艘战舰都退役让人们观看,想想看我们的国家有多么强大,高科技发展有多么先进。海陆空一体战保卫我们的国家和人民,让全国人民无忧无虑生活在安定团结的大家庭之中,享受着国家各种优厚待遇。我们应该深思洗涤自己的思想,来感谢我们英明的党中央正确领导,感谢我们国家改革开放,使国家经济快速增长高居世界第二,把国防建设搞得已立于不败的世界之林,辉煌成绩让世界各国都刮目关注。

十一国庆长假

去延安参加婚庆

国家规定国庆节七天长假,是工作放松,休闲娱乐,出外旅游,婚庆嫁娶,各人按自己所需安排行程规划。我们家也不例外到外地旅游消遣了一趟。

十一这天早晨五点,夜色还归暮,晨星稀疏,启明星刚露出东方的边缘,我们已经开始上路了,为的是早一点到延安参加我弟给儿子娶媳妇的婚庆大典。公路往来的车辆眨巴着明亮的眼睛,风驰电掣你追我赶,互不相让行驶在柏油高速公路上。上千里的路程五个多小时我们就到了延安市冯庄乡李庄村我弟的住地。

我弟住在半山腰,我们未到,亲戚朋友已经等待在山崖路边。有熟悉的弟姐妹侄男侄女,还有未曾见面的妹夫、妹妹及男女外甥。因为我们是日本侵华时父辈各自求生离散的家属,夹道相迎热情洋溢,久别重逢,问寒问暖,让人应接不暇。千里之遥我们一行十四人,也是一个庞大的队伍。虽然人手众多,各地乡俗不一样,我们也帮不上什么忙,但是亲人的欢聚也是当地的一道亮丽风景,彰显天南海北自有远道亲情人员所在。

陕北农村大部分都是依山旧式的坐落方式,我弟家也不例外,小小的院子,四口石砌窑洞,硕大的囍字挂在中央,洋溢着今天是一个热闹喜庆的日子。亲朋宾客已经云集满座,做家宴调五味的厨师正忙碌着准备大家的丰盛宴席。我们到来时马上就端上来了一盆饸饹面,还有一盆鸡肉炖汤臊子,每人给一个碗自己盛着吃。各地乡俗真是不一样,这种待客之道我是第二次见到,我的祖籍河南也是这种待客之道。我现在的老家就不是这样的待客之道。来的都是乡里尊贵的宾客,有专人招待落座提茶倒水,品尝美味佳肴,让大家推杯换盏尽兴而来,满意而归。此地的待客之道,院子放一个方桌,没有任何调料和菜蔬,就是鸡汤配饸饹,尽自己的食欲满自己的口福。坐席是在院子里,是几个大方桌,四面摆满凳子,没有主次老幼之分,谁想坐在哪儿就坐在哪儿。我的老家规矩多,主席是老年人,两边是小辈人落座。一方水土养一方人,规矩多也是一个地方的累赘,我看如此更好。我的老家风沙大,吃喝不在房子就在帐篷,敞院是无法安席的。此地在院子里安席吃饭,我是第一次见到,也是热闹异常。此地真是山高、沟深,林密风清云薄,青山环绕,好一个幽静的世外桃源。沟壑纵横,蜿蜒崎岖,森林密布,嵯峨而壮观。人情淳朴,空气新鲜,远离噪音,大伯不知怎么选中了这么幽静的地方安家落户,也是高人一筹。婚庆结束已经日薄西山,大伯的小女我的小妹和我弟相距不远,我们去小妹家小憩,大家叙了叙家常,此时夜已近半,我们人员太多无法住宿,只能相互拥抱握手告别去住宾馆。出得门来,月亮已从山边露出了明亮的大半个白玉盘,繁星闪烁,银河清晰,青山绿水造就了如此美好的自然夜景,热闹的城市是无法领略欣赏。

血缘情系千里远,相邀不畏道路颠,婚庆来为侄助兴,喜悦浓情储其间。

黄帝陵

黄帝陵,是中华民族始祖黄帝轩辕氏的陵墓。相传黄帝得道升天,故此陵墓为衣冠冢。黄帝陵古称桥陵,号称天下第一陵。初建于汉代,唐朝帝王将相、达官贵人、文人墨客,开始祭奠,后成为中国历代帝王君侯和著名人士瞻仰纪念黄帝丰功伟绩功德圣地所在,也给后世的中华儿女留下了祭祀的场地。

知道了黄帝陵的盛况,去延安顺便去观赏黄帝陵的真容。黄帝陵三面环山,一面临水,山环水抱,藏风聚气,巍峨险峻,气势雄宏,清雾缭绕,是天然的风水宝地,让人惊叹不已。远古时期就有如此高明的风水大师,墓地选址超出了今人的想象。

黄帝陵广场面积不大,全是用硕大的鹅卵石砌成,不让停留车辆,只能行人穿梭。拱形的桥面让人们顺利到达终点,认识领略黄帝陵的真实故事。拱桥的两面是高山下平嵌的湖面,微风轻吹,荡起了层层粼波,山水相互衬托融为一体,是一幅亮丽山水画卷。步入黄帝陵,拾石阶而上,两座大殿矗立在眼前,大殿的匾额"人文初祖",一语道破中华儿女都是炎黄子孙。几抱合围的参天大翠柏,郁郁葱葱,好像在向人们招手,述说着千年历史的变迁。所以,天南海北的中华儿女来此焚香叩拜表示对人文始祖一片虔诚之心。大厅里的黄帝像高大魁梧,慈眉善目,好像慧眼识丁俯瞰游览的人们,对人们提示自然循环规律和人文社会道德法则,只有遵循自然规律和社会法则才能无忧无虑生生不息发扬光大。东边有历朝政客重建撰写的碑文,有孙中山、毛泽东、蒋中正的诗作。香港、澳门回归的两块石碑历历在目,展现了不管帝王将相,还是世界各地中国百姓,寻根溯源,根就在这里。中华儿女港澳台侨胞都是三皇五帝的后裔,需要大家齐心合力守疆护土,把我们祖国建设得繁荣富强,不受任何外来欺辱与干涉。

山环水抱黄帝陵,藏风聚气敬英灵,八方游客来祭奠,初祖功德世人颂。

骊　山

骊山是古今驰名的风景游览胜地,我们有幸到骊山一游,骊山属秦岭山脉,是临潼管辖之地。天南海北的游人慕名而来,领略大自然给人们馈赠的自然风貌,千姿百态的群山峻岭、蜿蜒崎岖,苍劲碧绿,有人工修建的千百年观赏宏伟建筑,还有人文始祖女娲补天的传说,这里也是神圣不可侵犯的祭祀所在。

骊山景区地处半山腰,修有简易的公路在林荫之间。我们驱车盘旋而上,两面都是果树屏障。金秋八月正是水果成熟的季节。粉红色的石榴,大红色的苹果随处可见,红红的小火柿是当地果品的精品,稀疏难见,深藏不露,怕失高贵的身份。拐弯之处都有叫卖的水果小摊,也有农家休闲场地,几间小平房,可容纳几辆车停,让人们停留休息消遣,品尝当地的各种水果特色。我们在回家的时候顺便买了一些水果,味道跟城市买的大不相同,甘甜爽口,回味悠长,现在想起还在流涎。这里品尝的是成熟的水果,城市买的都是半成熟的水果,成熟与半成熟的味道相差如此之远。

九点左右我们就到骊山景点,已经车水马龙车辆如蚁,人员拥挤行动不便,虽然磕碰不便,我们还是游览了香火圣地。里面有老母殿、老君殿、兵谏亭、遇仙桥等名胜古迹。我们一边游览古建筑的宏伟,更观赏各位神灵庄严塑像,有慈眉善目的,有凶神恶煞的,演绎了各位神灵的有不同性格。我们在老母殿向人文始祖焚香祭拜,别的殿内有功德箱,我们就布施于功德箱,也是对各位神灵功德的一种怀念。

老母补天住骊山,群仙汇聚在此间,游玩不为观盛景,虔心一片敬超然。

华清池

  我们来到华清池已是旅游高峰,车人相互拥挤无处停留。孩子们找停车的地方,我们只好下车徒步慢慢往前移动。华清池到处都是人山人海,想拍张无干扰的留念相片是不可能的。无奈我们就随人流观看传说的一些景点。

  华清池位于临潼区骊山北麓,南依骊山,北临渭水,是以温泉汤著称的又一旅游胜地。据历史记载,温泉水与日月同流。不盈、不虚,是休闲娱乐、沐浴的好地方。温泉发现于至今有三千多年的西周时代。汉代曾在这里建造帝王贵族的行宫别墅,唐代建有富丽堂皇的"华清宫"。"华清池"也有历史遗留下唐玄宗李隆基和杨贵妃爱情的一段佳话。唐代诗人大部分都有诗歌点评,如《长恨歌》里的几句诗。"春寒赐浴清华池,温泉水滑洗凝脂。""云鬓花颜金步摇,芙蓉帐暖度春宵。"回想《长恨歌》里的诗句,再看杨贵妃的雕像,不由人浮想联翩。可见一代佳人有如此的魅力,荡气回肠的爱情故事,让一代明君忘乎朝政,几乎颠覆天下!

  华清池是驰名中外的旅游胜地,旖旎秀美骊山风光,自然造化的天然温泉。人工建造九曲回廊的十多座古式建筑雕梁画栋,金碧辉煌,环湖而列,错落有致。各种自然造物相互点缀,让人心旷神怡,难怪帝王贵族对这里如此青睐,此地果真是人间天堂。

  温泉沐浴宫殿建,山清水秀帝王玩。荡气回肠爱情史,袅袅如烟一梦间。

登华山

  西岳华山,是五岳之一,位于陕西渭南市,是秦、晋、豫黄河三角洲交汇处。南接秦岭,北瞰黄河,扼西北进出中原的门户。华山山体倚天拔地,山体笔直如刀削，更有千尺幢、百尺峡、苍龙岭、鹞子翻身、长空栈道等十分险峻之地，被誉为奇险天下第一山。凭借大自然风云变幻的装饰，华山的千姿百态被勾画出来，成了僧道吃斋念佛修身养性的好地方，也成今人的旅游胜地。

有如此险峻的风景，谁不想去一看究竟。所以我们就买了旅游门票坐上旅游大巴，穿梭在山间盘旋马路上。道路蜿蜒险峻，有时能惊出一身冷汗。行驶了四十分钟，还穿越了一个几公里长的隧道。隧道口和别的隧道口一样修建，里面却没有任何加固和修理，就是人工开凿出来的隧道。既不见塌方，又不见漏水。一个硕大的问号浮现在眼前？如此坚硬的岩石，没有天然的地下水渗露，满山遍野的茂密森林青翠碧绿，郁郁葱葱散发着勃勃生机，真让人捉摸不透，其中定有奥妙玄机。旅游车到了终点站，我们下了车，天阴沉沉的还下着零星小雨。停车场有旅客不便携带的小百货商店。我们买了一点必用的东西，踏台阶而上，百米之遥不知怎的，我的环跳神经痛有点受不了，我没有吱声，慢慢地跟在后面。到了缆车跟前，此处缆车和我以前坐的缆车大不一样，发现缆车像个小房子，里面两排座位，除了固定架四面全是玻璃，我们一家九口正好坐在一个缆车房里。机器的轰鸣把我们送到了高空，千山万壑收入眼底，大自然的神工鬼斧之作，让人惊叹不已，有如刀削笔直的悬崖，有苍翠碧绿茂密的原始森林。沟壑深处还有坐落的人家。一个问号又浮现在眼前，此地没有半亩可耕种的畲田，当地的人们是怎样生活的呢？游览至此我有恐高症已接受不了，只能紧闭双眼翻过一山又一山，终于到了终点站。刀削的石壁凿了一个大石洞，里面安装了终点站的机器，在服务员的帮助下我们出了缆房，观看华山盛景。此处没有任何可以帮助的设施，全靠自己徒步游览，本想上华山看顶峰的山体建筑和僧道修身养性的地方，他们是怎样锻炼自己的坚强意志，此时我的身体实在接受不了如此颠簸，上到一个平台无奈停下来休息。妻子和孩子们都登高游览去了。一天游览几地，此时已经夜幕归来，妻子和孩子们陆续归来，重踏返回之路，午夜过半我们回到了下榻的饭店。

五岳之一是华山,削壁苍翠众留恋,峰峦叠嶂藏瑞气,探险不畏高空悬。

芙蓉园

大唐芙蓉园是现代仿唐建造的。它起源于秦王朝在此开辟的皇家禁苑"宜春苑",使曲江成为皇家禁苑上林苑的重要组成部分。隋朝迁都西安,隋文帝讨厌曲,觉着曲不吉利,遂拟更改曲江为芙蓉园。经过隋朝一番精心改造,曲江重新以皇家林园的形式出现在历史舞台。隋朝的灭亡,唐朝的新起,唐代在隋朝原有基础上重新扩建,也奠定了曲江园林建设规模和文化内涵。中国古代史上脍炙人口的文坛佳话都发生在这里,成为首都长安唯一的公共园林,奠定了盛唐文化繁荣基础。在经过几代帝王的精心策划建设,曲江园林建设空前绝后,趋于高潮,随着唐朝历史舞台的灭亡,园林建设基本丧失殆尽。

我们有兴游览了仿唐芙蓉园。千亩大的芙蓉园辉煌建筑坐落有序。山光湖色相互衬托景色迷人,游览的人们漫步穿梭在各个辉煌建筑通道之间。这时有穿着古装的二十几人队伍徐徐而来,手里拿着旌旗锣鼓十八般武艺,看样子好像是贵妃醉酒,前面的一女子浓眉化妆,两面有书童搀扶,整个队伍没有一点严肃,摇摇摆摆好像精神不佳,吸引不起人们的观赏兴趣,这样的队伍陆陆续续,人们只是用眼一瞥。我们来到水秀表演区,水秀表演是在晚上表演电影节目,听说水波影视非常有情调,我们没有时间在此领略,只能感到遗憾。此地有一座大殿,我顺台阶而上一直走到最高处,登高望远四面环视,芙蓉园一览无余。宫殿辉煌,山石林立,湖波荡漾,一切美景尽收眼底。下了楼阁,又进入了另一座殿堂,塑有各色人物,每人形态各异,看简介就是李白作诗,杨国忠磨墨,高力士脱靴等。文人墨客对奸人宦官的侮辱也淋漓尽致刻画在那里。预示后人做人做事要堂堂正正,绝不能做奸诈小人。游玩到又一处殿堂,婚庆典礼倒不少,大概是被唐玄宗和杨贵妃的一段荡气回肠爱情故事所吸引,情侣们想找到真正的爱情归宿,选择了这个地方。院内各处的精彩演绎络绎不绝,有穿铁靴打把势的,还有卖纪念品的,有小吃长廊等。这时我们转到一处用古装给孩子照相的,两个儿媳看着好玩,就给我孙儿孙女每人照了几张相,是快速提取照片,我孙儿孙女本来就非常英俊潇洒,再用古装穿戴扮成小皇子小公主,那个漂亮真是无法形容,写小诗一首:"亭亭玉立姿质俏,风雅气质鸿儒交。一代天骄驰疆场,大有可为前途飙。"时间过得真快,我们又要启程了。

这次游玩几天,长途跋涉,睡眠不足,精神有些疲惫,但收获颇丰,观看了人文初祖黄帝陵、骊山、华清池、华山、大唐芙蓉园,虽在书籍简略看到一些事迹,没有近距离的真正了解,这次耳闻目睹真实概况,也算是对历史有了更进一步的认识和了解。

仿古修建真辉煌,布局有序匠心藏,山水楼阁皆有趣,游玩愉悦忘时光。

端午游记

端午法定的几天长假,也是我们盼望已久的日子。老来无用只能在楼上看小孙子。

放假第一天我们去镇北堡看望了我的老姐姐,四个多月没相见和没沟通的期盼,经常思谋老姐姐的衣食住行,是否生活得愉快,有没有什么困难,不能及时当面了解,实在放心不下,这次放假乘车一观究竟。儿女都忙,二儿媳开车,我老俩和三儿媳几个孙子一起去看望老姐姐。到了镇北堡买了一只烧鸡,一个猪肘子,还有一些果品,沉甸甸的肉食和果品和我们的心一样沉重。见到了老姐姐就能放下看望的肉食果品,也就放下了我们的心。

  镇北堡离我们场地三公里路程,转眼间我们到了目的地。下了车老姐姐和各位亲人都在热情接待我们。现在的老年人都有超越时空的改变,老姐姐已古稀之年也不例外,穿着非常时尚的花衣服,显得精神了许多。大家相见问长问短互道祝福,说说笑笑迈步客房,外甥媳妇端上了果品,沏来了茶,大家吃着果品喝着茶,述说着家长里短,其乐融融的氛围此起彼伏。时而欢声笑语,时而静谧深望,里面包含了家国情怀和恬淡生活。这时外甥媳妇已经把饭做好,是老家的臊子面,肉也是去年腊月杀的猪肉,已有些时日,和老家的饭是一个味道,不由人立时想起诸多老家的事情。酒足饭饱大家又拉起了家常,不知不觉时间过得真快,已经日薄西山,我们又要启程回家了。这次放假看望了老姐姐,还了解了一些老家和各位亲人的情况,对于我长期闭塞的听觉和视野,有了新的发现,真是不虚此行。

  早晨起床,梳洗已毕,我老俩吃了些早点,商量今天的行程。这时我二儿文勇和二儿媳海燕,孙子司旭、司寅已来敲门,说带我们去三沙旅游景点游玩。长期不参加户外活动,外面的世界对我们来说天地墨黑,没有自主想法和要求,只能听儿女们的调遣。驱车来到三沙景点,所有的设施都在初步建设,到处都在布局安排修建,虽有几处半成熟景点建筑,观光的游人很少,有些也不是游人,大概是心闲无事来此散步消遣的。我们离开了三沙景点,来到鹤泉湖旅游区。来到停车场,车场基本停满,我们找了一个位置把车停下,开始了游览。到了一大长方形水池边没有署名,我只能叫它惊险探索区。到处都设有惊心动魄的设施,让人去领略惊险的水上游戏。我的大孙子接近六岁,真是初生牛犊不怕虎,没有经过大人的同意就跃跃欲试。没有办法他爸爸陪伴探险,到底年龄太小好多设施都无法适应,只能半道退回,无可奈何五十元的探险费一个也少不了。小孩子什么都想亲临玩弄,看见别的孩子玩碰碰船,好奇心油然而生,非要一试究竟,交了二十元钱,买了一张票,两个孙子坐在了碰碰船上在水中和大家相互碰起来,大孙子碰得洋洋得意,小孙子碰得左右摇摆虽然不大叫大闹,神情看似有点紧张还是一次次接受外来的冲击和碰撞,也是对小孩的一次锻炼。公园的建成时间不长,虽然没有参天大树,到处都郁郁葱葱,有稍高一点树荫的地方都有人占据。现代人都喜欢在外面野炊。有的带一个小帐篷,有的撑几把太阳伞。公园有租用的桌椅餐具,食菜酒肉都是自己早准备的。有以家庭为核心的,有朋友同事相聚会的,人数不限,花样繁多,都在那里猜拳行令把酒言欢,品尝野外美食的美好的生活享受,是多么神奇美妙,聚会逗乐的氛围真是其乐融融。我们转到了划船游览区,有专人开动游览的汽艇,有自掌方向滑动的电子船,还有亲身力行的脚登船。价格不一,我们租了一个电动船,开始了湖上游玩。服务员稳住电动船,我们上了船,打开了电动开关,船驶向了湖中央。天上薄薄的白云,湖面轻轻的微风,水波荡漾,芦苇执意,真是湖风芦韵让人陶醉在大自然的诗情画意之中。方向由自己掌握,我们驶进了一个岔道,突然听到了汽笛的声音,一看水浪直射青天,波浪接踵而至,几乎把我们的船掀翻。难怪海洋行船最怕台风,波浪打来人没有任何措施可以抵抗,也只能听天由命了。惊险过后船驶向深处,天上很少有海鸟飞翔,时而有一只在空中盘旋,也是为自己的生存而努力。芦苇深处却鸟语喧哗,有时好像听到为领地大声争吵,有时听在窃窃私语好像谈情说爱,鸟儿的世界多么人性化啊?在返回的途中大家看到了一只水鸟在水中游弋,我们对准目标驶去,水鸟一个探视钻入水下,我们从它头顶驶过,驶过几十米再没有看见鸟儿探头,此鸟潜水有如此功能真是出乎我的预料。慢慢的我们驶向了岸边,五十多分钟的游玩,让我们领略了静谧的水上乐园,品尝了城市无法呼吸到的新鲜空气,惬意啊!真惬意!

时已过午,我们准备就餐,在寻访餐厅的路上,看到了荷花池,硕大的荷叶盖满水面,没有看到一枝荷花。我们是山区的农民,和水生植物接触的很少,不知花是开败了,还是未开,在我心里是一个未知数,无法一说究竟。我们又转到了有专门垂钓的池子,好多人都在那里垂钓,和我们的行道相距甚远,没有看到垂钓鱼上钩的精彩场面。又到一个游泳场地,有几个游泳池,上面标有一米五到两米的,有一米到一米五的,还有小孩游泳的浅池子,几个青少年看似刚游完泳,不知水中央放的什么设施,年轻人正在上面晒日光浴。我大孙子看见又来了好奇心,要一试究竟,我们都是山里出生的旱鸭子,对水的认知没有一点常识,所以就没有满足孙子的需要,只能说声抱歉。就餐的地方很多,有农家乐,有蒙古包。不管是农家乐还是蒙古包都是在花团锦簇包围中开的,门前的设施也繁多,花草丛中有对立牵手的小人、猴子、雄鸡等。我们是农民,当然是进农家乐了,到了餐厅门口,两只大象矗立在门前两边,好像在为迎来送往。我们进到里面一看,是钢结构的设施建筑,上面盖的是琉璃瓦,旁边全是玻璃装置,既透明又温馨,给人一种世外桃源的感觉。我们去的较迟,雅座已经没有了,我只能在窗前向里面观看,雅座里面有大有小,都有一个土炕,上面收拾得非常整齐,让人回味农家生活真实情况。有十几个人就餐休息的,也有几个人就餐休息的,我们是无法享受如此待遇,只能在大厅就餐一饱口福。我们点了几样菜,不是我在诽谤农家乐厨艺,比起我老婆的手艺差得太远了。几样菜吃的剩了大半,无可奈何只能回家再吃吧。

  这次几天长假,也算是对我闭塞的心灵的释放。见到了一母同胞的姐姐和亲戚友人,领略了湖光水色,花草树木,人造美景,室外野炊,海竿长钓,就是没有进蒙古包坐一下毡氇氇,甚为遗憾。人贪婪的欲望很多,哪能如数满足呢?就此落笔吧!

沙湖一日游

我和妻子女儿女婿驱车沙湖一游,到了沙湖停车场,已是车辆拥挤,车场管理人员收五元钱,扬手一指,你就自己找有停车位的地方把车停下,再安排当日的行程。

售票窗口旅游的人们排起了长长的队伍,都自觉地遵守纪律循序渐进,买到了门票。有坐汽艇的,有坐大游船的,还有去鸟岛的,各人随自己的意愿向不同的方向进发,满足自己的理想和心愿。

旅游景点跟售票点相距有一段距离。我们乘坐的是旅游大船,机器轰鸣,船行驶在芦苇碧水之间。轻微的颠簸驶向湖的中央,水是那样清澈,芦苇有的连成一片的,形成密不透风的青纱帐,挺拔直立,没有什么能动摇它的根基,唯独有独立撑起的个别小圆墩,随风飘摇,时而向到来的人们频频点头欢迎大家的光临,时而向返回的人们招手欢迎下次再来,组成了别具多样的独特风景。水鸟时而在空中翻腾展翅翱翔,时而振翅注视水下的一举一动,捕获自己的美味佳肴。时而有鱼跃出水面,溅起一个又一个的浪花,表演独特的技艺舞姿。这就是自然,天光湖色连成一片,领略自然的美景,然而惬意这是对人们流连忘返不知厌倦的真实馈赠。

船靠岸了,旅客相继下船,领略目的地风土人情山川地貌。景点有多样设施供人们游玩。沙湖拥有万亩水域、五千亩沙丘、两千亩芦苇、千亩荷池,盛产鱼类、鸟类,这里栖居着白鹤、黑鹤、天鹅等十数种珍鸟奇禽。以自然景观为主体,是一处融江南水乡与大漠风光为一体的生态旅游景区。"金沙、碧水、翠苇、飞鸟、游鱼、远山、彩荷"几大景源有机结合,构成独具特色的秀丽景观。

湖西四周有滑沙、骑驼、骑马、游泳、垂钓、滑翔、沙滩排球、足球等游乐设施,还有旅游飞机空中飞翔,缆车等观光项目。

夏日的端午,艳阳高照,烁热的沙石地,热浪袭来,虽然都带有乘凉的设施,也无法抗拒酷热难熬。我们简单的玩了几样设施,拍了几张照片,就匆匆地离开了旅游景点,未能尽兴。如是秋高气爽一定尽情地游玩和欣赏。

乘兴而来,尽兴离去,离开景点我们乘坐的是汽艇。比大船快多了,好似在水面上腾飞,前面湖平如镜,后面巨浪旋分千尺,嗡嗡的呼叫声倏时把我们送回了岸边。

沙湖的大鱼头是一特色,旅客都想品尝一下,我们走进了一家酒店,墙上的漫画显示出了此地丰富的风土人情,餐饮有独到之处,餐厅宽敞明亮,设施整洁而卫生,服务员热情大方,招呼非常周到,把我们安排到合适的位置。拿来了菜谱让点菜,那当然特色就是主菜,再按个人的喜好点了几个菜肴,既品尝此地的特色又满足自己的嗜好,酒酣耳热眺目已夕阳西下,夙愿得偿离席而归。

出了酒店有人招呼旅游车还送了一程,走了几步,琳琅满目、花样繁多的各种小摊挡在了前面,都是一些有纪念意义的小东西,可是价格不菲,人们都是拿起来看看问问就走了,真正买的人很少。我们已到盘旋道,排队按次序坐车到达来时进口,驾车平安回家。

天下之大无奇不有,我们去了几处旅游景点,各有自己的特色,让人观赏心情久久难以平静,各有各的独特景观。有怪石林立,松波林海,平湖如镜,沟壑沙丘,绿茸茸的草地,山花烂漫的草原,一望无际的碧波连天湖面景观,真是流连忘返,希望再能涉足。

九寨沟黄龙游记

又是一年一度的开斋节，我和妻子、两个儿子、两个儿媳及三个孙子一块儿出外观光游玩。

早晨两个儿子去安排自己管理的工作，我们都在家收拾出外备用之物。巳时儿子回来，我们开两辆车启程了。沿着艾依河行驶，河边花草葳蕤争丰，一道亮丽的屏障迎送我们出行，让人既惬意又留恋。车速如飞，转眼间我们上了沿山高速公路。硒砂瓜是旱地植物。高速公路两边到处都是硒砂瓜种植地，圆圆的硒砂瓜长满各个沿山地带，干山苦岭，瓜果飘香，一直延伸到和甘肃省的接壤。真是旱原土地得到了有效利用，也是当地经济产业的一大支柱。高速公路虽然是单项有序行驶，你追我赶挤来超去，行驶穿插都在惊险之中。两个多小时的行程，我们已到兰州，在兰州阿西娅饭店用了餐，继续上路向定西行驶。沿途山水风土人貌尽收眼底，让人领略祖国大地到处都是欣欣向荣的景象。日薄西山，我们驶出高速路口，目的是去官鹅沟旅游，旅游景点就在岷县境内，我们进入国道驶向岷县。行驶不远，就遇到到处都在晚上加工维护道路，这下惨了，一百多公里的路程，车走走停停到达岷县用时三个多小时。还好我女儿早把饭店定好，入住国际饭店。我们住的是大套房，既豪华又温馨而且非常舒服。马上入住已到午夜。十三个小时的奔波，非常劳累，很快就进入梦乡。天蒙蒙亮我们就起床，梳洗完毕，饭店有准备的早餐，我们下楼开始用餐。早餐准备的还可以，个人按自己的食欲喜好，拣食夹菜一饱口福。吃完早饭，收拾行李，我们又上路了，准备前往官鹅沟一游。人们都说此地是风景优美的小九寨沟。我们到达官鹅沟酒店之处,去旅游景点还有十多公里,路已经被封死,一打听才知道上面发生了争执,正常旅游运作已经瘫痪。无可奈何我们只能另选别的旅游景点。经过大家商议,我们去九寨沟旅游。去九寨沟一直行驶在沟壑里面,有股溪流哗哗穿越谷底,其名叫"白龙江"。河水没有长江黄河那样气势雄宏汹涌澎湃,时而浑浊,时而清澈,好像在为人们述说着大自然形成的客观信息。沿江还修有几处小型水电站,供当地使用。两面都是悬崖绝壁,很少有耕种和放牧的地方,但到处都有人居住,房屋修建错落有致,层叠高升,别具一格!人啊,人!生存能力为什么这样强,突兀穷山悬崖顶都能在此幸福生活,思绪万千怎能不让人心潮起伏。此地虽然是国道,但它是随沟壑地势而修建,崎岖陡峭,非常难走。天气也是变化无常,时而阳光普照,时而黑云压顶,时而行驶在云雨中,时而行驶在云雨外。道路大部分行驶在沟壑边沿,沿途翻过两座大山,到山顶向下一看,千米之遥。真是"峭壁攀岩擎天上,戳辣惊魂飞九霄",不由人惊出一身冷汗。行驶的过程中,到处都是急转弯,向国道中间黄线看全是 S 形。到达九寨沟 S 大概有成千上万。我和妻子都有晕车的毛病,开始还可以坚持,慢慢的我们就无法忍受了。为了让我们身体不舒得以缓解,三百多公里的路程,走走停停走了十一个多小时。到达九寨沟温泉酒店,稍事休息儿子让我们去就餐,我和妻子都恶心得无法进食,肚内好像打翻了五味瓶。五味杂陈折腾着五脏六腑,昏昏沉沉卧在床上,没有一丝精神外出吃饭,只好嚼了几口干馍,喝了几口水,也算补充了身体所需。

　　一夜的睡眠之后,精神有所好转。早晨的一切准备完毕,我们离开了温泉酒店,驱车来到了景点停车场。下车穿越马路一景就在眼前,一河清流浮现在眼前。我百思不得其解,一河溪流泾渭分明,东面碧绿清澈如翡翠,南面蔚蓝纯净似碧玉。向前行走几十米,原来是两条溪流合二为一,展现出了如此景观。水的颜色不同,可能是地质钙化的作用,我也说不清,让人流恋忘返。

进入景点，用人山人海来形容一点不夸张。人头攒动非常拥挤。买上门票到乘坐游览车的地方，虽然是排队有序进入，但因为人多拥挤，大概需要一个多小时。上了游览车先去则日沟景点。沿途有电脑显示解说，解说得天花乱坠，出神入化。给人的思维勾勒出一幅幅美丽的画卷。道路急转弯非常多，每个弯道处都有一个弧形的圆镜。直径有八十厘米左右，来往的车辆都看得非常清楚，让司机明察往返，以防会车发生危险。再看司机都是四五十岁的中年人，精力充沛，但看脸上都是饱经沧桑，满脸风霜，让人看着也觉着放心。经过每一处景点都有调度指挥，几经调度我们终于到达则日沟终点站——原始森林。这一景点全长十八公里，是九寨沟风景线的精华部分之一。绿树浓荫，变化多端，也是九寨沟的旅游观赏高潮地带。进入原始森林，犹如进入仙境：幽雅而宁静，聆听松风溪流，鸟叫蝉鸣，把人带入高洁风雅修身养性的世外桃源。古木参天的原始森林，让人流连徘徊于青翠森林之下，松柏苍劲挺拔，遥望直接天庭，让人论不能尽言，看不能尽意。下行时我和妻子与我三儿徒步观赏景色，枯木横七竖八，让人看见觉着非常可惜，没有有效利用，是对资源的一种浪费。但枯木上又长出新的树苗，我有幸用照相机拍下了枯木生花。藓苔枯草甸用脚踏上去好像海绵垫，松软而舒服，蓄水量非常充沛。行走漫步遥望山顶，一股股清流直出山巅，好似瀑布挂满悬崖。作首歪诗以作留念："鬼斧神工大自然，清泉喷出山之巅。疑似银蛇千百条，飞跃沧海鳞波翻。"在这里，错落有致的湖泊都叫海子，色彩艳丽，如变幻莫测的万花筒。观赏各个海子清澈如宝镜，悬桥吊影随粼波荡漾。下行珍珠滩是以漫坡而形成，水流石叠上面钙化形成搓板，水流冲击溅起颗颗水珠好像珍珠洒满坦坡，晶莹而光亮。落差最大的瀑布就在珍珠滩下面，形成了飞流直下的壮观，百米开外的壮丽景观，到处都能听到咆哮声，让人赞叹不已。大自然的构成真是出神入化，给人感觉神山圣水就在其间，让人流连忘返。各个景点排列有序，其原始自然风貌，没有任何人造景观。大自然的馈赠，如五花海、熊猫海、箭竹海、天鹅海等都是清澈见底,鳞波荡漾。不由人想起一句话,"鸟在海中飞,鱼在天上游",在这里形容一点都不夸张。另一景点长海是九寨沟支流的尽头,海子面积几公里长,百十米宽,登高遥望,青山绿水争相辉映,真是:蓝天白云赏心,碧水清波悦目,苍松翠柏留恋,让人思维荡漾在神往的惬意之中。五彩池则是一个小巧玲珑的池子,湖面湛蓝醒目,凝神观望好似世外桃源。再往下面,海子基本干枯,硕大的海子只有十几米水蓄在谷底,给人思维勾勒想象,此景点不是天然溪流汇聚,可能是雨季增加汇聚顺流而下,形成下面蓄水增加,才显可观的景象。时间过得真快,别的景点已来不及再细细领略观赏,今天的游玩即将结束。但让我们已领略了喀斯特地貌的原始森林,浓绿而幽静。错落有致,天然湖波,飞流直下的自然瀑布,鸟语花香,群山秀丽,怪石嶙峋,峭壁擎天。形成风光旖旎的迷人景象,让人到此收获颇丰,真可谓不虚此行。赋诗一首:原始森林天然景,传播勾起游览情,八方游客汇聚此,颂声远扬界外名。

　　出了九寨沟旅游区已经六点,我们驱车驶往黄龙景区。一百多公里的路程,驱车风驰电掣,行到四千零七米的山顶观摩景台,已经夜幕降临。我们不知道当地的自然天气变化,此时云雾笼罩整个山头,视线不足五米,行驶时那个揪心无法用言语来形容,不时让人吓出一身冷汗。车只能压住半边黄线缓慢行驶。到达瑟尔嵯酒店已经九点过半。虽然夜路惊吓不断,我们还是平安入住在了温馨酒店。

　　黄龙景区是缆车索道把人送上山顶。再就是六公里的观景步行,让人沿山栈道迂回浏览。举目行至游览栈道,黄龙的神奇、壮观让人流连忘返、魂牵梦绕。回顾四周,黄龙有山之巅、云之海的风景旖旎,奇峰汇聚,峭壁万仞,拔地擎天,嵯峨峥嵘,青松在悬崖上争奇,怪石在奇峰上斗艳,云烟在峰壑中弥漫,塑造出了变化莫测的巍峨神奇的游览景观,让人沉浸在大自然馈赠的形如神山仙境之中。五彩池也是在黄山游览的最顶端,是山泉溪流汇聚而成的五彩池。我读书知道五彩池需要阳光照射,才能五光十色,争妍斗奇。可惜我们去时是阴天,没有阳光,所以也没有看到千变万化的优美景观,只看到湛蓝色的湖色一片,非常遗憾。只能赋诗留念:"高山凹淖湖波现,湛蓝摄影做留念。奇峰销魂无力攀,踏步漫游观自然。"我们徒步下行,路边有一寺庙,里面金碧辉煌,香烟缭绕,有僧人打坐蒲团,一手捻佛珠,一手敲木鱼,默声诵着黄经,那个虔诚之心无以言表。再下行就看见斜坡坦石上水流潺潺,多年石上的矿物质钙化,好像黄金铺地洒满山野。不由人用手触摸,是否真有黄金出现。下行的路线很长,时而彩池再现,时而金沙铺地,瀑布蔚为壮观,让人们感受着大自然馈赠的多姿风采,既惬意又留恋。这次黄龙游览时发现的一个问题,使我百思不得其解。黄龙是原始生态旅游区,为什么大片单子叶针叶林和大片双子叶的阔叶林相互辉映,很少相互干涉。难道针叶林和阔叶林不能交相辉映相互存活吗?唉,大自然可能就是这样,造就了适者生存的奥妙关系吧!庶人怎能解通大自然的道理呢!赋诗一首:盛名相传是黄龙,奇峰怪石储其中。林海湖波相辉映,解析轩轾智慧穷。

黄龙观光结束,我们又要踏上归途,顺路游览若尔盖草原。海拔三千多米的大草原,气候湿润,风景迷人,是人旅游观光的好地方。千里大草原,地势平坦,俯卧的山峰没有陡峭岩壁。有凹槽的地方都有清泉流出,汇聚成溪流,流淌在草原腹地。牧人在此放牧,既安全又保险。我们所经过的地方,牛羊满山遍野,不见牧人圈、挡、拦、管,牛羊自由地漫步在草丰水美的地段享用。自然啊!一方水土养一方人真的不假。山有多高水跟山势走也一点不假。多么美妙神奇的地方啊,让人久久难以忘怀。

我们行驶到若尔盖草原中部,好多旅游车都停在那里。我们也停车领略草原的风土人情。游人有骑马的,有观看牦牛的,有看牧民高歌表演的,还有摄影拍照的。我们走进高原草甸,脚踏着大地的脉络,呼吸着清新的空气,聆听着悠扬的牧歌,遥望着云压群峰,品味着山花烂漫,悦目着牛欢马叫。观看着牦牛食草互不挤对,羊儿奔波永不离群。高原啊!真不负人们高歌神奇天路的赞美。时间流逝,不能久留,我们又上路了。过了郎布就没有平坦的大草原,都是一个接一个的大峡谷。此地大概成了半农半牧的地区。平坦的地都种有粮食,斜坡地牧放牛羊。平地的油菜花黄灿灿的,有好多人都在此拍照留念。我近距离观看各样庄稼长得非常茂盛,此地今年又是一个风调雨顺的丰收年。夜幕即将来临,我们也来到了合作县雪螺饭店。俯卧床上,对草原盛景的游览,怡然自得。只能用郁达夫的两句诗,说明我心的情:"一粒沙里见世界,半瓣花上说人情。"赋诗一首:千里草原渺如烟,腾飞经济信息传。牛背羌笛迎远客,神奇天路财富添。

从合作县回家,七百多公里的路程,是高速公路,穿越的大部分是隧道,经过的都是一个接一个的大峡谷,最后驶入河套大平原。淅淅沥沥一路都在细雨中行驶。这次出外旅游虽然惊险不断,长途跋涉也非常累,细细回味也颇有收获。出门时沿艾依河的花草相送,领略了原始森林神秘而奇特,高山湖波的清澈而宁静,奇山怪石的嵯峨与峥嵘,回家又迎来雨水的洗尘。大自然啊,水光山色为什么这样垂怜我们的行程?结尾诗:岳涧苿兴万里征,神奇怡然踏歌声。有缘涉足三径地,饱墨大千盈长风。

七日长假外出游

今年回族古尔邦节和中秋节相连,气候适宜的金秋是出外旅游好时间。我和家人出外旅游了几天。看到了首都的辉煌建筑,历史悠久的长城嵯峨险峻,高科技发展的宏伟展现,它都代表历史发展的文明和各民族团结的象征。

这次儿女们工作忙,本不打算长途旅游。但儿女们看我们年岁逐渐增长,我们身体的适应程度已经慢慢减退,儿女们商量又安排了这次北京旅游。时间紧,飞机、火车票都已售完,托人买了几张卧铺票。九月十二号下午我们一行乘火车去北京游玩。夕阳迎接晚霞,凭窗远视河套平原,生机盎然,高楼林立,井然有序。大地披着绿装,郁郁葱葱,芳香扑鼻。慢慢夜幕降临,窗外一片漆黑,只听火车的咣咣声,时而有路边的方向标眨巴着眼睛,让人目视行进的里程。时间过得真快,我已睡眼蒙眬,躺在卧铺,杂乱的响声,吵闹得很难入眠。不觉又回忆起了昔日生活的艰难,让人心潮起伏,世事变迁真是变化多端,在不知不觉中进入梦乡。不知入睡了多久,在一片喧哗声中清醒,下床坐在窗前小凳,外面淅淅沥沥下着小雨,烟雾笼罩着整个原野,我们好似驾驭着飞龙腾跃在太空,崇山峻岭千沟万壑俯卧长龙脚下,那种感受今生是第一次享受,让人陶醉身旷神怡。汽笛的长鸣声我还在遥望中,火车已经驶出八达岭。很快火车就进入了车站,大家有序出行,我们也住进了宾馆。

稍事休息,用完午餐,我们准备去天安门广场参观毛主席纪念堂。到天安门广场的路已封闭,当天无法领略广场的宏伟和毛主席的遗容。就在天安门前拍了几张照片,到王府井商业街游览了一会,品尝了北京的特产全聚德烤鸭,味道真是不错,和在店铺买的带回家的味道全然不同。厨师举手投足表演得淋漓尽致,烤鸭肉和全聚德作料的搭配,入口津津有味,回味悠长,难怪名扬中外。

我们住在东华门。第二天早晨天蒙蒙亮,梳洗、早餐结束,去天安门路程不远,就徒步前往天安门游览故宫。此时已经人山人海,各个旅游团举着各色旗子有序前进。我们是自助游,也夹杂在人流中间,穿越金水桥,来到天安门下。我1977年冬天去过故宫游览,昔日跟现在相比真是焕然一新,景观依旧,高大的辉煌建筑,一切设施都耀眼夺目。正中间开国领袖像,让人观望有一种神往的感觉,回顾历史和自己的童年。看今日的繁荣富强,一代伟人又多么的远见和卓识,编绘出了宏伟蓝图,创造了今日的幸福生活。进了天安门、端门,到午门,此处在买门票,我们找了一个座位,等候文勇买门票的到来。瞅着各个门上的大庖钉,横竖都是九,它是奇数的最大数,代表了九五之尊的内涵,九九归一统的皇权威严。门面各个大庖钉,深陷门木之内,外漂亮,内创伤,也说明了人谁也躲不过九九八十一难。再四处瞭望,建筑都是焕然一新,地下的老式砖块也都更换了新的。唯独棵棵古老大树还都郁葱葱,根深叶茂,在微风吹动下向人们招手致意,述说着饱经风雨历史变迁的沧桑。此时文勇已把门票买来,进入午门,来到太和殿门前。太和殿是皇帝早朝听政的地方,现在不让进殿,门前有专人把守,只能从门外观望,里面只有皇帝的龙椅,其他陈设和宝物搬弄一空。现在只有殿门前最大的铜狮子,铸造精美,神态生动,佛家认为狮子是高贵尊严的"灵兽",有护法避邪的作用。皇宫内重要门前都摆放着铜狮子,寓意驱邪护法,维护至高无上的皇权。殿门设堵,人们不能直通后殿,转到太和殿后是中和殿,对于"中和"二字是有说法的。其意是,凡事要做到不偏不倚,恰如其分,只有这样才能使各方关系和顺,其意思也是在宣扬儒学"中庸之道"。其后是保和殿,保和殿门前,上人的中间铺有一块硕大的石雕,由一整块石头雕刻而成,看解说,全长十六点五七米,宽三点〇七米,厚一点七米,重达二五十多吨。石雕共雕九条巨龙,巨龙口戏宝珠,动态自如,生机勃勃,象征"九五之尊"、皇权尊贵的意思。另外,石雕上还刻有各种海水江牙,飞云和缠枝的莲花纹等,使得整块石雕栩栩如生。不由人在此生疑,如此大的一块完整巨石如何运回和安装的。人啊,从此巨石来看,事情只有想不到,没有做不到的。保和殿没有人员把守,是半封闭,让人只能向里观望。里面只有龙椅坐北向南矗立在那里。再前往经过是乾清门,再就是乾清宫,乾清宫后面是交泰殿,再后就是坤宁宫,乾清宫和坤宁宫分别为传统意义上皇帝和皇后的寝宫。乾、坤是"周易"中的卦名,乾代表天,坤代表地,乾清宫前左右有日精门、月华门,寓意"乾坤日月明,四海皆升平"之意。交泰殿"交泰"两个字是指天地相交,天地和谐的意思。因为交泰殿正好位于皇帝居住的乾清宫和皇后居住的坤宁宫之间,象征皇帝和皇后要和睦相处,相敬如宾。

钦安殿、养心殿、永寿宫、太极殿、储秀宫等都是半封闭式让人观看。看不到里面布局的错落有致,雕梁画栋。我们就在外面观看了储秀宫的外景。储秀宫是慈禧的寝宫,门前有一对铜龙和铜鹿。鹿,象征和谐与富贵,龙是帝王权威的象征。储秀宫前摆放龙、鹿,充分体现了慈禧太后的权力和欲望。御花园是皇家休闲娱乐的地方,有兴到此一游。御花园内古柏老槐,郁郁葱葱;奇石盆景,千姿百态,亭台楼阁,星罗棋布,花石子路,纵横交错,整个院内,幽静古雅,给人感觉进入了洞天福地,多么想多逗留一会,体验典雅幽静的皇家生活氛围。然后通过日精门,进入东宫,东宫有展览的奇珍异宝。观看了好多地方,都是一些小件。我1977年见到的龙袍、皇冠、凤冠霞帔、玉人、玉车、玉马、金塔等好多宝物都不见了,只能乘兴而去,败兴而归。又转到了钟表馆,馆内陈设的各种钟表装饰华丽,异彩纷呈,清新浪漫。它的造型别致,古代计时器"日晷"也摆放在里面。楼阁、车马、盆景、人物等,不一而足;荟萃了一个琳琅满目的钟表世界。不觉又转到了九龙壁前,九龙壁光彩夺目,色彩艳丽。它的主体图案是九条颜色不同、形态各异的巨龙。他们翻腾在海水山石之间,身姿矫健、活灵活现,它显示着皇权的威严和国泰民安,长盛不衰。我们又游览到西六宫,西六宫的宫门都紧锁,只能看到各个门牌号,无缘在里面观看。但这次我又和家人看到了铜鹤、铜龟、鎏金麒麟等瑞兽,它们都代表着吉祥如意,国泰民安。唯独大铜缸是装水用的,各个大殿旁都有两个大铜缸,一旦发生火灾急需救火用的。时已近午,我们返回到天安门,天安门只准进,不让出,我们只好从光华门出故宫,回到住处。

下午我们游览了历史博物馆。它位于天安门广场东面,和人民大会堂面对面遥相呼应,南面是人民英雄纪念碑和毛主席纪念堂,北面是国旗和天安门城楼。四大建筑是在京城的中心地带,让人们摄影拍照做留念。我们来到历史博物馆门前,大家按照进门的规则有序地来到历史博物馆门前。博物馆庄严的门前给人有着神圣的感觉,看到辉煌的建筑,似乎就能感觉到历史的气势和宏伟,也就明白了历史的进步和文明就储存在里面。步入大厅,开国五大常委雕像,栩栩如生,神色威严,好像在谋划着国家的发展大计。博物馆里面的空间非常大,展厅一个接着一个,让人目不暇接。里面陈列自原始社会开始,奴隶社会,封建社会,各朝各代发展的先进遗物和现代的精美展品、出土文物等。有青铜器、西周盂鼎、铜铳、世界上最古老的火炮、珍贵的古代书画。还有人类化石,以及石镰、陶瓷、玉石等。这时有人在议论,说:最精华的东西在三楼,我们就上到了三楼。三楼摆放的大部分是国家领导人出外访问,外国领导人赠送的各国象征意义精美的画卷图案,还有造型优美别具一格花样繁多的各种精美礼品。每样精品都让人流连忘返,品赏难以尽兴,有种失忆忘怀的感觉。如此众多展放的精品,也说明了国家国际关系的拓宽与发展,友好的国际关系是一个国家长治久安的奠基石,国家有如此众多的友好使者和平共处,发展的速度会日新月异,现在的国家繁荣会更加辉煌。这一展厅用去了我大量的时间。儿女们督促我,时间不多,让我去别处看看。出了这座展厅,别的展厅也提不起我的兴趣,因为各位领导人带回各国的精美礼品太诱惑人了。又转了几个展厅,有出土的物件、古玩、泥塑、木雕,观看了一会就出展厅了。这时天安门广场已经戒严,习近平主席在人民大会堂前接见秘鲁总统来访。四面各处工作人员密布,在维持现场持续。观众都在三百米以外,我们只能看到了人头攒动,再一切都模糊不清,只清楚地看到礼炮的火焰,听到礼炮的二十一响,也算了了我们的兴趣和心意。

  次日天蒙蒙亮,我就起床,督促大家快起床去看升国旗。早晨的梦乡如此香甜,大家都磨磨蹭蹭的摩腾,紧走忙赶,国旗已经高高地飘扬在天安门的上空,非常遗憾,没有看到国旗冉冉升起。这时毛主席纪念堂已经开放,我和文勇都参观看过毛主席的遗容。妻子和女儿及孙子没有看过,我和文勇在外面看东西,妻子和女儿、孙子去瞻仰毛主席的遗容。一个多小时出来,都惊讶地说,毛主席的遗容和画像一模一样,没有一点变化。高科技的策划与实施,才让一代伟人遗容长期保存与展现,让人们观看毛主席的遗容和怀念丰功伟绩,他缔造了划时代锦绣河山和人民的幸福生活。四面八方的人们怀着感恩的心情,来瞻仰和怀念毛主席领导人民创造的太平盛世,国泰民安半个多世纪的幸福生活。

颐和园是重要标志性旅游景点,有佛香阁、知春亭、铜牛、廓如厅、十七孔桥、玉带桥等。进入颐和园大门,古典建筑,五颜六色,雕梁画栋就展现在眼前。来到苏堤桥上,就看见苏堤河低矮的两边苏州街店铺随河而建,此处一看繁华争艳,鸟语花香,波光粼粼。建筑精美的店铺,错落有致,沿河林立。门面摆设着各种商品琳琅满目,男女店员都穿着古装,花枝招展,不时地向穿梭的人们招手,推销自己店铺的商品,此地真是"生意兴隆通四海,财源滚滚达三江"。旅游的人们都在此购买了旅行留念之物,回家玩弄品赏。我们没有去苏州街,准备上山游玩,文勇买了耳戴电脑解说机,步行到哪儿,电脑解说机就说此处的景观。万寿山是拾级而上,我们步行到哪儿,解说机就清楚地告诉此处和临近的历史渊源,让人听得仔细,观看得明白。东绕西转我们一直走到佛香阁跟前,佛香阁建筑辉煌,香烟缭绕,众多信士弟子,作揖叩拜,希望保佑一家平安。这时再上山都是在山洞巨石之间,我们终于上到万寿山顶,草木覆盖,巨石林立,北京的全景难收眼底。我们就下山到阙门,坐游轮去知春亭,昆明湖微风徐徐,金秋八月,秋高气爽,气候适宜,让人荡漾在无限的惬意之中。来到知春亭,又转到廓入厅,十七孔桥就在眼前,据说十七孔桥雕有几百只形态各异大小狮子。这时在北京退休的姑姑打来电话,让我们去她家玩耍。无缘仔细观赏形态各异的狮子雕像,也不能继续观赏各处辉煌建筑,不能聆听电子解说机叙述各处的历史发展与建造的宏伟。只能赴小叔和姑姑的约,了我的最大心愿。

人生感悟 RENSHENG GANWU

我小叔、姑姑和我父亲是一个爷爷的亲孙儿孙女。他们都出生在战乱时期，为自己的生存各奔他方。虽然常有电话书信联系，但见面的机会非常少。我这次去北京游玩，也是看望我们马家仅存的两位老人，他俩都是快八十岁高龄的耄耋老人。我去时给准备了一些礼物，宁夏特产红枸杞，特制红葡萄酒，还有几棵雪莲。我们打的来到姑姑指定的地点，小叔和姑姑都住在德胜门外，姑姑已经站在马路边等候着我们。我见姑姑是第三次，妻子和文勇都没见过。姑姑已经步履蹒跚，视力也模糊不清，但见到我们那个热情无法用言语述说。真是"亲的该来亲，远的不挂心"。姑姑领我们来到她的家，八十几平方米，里面收拾得非常干净整齐，就是五口人入住，有点拥挤。北京啊，国家的精华之地，房价炒得如此之高，辛辛苦苦工作了两代人，买不起一套像样的房子，让人深有所思，难以解答。我们和姑姑、姑父叙说着家常，等候小叔的到来，不一会儿小叔和小婶也来了。文勇就请大家去姑姑早就定好的饭店就餐，我表弟知道此处的特色食品。让服务员来，点了几样当地的特色菜让我们品尝，文勇又点了几样昂贵的菜。满满摆了一桌，我们一行八人推杯换盏，尽情地品尝着当地的美味佳肴。一边就餐，一边述说着家长里短。时间过得真快，饭店就要打烊。我们只能起身相互拥抱，握手告别，大家都热泪盈眶。虽然短暂的几个小时相聚，相互的言谈热情让人久久难以忘怀。

我们住在德胜门，去八达岭的车站就在德胜门，我们去八达岭正好是八月十五中秋节，是国家法定的节日。我们坐上去八达岭的公交车，道路游览自驾车和公交车相互穿插非常拥挤。四十公里的路程，走了将近两个小时，才到八达岭北山售票口。公交服务员早就交代了旅游事项，我们拿着门票，到熊猫馆买了上半山顶的链条滑轮车票，坐滑轮车上到第四个瞭望台。离好汉坡还有四个瞭望台，想起了毛主席写下的"不到长城非好汉"经典诗作，我老俩都六十几岁的人了，步履蹒跚。买了两个拐杖，我俩拄着拐杖，也艰难地攀爬过三个瞭望台，到了好汉坡的半坡，已经汗水淋漓，气喘吁吁，好像大脑已经缺氧。我说算了,不爬了,妻子坚持还要继续往上爬,就在此时文勇从好汉坡顶下来,算是解了我的围。我们站在好汉坡半山腰,看祖国的大好河山,千山群峰一览眼底。长城建造在蜿蜒的山脊之上,宛如苍龙,嵯峨壮观,逶迤峥嵘。游人罗哲文先生写下的一首诗,表明了八达岭的概况,诗作我抄下大家欣赏:"千峰叠翠拥居庸,山北山南处处峰。锁钥北门天设险,半哉峻岭走长龙。"多么形象的大自然和长城的观赏诗作,也是大自然给人们留下的如此瑰宝,和五百多年修筑的遗留的辉煌长城,让人们游览和欣赏。

作歪诗一首:居庸关隘斗奇峰,逶迤绵延筑长城。峰尖瞭望知敌我,山脊蜿蜒卧巨龙。

明十三陵坐落于北京市昌平区天寿山麓,先后修建了十三座陵墓。我们来到十三陵游览,在停车场,我虽然不懂地理风水,到此地还是仔细观望了良久,谈一点我不知天高地厚的看法。山脉像一条巨龙,山坡像层层鳞片披挂在山体彼端,陵墓修建在两山凸起中间低洼之处。辉煌建筑节节高升,直通山顶。山环水抱,藏风聚气,是块绝佳的风水宝地。现在开放的是定陵,地宫面积不大,从半山台阶而下,到棺椁停放的地方有三四十米深,横一砖箍圆窑现在停放棺椁,竖一砖箍圆窑看似主墓,但现在空无一物,两洞相连,建筑讲究。还有暗室,门口封闭,不让进里面参观。横洞放有几口棺椁,地下很暗,我没有戴眼镜,没有看清楚都是谁的棺椁。只能跟随游人随台阶而上,出了地面,已经到了出土文物展厅。我们就进去欣赏皇家的奇珍异宝,宝藏有金锭、马蹄银、皇家古瓷瓶、瓷罐、金钗玉簪、金银首饰、丽人画像等,真是应有尽有,全是精品,让人目不暇接,流连忘返。此时已经日薄西山,假日公交道路非常拥挤。文勇找了一个自驾车,把我们拉到地铁站口,我们进入了地铁站。坐上地铁行驶了几站,突然地铁驶出了地面,还高高的悬在半空。我非常惊讶,高声喊地铁怎么驶出了地面。文勇拉了我一把,我才知道自己过于激动了。一路换了几次地铁,我们终于来到了入住的宾馆。

写首诗:山环水抱生瑞气,藏风聚气显神奇。皇家陵园修于此,山明水秀是奇迹。

北大清华是孜孜学子梦寐以求深造的学府,国家的文曲泰斗大部分都居住在这里。它是"藏龙卧虎育俊杰,画龙点睛出精英"的地方。它也是说法、论道、讲文明、学知识的根基所在地。

我们这次北京游览,有幸去北大清华一观高等学府的风采。北大诞生于清朝末年,即1898年间。它是在改革变法中成立的一座学堂,也是一百多年的高等重点学府,还是主修文科的学府,更是文人墨客聚集的圣地。我们来到北大学府门前,一股自然的气场让人望而生畏,难怪莘莘学子成绩不佳,望而止步,多么庄严而神圣的地方。门前的哨卫彬彬有礼问明我们的来意,让我们留下身份证电脑储存信息,才让我们进去游览。进入北大的校园,校园内建筑辉煌,古树郁郁葱葱,整洁而温馨,人们都游览在清溪之边,林荫之下。这时一只白色短尾波斯猫来到我们面前,向我们喵喵叫了几声,算是对我们的问候,自由自在走进了林荫之间。游览了大半个校园,对校园内概况有了一点认识。校园内的设施建设,教学楼和学术楼大部分都是多层人字梁大瓦房,五颜六色,雕梁画栋,房基雄宏高峻,飞檐瑞兽林立,两面斜坡陡峭,筒瓦扣盖直立。如此尖端的设计造型,不出高素质人才何处去求呢?

清华大学和北大接壤而立。我们来到清华大学门前,清华的门卫好像有先知先觉,真是赵匡胤买华山,用手一指。旁边有游人出行的通道。我们就跟随人们顺单人便道进入校园,没有出任何手续。清华大部分是理科学者,国家高科技尖端人才就在这里。校园内高楼林立,古树参天,湖泊荡漾,山石衬托,溪水长流,又是另一种观赏景观。给人的感觉好像没有北大整洁而温馨,路边的垃圾随处可见,湖溪水面覆盖有腐枝败叶,有几辆半新不旧的自行车用锁子锁着,丢在河边杂草丛中,无人看管。这大概就是文科专修人,理科专研究高科技实施的原因吧?清华大学的校训是"自强不息,厚德载物"。此言务实,"两弹一星"最先实施人物大部分就是清华孜孜不倦的学子。清华对教学培育的要求是"严谨、勤奋、求实、创新",做出了巨大的高科技贡献。清华也真是"跻身世界一流,服务国家社会"。此时已经游览了大半个清华。校园内没有看见亭台楼阁,描龙画凤,花边作秀,大概是我们没有到建造地方。但校园内到处都有学子凝眸聚神,在努力温习自己的功课。校园布景典雅,校路纵横交错,井然有序。只能游览至此,无缘涉足精华地带,也就只能就此落笔了。

出清华大学北门,不到百米就是圆明园,圆明园也是重点观赏景区。此园是康熙皇帝赐给胤禛,"后为雍正皇帝"的园林。雍正自己亲提园名"圆明园"。雍正皇帝的解说:"圆明"二字的含义是,圆而入神,君子之时重也;明而普照,达人之睿智也。用现代白话解释是,"圆"是指个人品德圆满无缺,超越常人。"明"是指政治业绩明光普照,完美明智。就凭雍正皇帝的这段述评,做人道德品质要完美无缺。治国理政要光明磊落,就该认真的浏览一番。游览到一条小河旁边,有四十座庭院结构攻略布置图,才知道此地占地面积二百三十公顷。一下把我的兴趣打击得踪影全无。因为昨天攀爬了八达岭,今天还腰酸腿困,哪有那么大的精神游览全景。只能就近几座庭院游览一下。不知是八国联军焚烧毁坏,还是现在重修在建的皇家林园,给人的感觉好像没有那种古风古气。和故宫、颐和园相比气场差得很远。大概是我们游览少的关系吧?还是没有到精华之地的原因吧?

天津是沿海最东边的城市,也是全国独立管辖四市之一。城市建筑辉煌,经济发展快,也是人们愿意游览的好地方。文勇要带我们去天津游玩,也正合我意。虽然只有一天的时间,我的心情还是兴致勃勃。文勇买了高铁票,一点四十我们坐高铁出发。速度快得惊人,倏时高铁速度显示器就每小时二百八十多公里的奔驶。虽然安装的是减速玻璃,高楼大厦、平坦的原野,一晃而过。北京到天津过去我坐火车需要两个多小时,现在只用了四十分钟。现

人生感悟 RENSHENG GANWU

代的高科技真让人刮目相看。在高铁上文勇先和马泰通电话,后又不知和谁通电话,文勇在电话里好像是在推诿,又好像是在衔接。我问你在做什么,文勇说马泰安排他的朋友接待咱们。我说咱们出来游玩不要麻烦别人,文勇说马泰安排我也没有办法。我们下了高铁到出站门口,一个英俊少年,风度翩翩、手里拿着电话和文勇联系。两人从未谋面,相聚时好像久逢相识,称兄道弟热情异常。到我老俩跟前彬彬有礼,以马泰的尊称呼唤着我们。我一看此青年的举手投足,非是池中之物,将来必有大的发展前途。经过询问才知道青年名叫鲍春宇,开着高级奥迪越野车,接我们去早安排好的宾馆下榻。在去宾馆的路上,小鲍就安排了我们的所有行程。小鲍天津有几个自己的公司,非常忙,安排我们住下就工作去了。下午五点准时到宾馆和我们一起出外游玩。小鲍带我们到桥上摩天轮处游玩,此处已人满为患,摩天轮在桥公路的中间,游人太多,已影响城市公路畅通。我们只能去海河坐游轮,品赏海风,观远景了。坐上游轮自我感觉,向西前进了不到一千米,掉头一直向东游去。从七座桥下面经过,每座桥都有各自独特的建造。游轮解说员不时地解说,还是无法记住各个桥的来历和建筑年月。现在只记得有座铁桥,桥下有一个特大齿轮,桥下安装大齿轮不知作何用,百思不得其解。还有一座大桥看似用石头砌做的,桥上面两头各有两只大狮子在守候,桥下面两个大桥墩,两面都有非常威武的狮子头,活灵活现注意着人们的游览出行。还有如彩虹的空中吊桥等。天津的建筑非常独特,有一座大厦高耸入云,在夜色的衬托下,好像直入天庭,和银河交相辉映。还有一座建筑如月牙,在特殊处理后的灯光的相互衬托下,好像海河水反射明月在此建筑上,耀眼夺目。天津的建筑千奇百怪,古老建筑和当代的建筑,无法一一述来,海河游览书写也就只能到此。

天津意大利租界,又是一繁华旅游景区,大部分保留了意大利建筑的原始风貌。意式风情街有浓郁的意大利风情,楼台店铺中央有一个意大利标志建筑,不太高大,也不太宏伟,尖尖的顶下面是一个四方形,方形四面有四个人头,大概是意大利传教士的头像,再下面四方池里水斜射半空,喷向四面的人头像,不只是要人们有清醒的头脑,还是在洗涤人们的心灵,我看了良久也没有看懂,此建筑到底标志着什么?此时小鲍喊就餐,品尝意大利特色风味小吃。世界之大,菜肴的味道也各不相同,又品尝到了另一种风味的他国小吃。惬意啊!惬意!真得感谢小鲍的引荐,饱了我的口福。

小鲍安排去塘沽看航母,小鲍忙,安排了公司员工小王和我们去塘沽,小王二十几岁,温文尔雅,举止言谈让人舒服。开着高档宝马车,七十公里的路程,不到一小时我们就到了塘沽。出了停车场,眼前就是俄罗斯风情建筑,进入大门就是俄罗斯商业风情街,里面摆设的东西大部分是和战争有关的玩具,还有一些俄罗斯的特产,供游人购买。我们是去看航母的,对商品还不太留恋。行走之间,有几个俄罗斯青年在那里载歌载舞,到游人跟前就打招呼,希望大家照张相,我们也不例外,就合影照了一张相。前行不远,又在必经之路有人招呼,喊留个航母照吧,我站在影视台觉着这儿应该照一张做留念。我老俩照了一张,和文勇我们三又照了一张,带回家摆放在门头,一看就觉着有点沾沾自喜。到检票口经过检票,我们进入航母机仓,解说员就来介绍说明来意。要了解航母也得听一点介绍,文勇就出钱联系了一个解说员,解说员给我们每人发了一个电子耳机,这个电子耳机不是自动报话,解说员说啥,耳机里面就说着什么。导弹、火箭弹、鱼雷、控制室、操纵室、发射架、生活区,游乐场等讲了很多,当时还记忆犹新,现在已经记不清了,只记得航母名叫基普,停放在八国联军侵略中国上岸的地方。听到此话以后,我站在舢板举目远视,一片汪洋给侵略者入侵多大的方便。也给我们的国家造成了几十年的生灵涂炭,饥寒交迫让人们难为生机,过了几十年的艰难岁月,中华人民共和国成立快速发展,才有今天的幸福生活。国家把高科技航母摆放在这里,希望人们一定要记住历史,让我们的国家快速发展经济,繁荣富强,再不受外国列强欺负和凌辱。

这次游览了北京、天津两地,我谈一点两城差异。北京真是皇城天子脚下,给人感觉人文道德就体现在这里,好像尔虞我诈,销声匿迹。旅游景点价格不高,各处工作人员落落大方服务周到,给人感觉温馨而舒服。就是北京的住宿太贵,经济条件不好的,很难接受。天津是快速发展城市,也是投资的精华之地,为了经济的快速发展,投机钻营、尔虞我诈的现象时有出现。天津火车站倒票的非常多,五十元的车票,票贩子反手就卖一百五十元,旅客还买不到票,要买到就晚几个小时,正常的秩序都被搞坏了,影响出行。

诗话人生

记父亲

豫始宁①果满堂红,延续生根在秦陇。
积德行善天感动,乞食仁和出精英。
穷途没忘教子训,丹心流芳传至今。

记母亲

二十三岁母眼盲,苦心经营儿成双。
平生没享人间福,让儿辛酸泪满缸。
时能倒流二十载,敬母人间美味享。

写自己

坎坷如梦五十秋,鬓发须白志未酬。
满脸风霜抹不去,磨砺无穷不甘休。
几度变迁漫漫路,展望未来前似锦。

---

①豫:河南,宁:宁夏。

写我妻

和睦相处父母愿,顶天立地我妻范。
任劳任怨不辞苦,百折不挠立世间。
功高盖世巾帼女,花甲将尽儿超前。
田园虽静儿不安,搬进皇城享清闲。

写自己

草堂独坐一老翁,窗前明月屋内空。
妻孥劳作都在外,驰向未来前程奔。
静静常思坎坷路,锦绣家园天降临。

写儿女

朦朦胧胧来世间,仿生学语做儿难。
我学父母尽孝道,怎知我儿胜似先。
但愿前院传后院,我儿之儿更超前。

写我家

一元①复始四儿郎,精英荟萃梅②生强。
智谋决胜千里外,永骏四海锦绵长。
彪形顺理三侠客,侠义容物美名扬③。

写四害

酒色财气四堵墙,谁知里面杀机藏。
粉黛钱财虽人爱,识度容贞美名扬。
劝君莫做非理事,祥光透出红日旸。
因果报应天理顺,苦果自种谁彷徨。

写人生

人活百岁永无休,万事万物自发愁。
争天夺地变老叟,奔波不停志未酬。
苍天索命冥府界,红顶金山不再求。

①元:是我。
②梅:我的妻子梅。
③智、永、彪、侠:四个儿女。

写发病

风和日丽又一春,独坐深思袅袅生。
不好习惯成了瘾,咳嗽吐痰身乏困。
皇城高科来探病,肺部不好病根深。
告诫儿孙莫仿我,不要病魔缠你身。

打麻将

四方桌子垒城墙,笑里藏刀斗志昂。
乒里哐啷打一仗,你来我往自逞强。
彩头频传难如意,搏击无定钱来去。
赢者轻狂花酒妓,输君无颜抖蓑衣。

天　旱

黄土高原真凄凉,滋润无甲地无墒。
农夫长叹天绝地,地生狼烟处处荒。
三犁三耱结无籽,劳作到头空一场。

玩耍

娱乐开始袅袅生,云烟氤氲如絮腾。
玩耍不停烟嘴噙,灰尘满室气不新。
暮时摆开朝时停,全是像鬼不像人。

祖训

祖辈都是农夫身,世代善念教我们。
尔虞我诈不是本,诚实做事才有根。
礼为先来义为用,仁和才能出精英。
做事都得让三分,道德留给后人评。

劝儿

儿女本是父母根,谁不好过我心痛。
综观全盘心要静,深思熟虑把路平。
商海难战贵在谋,稳中求胜要英明。

元　旦

全年结束细盘算,辛勤劳作这时完。
嗔怪天旱雨水少,忙前忙后苦熬煎。
粮无收获钱无添,购买东西没盘缠。

春

春风悠悠暖气生,万木苏醒吐丝茎。
百花争艳含苞放,群芳荟萃晓报春。

夏

升温炎热夏季临,禾苗健壮把水争。
风吹五谷浪推浪,仿佛龙腾虎跃身。

秋

秋高气爽空气鲜,硕果累累民喜欢。
黎时出工暮时还,哪知今朝是何天。

冬

寒风凛冽万木朽,落叶飘荡随风走。
刺骨寒风彻夜吼,锦上添花不再求。

天 变

窥视观天雾蒙蒙,烟霏云涌雨雪生。
寒风飕飕迎面针,归室取暖度严冬。
闲暇无事笔不停,解烦未知暮色临。

赏 雪

云烟缭绕大自然,皑皑白雪挂前川。
银装素裹倏时现,群山峻岭换新颜。
万象更新空气鲜,祖国一片好河山。

解 白

冬季无事家中闲,每日提笔度时间。

佶屈聱牙不成句，才疏学浅无点墨。
识文断字无须笑，诙谐百出丑态现。

玩耍累

超强负荷实在累，大脑受刺只想睡。
颠三倒四心不静，一日三餐无有味。
每日膳食得注意，身心不能太憔悴。

人　生

矻矻①终日永无休，名缰利锁每日愁。
纸醉金迷草稿纸，繁文缛节自己受。
红尘未破人已老，利令智昏难回头。

自　解

知识浅薄算愚昧，岁月蹉跎白浪费。
少壮奔波无成对，现今只能徒伤悲。
自惭无有鸿鹄志，平淡无味能怪谁。

①矻矻：非常劳累。

做 梦

贪婪奔波永无休,日就月将自发愁。
偃卧常做锦绣梦,醒来之后还是奴。
名利自是先天定,强求无根难自由。

下 雪

暮色将临天气变,毛丁雪花洒人间。
夜半出门来观看,皓月当空无云点。
薄薄白银山郊现,春雪日出还是暖。

仁 和

仁容八方和四邻,遐迩闻名世人评。
正直无私而无畏,想前推后思虑清。
深探世间辉煌路,设发筹谋引擎行。

储 真

吾无权来又无钱,闯荡江湖实在难。
世间未有平坦路,坎壈①浮沉心真寒。
宅心仁厚积善念,孜孜不息来日甜。

看自然

生态造就大自然,弱肉强食实在惨。
活蹦乱跳命一条,恶拼觅食丧黄泉。
无妄之灾视目看,心中好似如刀穿。

过 去

机缘难随吾得意,日暮途穷记心里。
世态炎凉无人议,生机艰难薪抽底。
落魄不能失节气,来日方长自明理。

---

①坎壈:不得志。

孙女对话

出水芙蓉荷花放,傲骨七龄文不盲。
识文断字考老叟,言谈吐语自在行。
自以为是吾心喜,细品述语深思量。

奉劝人

人伦三纲和五常,章程自在里面藏。
世间万物都有理,奉劝世人不必狂。
理数不通自孤独,茕茕孑立①无人帮。

盼　望

艰难度世人间闯,奔波到头两茫茫。
苦心经营发如霜,只盼儿女能超强。
谆谆教诲历练儿,恨铁不能成锋钢。

---

①茕茕孑立:无依无靠。

稳

巘①压群峰独树尊,万山拥抱自从容。
窥视起赴心如秤,何惧阴沟吹邪风。
螳臂当车无大病,掀浪千尺稳在胸。

做 人

万物生成循环理,顺行相随逆相逼。
相谈互述要注意,曲直调节动心机。
闻语莫论他人非,哼笑点头尽随意。

搬 家

日暮乾坤根动摇,自有良田种禾苗。
耕收尽可衣食足,道德修养堪比豪。
始无心离桑梓地,形如孤雁落晨宵。

---

①巘:最高山。

谋 略

未雨绸缪人生道,谋略超群孔明高。
智者顺行千万里,愚拙成事波浪涛。
移星换斗全是计,齐相杀人费二桃。

劝 儿

一

愧对日月嗔怪天,冤家无智虚度年。
人生定位几何鲜,时日把握是关键。
少壮不把狂澜揽,老大努力为时晚。

二

十字街头将何迈,自强不息生我才。
智慧非是做买卖,大智若愚斩法海。
前程宏图自己改,锦绣家园在未来。

癫 狂

贻笑耄耋①语无帘,恰似顽童不知谦。
穷找极乐语音传,享度夕阳精神添。
古稀癫狂何风范,表率演绎已到站。

天 冷

落叶缥缈蝶演舞,寒风袭扰身发束。
唐渠两岸争相走,朝曦②买卖难过午。
街市臃肿来购买,大包小提满口福。

大 旱

骄阳似火万木朽,雨水稀少苗如土。
长风卷起禾演舞,农夫叹天只叫苦。
何日能把甘霖降,终日劳作食自足。

---

①耄耋:七八十岁的老人。
②曦:早晨。

劝 儿

仕途不顺何须气,少陵谪仙遭排异。
畅胸容物无在意,铁拐仙化识天机。
顺逆好似波高低,时到顺风登天梯。

想 家

离家思乡景,世业留家中。
回头眺目看,件件泪沾中。
房廊及五舍,舒适又安宁。
思之初修建,汗水浇灌成。
实用的家什,件件好费心。
带着无处用,丢掉好心痛。
何时能忘了,非似进墓中。

兆鹏来家

离乡住皇城,月数带有零。
今日重逢友,相互抒乡情。
长话及短语,喜怒在其中。

茶话不知时,夕阳迎暮景。

送君在歧路,何时又相逢?

耕　田

鸡鸣东方白,驱牛下田犁。

夜色还归暮,脚踏鸟惊飞。

寅更踩露草,晨晓耕耘绘。

往来力劲竭,汗出须眉白。

劳作年复年,穷根逐年随。

何时困境纾①,辉煌非属谁。

彭治生

往年传语音,离别已几春。

今日得重逢,互论沧海情。

述谈忆久事,奔波如古今。

昔日同过度,现已年暮根。

氲氤②茶话絮,眺首午天钟。

歧路来作别,析手难留身。

---

①纾:解除。

②氲氤:烟气很盛。

学 易

平生爱易①探妙玄,欲隐深山度余年。
有心独往三径地,妻不允许儿超前。
伶俜②明月思嘘叹,挥毫点墨度时间。

思石孙堂

每因忧思谈易情,山高水远不择邻。
只盼终身能相见,常做邻里隔墙人。

挖甘草

春季天大旱,夏无粒进田。
农夫生计紧,终日把土翻。
采挖药甘草,候之以卖钱。
凌晨出工去,暮景把家还。
日复不间断,换回辛苦钱。
愿易几串钱,渡过大荒年。
䇺子知现景,搬离早庄垣。

①易:周易。
②伶俜:孤独的样子。

思玩友

深山来湖城,独雁行凤鸣。
孤寂少有靠,回首故乡穷。
惆思已疏远,执樽入梦中。
长风传语音,带回麻将声。
心急难尽兴,乘云去添兵。
搏击兴正浓,惊呼眼前空。

来苏治杰

故友今日来家探,阅历互诉颂当前。
乡村学堂共书念,成年奔波常为伴。
囊涩之时有支援,度之艰辛能今天。
滴水之恩当涌泉,何日能报心里安。

吊唁兆鹏

噩耗传来揪心胆,张公云游已归仙。
昔日语音今日断,浮想联翩一梦间。
人生能有几何鲜,未知疲惫到墓前。

观雪花

塞外凤城美如画,人口密集车如麻。
物候四季分寒暑,热电黑烟喷云霞。
无心知道外面冷,立身窗前看冰碴。
现今离开庄农地,无意下楼踩雪花。

思过去

岁月如梭近花甲,袅袅如絮思年华。
而立奔波走天涯,不惑贫困难顾家。
满脸沧桑寒霜刮,虚度光阴已白发。
秋风吹尽昔日泪,满目曙光迎晚霞。

除夕夜

合家团圆万民欢,放眼无穷世界宽。
烟花喷射清空雨,林立市井数九寒。
万家迢递心相应,轰鸣一路难记盘。
硝烟弥漫星无点,夜半梦到片刻难。

元宵节

春宵十五属上元,上苍献出白玉盘①。
玉兔蟾蜍明月见,嫦娥散花到人间。
锣鼓喧天社火演,烟花如雨不夜天。
蔚蓝晴空花烂漫,太空琉璃似花伞。
改革开放祖国变,太平盛世民喜欢。

探 病

积劳成疾身憔悴,周身不适无心睡。
时过境迁终无畏,矻矻劳作力白费。
老骥伏枥心系贵,吾时虽衰胸有睿。
留恋昔日何谈累,旱江码头脚下醉。
友人缱绻②来相会,重踏商海非我谁。

写石俊满

人生苦短暮苍茫,疾风劲草已下岗。

---

①白玉盘:月亮。
②缱绻:感情好的人。

现今归落芳草地,世外桃源无心赏。
长风吹尽冤恨泪,逍遥安度夕阳光。

闲

迟暮之年太平凡,无所作为享清闲。
意想重回庄农地,畅行绿地犁扶锹。
现今离开三径地,回头尽是攀青天。
驰目①蓝天心绪昶②,读书描墨度时间。

汶川地震

长笛齐鸣九州痛,举国肃立默阴魂。
亲情化作千里雁,辞根散游九秋蓬。
共观视屏相垂泪,华夏儿女共心同。

写给工人

逐年劳作为赚钱,结伴同行度时间。

---

①驰目:放眼远看。
②昶:舒畅。

污垢常染尊容面,风流等得一日闲。
心醉相盼孥超前,龙飞凤舞紫袍添。

中宁有感

风烟弥漫日月暗,机器轰鸣山之巅。
翘首已越千古变,世事进化更无前。
山峦沟壑遂人愿,腾飞经济储其间。
宏伟蓝图谁做传,精工汗水子石添。
乾坤定位举目看,何人知道我今天。

清水沟山顶

导航主峰红旗展,徒步攀登峰之巅。
极目四望壑山川,人造自然史无前。
贫瘠造就工业园,狂风烈日我心田。
奠基始为宏图展,辉煌终为谁操盘。

回　家

寒食祭祖回家园,桑梓同行数十天。

相随结伴无昼夜,无眠自在麻将前。
痴心难离芳草地,何记都市艳阳天。

观窗花

物候聚变观窗花,神工鬼斧怎比它。
云蒸霞蔚绚丽画,枝叶丰茂大书法。
千山万壑群峰现,醉游仙境万仞拔。
朝阳不留风霜景,疑是瀑布落天涯。

除 夕

除夕之夜万民欢,合家团圆喜开颜。
桌上摆满丰盛宴,互道祝福问平安。
五颜六色果品盘,眼花缭乱史无前。
现今琼肴品味鲜,谁知昔日我当年。
礼花喷射琉璃伞,费钞怀旧几季钱。
改革开放世事变,静坐思古心真酸。
时能倒流二十载,父母同乐儿心甜。

吊唁述评

少小聪慧非一般,学堂届梯做魁元。
经济匮乏中间断,自修群书文采添。
博学多才有风范,冠缨类次不落肩。
筹谋集体大发展,磨砺无穷难又艰。
大雅之堂英模尖,标榜提名树旗杆。
政绩污吏掠夺完,不见伯乐识大贤。
古今大才难为用,仁人志士空叹天。
世态炎凉心真酸,饱经沧桑布衣穿。
改革开放世事变,囡囡各个都超前。
无心再观乾坤转,搬进皇城享清闲。

孙公归仙

孙公辞世已归仙,驾鹤云游万仞山。
丘陵微风把头点,花草相迎归自然。
亲情化作千里雁,鸿沟隔断两界天。
同春过度一梦间,铭感五中半世缘。
昔日语音今日断,再闻宏论非人间。

哀悼孙公

文仙告世归苍天,桑梓同仁来吊唁。
香纸白盘送祭奠,化钱奠酒鸣哽咽。
挽联妙语送德贤,泽惠乡里万万千。
吟咏花圈摆满院,哀乐吹奏心里酸。
追悼述论平生范,默哀无声泪不干。
阴阳对话无评判,语确物颤①显灵验。
高楼大厦子孙建,鹿鹤同春陪君还。
金银财斗富贵添,金童玉女把门看。
诵经三界公诰天,功德圆满已脱凡。
文归仙境三霄点,仙化劝善一世缘。

打火机

每因抽烟思孙翁,漂洋过海表寸心。
火苗扑扇微微动,万水千山融其中。
大洋彼岸系缘分,物件虽小留真情②。

---

①物颤:晚上领羊。
②真情:指去加拿大给我带打火机。

无 事

万事不管琐事闲,看书写字度日天。
冗词謷句不成语,打发日出送日西。
通俗诙谐韵无律,文墨丑化乱吹嘘。

看晨露

漫步田埂看青苗,晨露茎品挂绿袍。
离地苗壮叶儿俏,微风禾苗顺波摇。
一望无垠米粮川,众生食谱有佳肴。

生 气

光阴荏苒一瞬间,虚度日月这几年。
老谋深算不精炼,悖谬道理把气添。
无奈年华不作美,何怪现今智囊惨。

工期紧

成日劳作有些累,双眼眯盹难入睡。
工期拖延全盘费,夜以继日时加倍。
举足轻重仁和贵,思绪万千我自悱①。
基建告结都欣慰,酣梦几日神智醉。

好学少成

少小辍学劳力添,青山悬崖日做伴。
书生文雅历史谈,贤德侠义不一般。
闻所未闻世事罕,听演刺激借书看。
知识渊博是风范,成日书本系腰间。
多学少成无师点,似懂非懂胡乱翻。
圣贤精论无深浅,胸无墨宝理解难。
斐然成章妙语显,愚昧知少长声叹。

回老家

吾回庄园见四邻,喜出望外祝升平。

---

①悱:不知道怎么办。

憨厚朴实桑梓朋,数月相隔分外亲。
先茶后饭开酒瓶,兴浓才能见真情。
穷奢极侈尽享用,欢聚未终汽笛鸣。

流浪猫

夜色朦胧犬狂吠,野猫来院缩身窥。
鸟雀觅食你我追,刁悍如箭捉雏佳①。
犬声狂叫力白费,狸猫美味吃到嘴。

看《薛仁贵》

应梦贤臣薛仁贵,心系国家操安慰。
投军麾下先锋昧,百般刁难心不悔。
火头军营闪光辉,数战捷报不知谁。
皇帝心急圣旨催,元帅敬德力白费。
打神鞭下张仕贵,葫芦谷内把心黑。
军师龙虎风云会,含冤十载一日贵。
胸怀韬略群英会,龙门阵内显神威。
争功贪权良心昧,皇城牢狱刀下鬼。

---

①雏佳:小鸟。

看《百家讲坛》

鬼谷俩徒弟,苏秦和张仪。
叱咤风云气,安邦定国计。
苏秦和六国,张仪完统一。
大略胸内装,智慧无人比。
才华都出众,相对有高低。
要想出人地,博学看书籍。
读书破万卷,何愁事端逆。

持之以恒

人生如戏找舞台,导演成败寻未来。
大千苍茫无等待,韶光①前程自修改。
操手幸运下商海,不幸掷地会重来。
变化无常宏图改,展望未来志不衰。
策置持恒向前迈,辉煌终为孥添彩。

晨　雨

黎明万物静,屋顶滴滴答。

---

①韶光:青年时代。

抬眉往外看，好雨乃又发。
昨日风云会，今日滋润甲。
焦旱的庄稼，俟时脱盔甲。
娇艳沐浴起，收获等佳期。

都市下雨

黑云无极压城国，汽笛长鸣向疆脱。
连日细雨无休停，沐浴万物都市沸。
朝班无日能间断，霏雨无声瞅旋涡。
五颜六色遮雨伞，高低不平如秋波。

浓烟雾

云遮雾障视野限，浓烟弥漫来九天。
气旋万里都一般，恰似太空盖大毡。
闻笛轰鸣看不见，懵然无光透视难。

古　书

光阴荏苒一瞬间，皓首穷经底蕴残。
惋惜深造无有缘，博学少慧解通难。

此生难能自作撰,无可讳言①泪痕添。

上崆峒山

结伴上崆峒,崎岖路难行。
盘旋急转弯,惊恐险象生。
宝殿建嶙崤②,举目接天庭。
台阶腾云梯,攀援铁链绳。
力劲登高望,逶迤更峥嵘。
回首不可越,恐落山谷中。
辉煌大雄殿,物资怎上峰。
壑底清水潭,观之万丈深。
有心知往事,默声诵黄经。
佛道何清静,青灯古盏眠。

观　霜

晨晓银霜满地白,曙光初照缩身退。
升温腾空彩云内,缥缈宇宙东西飞。

---

①讳言:不敢说。
②嶙崤:最高的山顶。

思古看今

始居高原祖籍贫,历代先祖无冠缨。
超脱世俗前迈进,儿女苦读识穷经。
难达圣贤兼济名,独善其身自安宁。
谁人不做黄粱梦,造福桑梓富四垠。

二〇〇〇年

一年一度又今天,除夕之夜阖家欢。
喜笑颜开道平安,祝愿虎年大发展。
万家灯火琉璃伞,蔚蓝碧空花烂漫。
推杯换盏吃酒宴,珍馐美味食欲宽。
精彩晚会视屏现,欢声笑语冲九天。
尽兴不知夜过半,群星谢幕高歌赞。
怡然陶醉立身站,步履蹒跚不当年。
光阴荏苒一瞬间,顺应自然看循环。

我老了

追逐梦境一瞬间,残烛秋霜过度难。

气质脱轨无风范,常规论语少检点。
常拿糟粕当令箭,天长日久惹人烦。
智囊半痴不出鲜,慧根锐卷怎举贤。
碌碌无为长声叹,吟恨有余已惘然。

难达我愿

世事无限乾坤转,悠悠万事要人探。
权势钱财非奴愿,济世救民负重担。
浑然污垢烈火炼,雄才百挠金刚锻。
熬煎为达兼济现,德行众生广普贤。

清明节

清明祭祖先,匍匐叩墓前。
捧花献果点,焚纸化金钱。
爹娘声声叫,苦不得生还。
破盘送心愿,奠酒鸣哽咽。
轮回归自然,无有长生天。
世代真经传,汨罗敬屈原。
明理识贤意,谁敢来逆天。

玉树地震

飘忽人生百余年，美化地球建家园。
上苍降灾一瞬间，天塌地陷惊山川。
噩耗频传揪心胆，玉树灾难全球关。
各路大军来救援，废墟堆积找生还。
阴魂化作千里雁，缥缈宇宙归自然。
科学探索高峰攀，失职造就百姓冤。
倘若报时有更点，逢凶化吉笑苍天。

孔子学校

孔子学府全球建，道德教育天下传。
战国时期天下乱，十八罗汉争王权。
杀声阵阵万民冤，鸿钧道人①下宝山。
教化弟子多三千，游说各国寻平安。
七十二岁赴黄泉，圣人名字传今天。
高妙绝伦黄金撰，世代研读堪称贤。
文化革命风云变，攻击圣人乱十年。
三清②行教鸿钧点，更况草民生性顽。

---

①鸿钧道人：孔子。
②三清：太上老君、元始天尊、通天教主。

如能精通孔子愿,全球生辉世界安。

种　地

书剑余不通,耕耘数十春。
早起东方白,晚归已黄昏。
劳作未知苦,粒黍收少补。
风调告苍天,十种九逢旱。
靠天做生产,科技难通关。
精细勤耕种,抗衡降灾情。
惆怅无处用,静思泪沾巾。

非诚勿扰

非诚勿扰架鹊桥,策划实事功德高。
俊男靓女竟多娇,亮灯灭灯缘分找。
心动未必能偕老,对话共识是春苗。
时机到来莫失掉,机缘难求不可抛。
劝君莫要太轻佻,感情磨合最重要。
才子佳人度把好,清高妄纵落晨宵。

答七楼主

落墨冰释续作撰,视诟积修仁德缘。
月老邂逅结姻缘,残花二度实不贤。
芳龄正娇两老现,未见陋容耄耋衫。
污秽沧海雨一点,概诽淑女心何安。
自古贞烈牌坊建,巾帼木兰英名传。
谁祖养囝不养囡,无妻香烟土内翻。
韵律和谐唐诗看,只字如金读三言。

宣 泄

吾诣数十年,奋进操左券。
经略见真谛,微事起涟漪①。
愤懑无泻地,宣泄赘叟居。
旷日积怨言,解绞悃费烦。
同脉感情激,嘉言做疏喻。
自惭无重意,和谐出奇绩。
悃愊②求同异,临机化端疑。
视诟③树理念,冰释筹宏观。

---

①涟漪:小摩擦。
②悃愊:至诚。
③视诟:给人难看。

统筹和一气,绩业登天梯。

鸽鹋捉鸽

风清云薄群鸟会,隼跃苍穹觅美味。
抱翩一泻三千丈,惊恐九转一路飞。
集群翻腾不掉队,独往难逃利爪锐。
物链演绎谁错对,鸿毛满天任风吹。

无 为

失学耕耘现老翁,飘蓬闯荡住凤城。
酸甜苦辣都尝尽,礼义是非知其中。
虽非圣贤无大用,自食其力已黄昏。
冥府规则离我近,笑对人生每一分。

读唐诗有感

唐诗翻阅篇篇精,李杜风骚堪称雄。
挥笔绝妙辱苍穹,落墨经纶镇鬼神。
划破乌云出彩虹,点海潮涌波浪冲。
古木闻歌百花艳,九州吟诵宇宙颤。

五岳叹服把头点,大漠黄沙退三千。
精髓收藏文昌殿,留世研读一毫然。
独裁嫉妒不重贤,沦落不及功勋惨。
谪仙怀才未能展,少陵不遇怎修缘。
旷世若能有今天,高峰论坛泰斗添。

不顺利

回忆往事不可留,今日所行更忧愁。
绩业非似酣高楼,淘汰失败树风流。
高瞻远瞩向前进,精英荟萃出苍穹。

发展经济

历史车轮如箭穿,高速公路通九天。
物流互通齐发展,日行夜继不间断。
天山昆仑祁连山,架桥隧道走平川。
水面运营运输舰,九州四海八荒连。
汽车火车航空班,日月生辉经济翻。
科技兴国宏图展,富强中华世界巅。
茶马古道断灶烟,马放南山驮队闲。
煮酒英雄看今天,辉煌铸就更无前。

此生无用

虚度年轮须白发,苍茫人海来回擦。
步入政坛知识浅,发展经济囊袋瘪。
生平意想揽明月,千方百计找发家。
西域半壁都走遍,劳苦没能经济达。
皓首费神无所用,抬头望月心如麻。

笑老头

贻笑耄耋枯与荣,才子佳人忘时空。
痴呆蹒跚风流尽,谈花问柳跃苍穹。
五殿诏书邀魂影,盖棺论定分鬼神。

戒　烟

五　次

终身戒烟整五遍,最长未超七月半。
争吵烦心烟瘾犯,一旦续结就无完。

失　调

持续规律皆打乱,嗜睡增堵起卧颠。

晨昏不清食欲淡,五脏紧锁咕噜盘。

神 颠

周身叮痒沿脉管,畅行壅塞疼痛喊。
夜半难熬穿衣看,二更折腾三更半。

奢 望

伸窗遥望衔烟汉,抓耳挠腮抽心肝。
六根未净实想染,拣指凝神魑魅添。

消 愁

抽烟皆因失意起,烟消愁思无物比。
氤氲如丝飞万里,牵肠洋溢抽心底。

侵 害

尼古增渗添病灶,侵扰直通呼吸道。
癌变常人两三倍,谁人担心烟戒掉。

知 病

有恙检查知疾疢,目视病因慌六神。
失知阎王追魂早,惊觉坦然循环真。

食甲鱼

一

龟鳖食谱叫甲鱼,缩头王八带嫉妒。
命名多变皆一菜,高贵相送情意付。

二

四爪抓案头长伸,千年寿命刀下列。
营养超高甲鱼命,经济价值与日增。

三

抛开五脏肉露暄,全身皆骨谈胶原。
大补妙方汤更鲜,几次调味都一般。

糊　涂

故乡一别千里外,宿住凤城已几年。
发花体衰如秋草,智商懵懂似白痴。
忆友冰封无暇结,思乡冬眠不逢春。
惝恍①未知晨昏度,悖晦②难分季孟仲③。

---

①惝恍:迷迷糊糊。

②悖晦:糊涂。

③季孟仲:一四七十月为孟,二五八十一月为仲,三六九十二月为季。

看宁夏

九曲黄河跃飞龙,贺兰一撅柱北峰。
西夏开国元昊颂,凤城繁华延至今。
凭眺高楼耸入云,经济腾飞储其中。
物流互惠按需供,钞票兑换责任清。
史记难读今昌盛,吟哼高歌祝太平。

草　根

草根藏龙跃苍穹,蓬蒿遍野灵芝生。
汉高明祖非达人,扭转乾坤定太平。
显达投笔工农轻,载舟沉舟是何人。

梦家园

梦游奔波自家园,登峰眺望视野宽。
良田碧绿栽绒毯,微风轻摇波浪翻。
桑梓各行阡陌路,耕锄收割尽无闲。
吾今蹒跚无睿气,难持昔日自操田。
岁月蹉跎不问时,现生龌龊老泪沾。

思故乡

忆怀故乡情,山川郁郁葱。
高原万顷田,种植五谷全。
节时下粒黍,季候分娇艳。
龙腾凤演舞,硕果霜前丰。
无墨山水画,神工大书法。
蝉虫唧唧叫,隼雀自翱翔。
百花齐开放,到处都芳香。
青山镶翡翠,牛羊珍珠祥。
美好大自然,是我的家园。
回首今分野,何处都留恋。

观菊花

秋风习习百草黄,群花凋零菊花强。
蕊葱飘香喜迎霜,傲骨临风雁两行。
怡然欣慰花草颂,暮景留恋看斜阳。

独坐想家

秋霜花谢草无青,送尽春茂住凤城。

村舍迢递距万仞,观月未知夜更深。
乡情勾起田园景,鬓发渐衰无睿生。
今生难得叶归根,房廊五舍与谁争。

吃蜂蜜

百花归味琼浆甜,谁知造者何其难。
一王统领数千万,分工明确无尽闲。
嗡声飞舞如操练,做蜜未知装一坛。
尽职精神都这般,和谐社会总超前。

检查有恙

一

十三门牙保容颜,龋齿无存囫囵填。
脾脏负荷与日争,肺部少养疾病添。

二

多年拮据经济乏,肌肉松弛舌变大。
光阴好转安假牙,拥塞烦躁难说话。

三

病魔缠身翌聚下,病灶渗透功能乏。

精神萎靡不作美,祈盼冥府招魂札。

中秋节

中秋佳节月东升,夜静月明寒烛宁。
四野空旷述无用,有语怎跟吊影吩。
回首满堂聚家欣,古叟偃卧思今生。

思古看今

吾能理事端,亲朋都留恋。
找我述端倪,余给出长技。
剖析冤仇事,说服不平心。
现今住凤城,爱孙绕我身。
吵闹已懵懂,无时理其中。

秋 天

秋风飕飕雁归南,落叶纷纷蝶冬眠。
百花脱落籽丰满,菊花凌霜独处寒。
哀鸣循环如此短,丹心慰勉自茫然。

落 叶

一

一夜寒风知秋深,宠儿离母蝶飞纷。
乳汁抚养娇惯停,自找亲邻融其身。

二

摇铃嬉闹芳心尽,风啸奔波演绎频。
今日寄宿东篱下,明天游移西墙宾。

三

动荡缺养身残损,形碎压扎百物囤。
自然常盛谁能拼,冬眠沃土扶植春。

四

腐殖酸变聚热能,春萌只需含水分。
百物遗留一粒种,扬眉奋蹄娇艳芬。

引黄灌溉

碧波荡漾水接天,引黄灌溉泵上山。
沟壑腾空走平川,万顷沙碛变良田。
资助贫瘠千百万,今人伟业世无前。

沙尘暴

遮天盖地黄沙漫,万物争鸣惊山川。
碧空无光地接天,倏时顿觉衣服单。
顺行好似赶山鞭,逆驰移步攀悬崖。
汽笛长鸣蚁行缓,进室藏身屋内寒。
自然变化随时演,祸福常备自安全。

我已老

光阴荏苒如浮舟,岁月蹉跎处世忧。
昔有愚公排山志,余无深谋镇横秋。
挥臂意想揽明月,岂能无畏叹白头。

大扫除

一

新春将至清四壁,绒毛深藏旮旯里。
搬挪扫掇抹个遍,一室折腾腰腿疾。

二

帘单套巾终日鲜,窗户紧闭少灶烟。

一旦丢进洗缸里,清水盘旋黑浪翻。

三

一百四十房一间,折腾将近月过半。
透光温馨舒适显,举目搜索未找见。

司睿十二岁写

亭亭玉立司睿娇,百花争艳独树俏。
博览群书心不躁,经略研读智慧高。
他日若能更深造,展翅苍穹冲云霄。

司旭六个月写

司旭金贵涉世娇,松波林涛一日劳。
贤达栋梁非天造,精修百炼堪称豪。
观光自然终是貌,萧规曹随续德高。

司林六个月写

小巧玲珑一朵花,俊俏秀丽人人夸。
天赋富态都喜爱,福星娇艳慧根嘉。

学堂夺魁带温雅,德才兼备必显达。

看现在

忆昔默思从头越,甜酸苦辣向谁说。
明眸皓齿今何在,风霜满脸岁月来。
艰辛磨砺真如铁,筹划宏图志不懈。
意愿如能有契机,留传后人达兼济。

下大雪

雪花飞舞大如毡,银装素裹盖山川。
迈步只觉脚下软,伸腿踏进三尺三。
百物肃静挂拐汉,何事着急这艰难。

步行河边

清水河边龙钟态,伛偻踮跛自然来。
举步屹立向前迈,岁月痕迹谁能改。
往事回首又何奈,春貌无力再登台。

创业难

创世名利一座山,压倒多少英雄汉。
不思进取无风范,超越世事难又艰。
争强好胜没更点,力尽汗竭想超前。
何时解读世间理,深山老林做圣贤。

天　冷

今冬寒流频频演,霜雪冰冻处处寒。
着衣无温透麻衫,出户缩体臂抱拳。
夜半杯水冰凌现,四壁无阻住阴山。
面阳飕飕日高悬,风和日丽在何天。

赶马车

昔日赶马车,古道胜驴驮。
辕一梢三套,长鞭四马骄。
常行沙碛道,铁蹄踩火飘。
胶轮吱吱叫,唔吁喝提调。
尘飞哼歌谣,恍惚奔云霄。
造福千万家,现今全部抛。

夜静汇思

讨 教
混沌研磨近古稀,阅卷探索常执笔。
抒写扩微遇繁事,难能通晓生存理。

生 产
下田作业跑龙套,经久执掌其中奥。
而立将近政策变,集中经营化承包。

奔 波
改革开放谋发家,集资长笛旅天涯。
韶光西域足踏变,难解囊羞经济达。

穷 困
百事侵扰不惑年,用度惆怅彻夜烦。
坚心不改熬日月,无果曙光勃气显。

迁 移
天命搬离旱庄园,凤城逍遥把家安。
儿女业绩强似我,扩池游弋天地间。

留 恋
无情自然难常春,衰败体残日渐损。
睿智消减时懵懂,余芳长揽抒情谆。

消 退

入梦三更再难眠,歧路修复半世缘。
回顾昔日晃昨天,苍态佝偻冥府赶。

颂黄河

黄河之源白云间,凿壑奔流万仞山。
高歌一曲入东海,丰盈两岸米粮川。
源清九转漫漫路,泽被桑梓亿万千。

莲花山

选 址

自然造物莲花峰,二龙环抱瑞气生。
汉唐贤圣堪舆此,迎驾神圣万民拯。

建 造

宝殿修建匠心藏,雕梁画栋供人赏。
神圣金身塑于内,分布坐落各殿堂。

解 析

神灵感应龙骄腾,难控轩轾奥妙增。
灵卦演变知究竟,阴世阳间解纷争。

泽　润

水会浩荡旌旗纷,香客八方山场振。
祈盼甘霖降大地,沐浴万物五谷丰。

应　愿

辉煌建筑今昌盛,亭台楼阁显威风。
香烟缭绕夙愿兴,求应回馈度苍生。

看场地

衰叟微炧①尽余晖,职责牵挂车轮飞。
闭户唯恐百物动,林荫嬉戏能靠谁。
博得司旭开口笑,忘却满院杂物堆。

北旱南涝

体温未有日温高,烈日炎炎似火烧。
龙潜东海不闻啸,风藏布袋上九霄。
地裂沟壑禾苗焦,参天演舞修枝梢。
虚牖透凉蚊虫咬,闭户淋漓汗水浇。
陆域如此不协调,台风梅花刮海坳。
抗旱救灾新闻报,谁能操手风雨调。

---

①炧:蜡烛的余烬。

春　林

明灯高悬水一杯,独宿吊影摇相配。

团聚除夕飨飧贵,难得满堂娱庭围。

如能长观老莱①赘,倚仗笑傲能有谁。

拜读张耀兄书

羁旅住凤城,隔绝故乡情。

拜读先生书,文精典故穷。

诙谐牵魂影,迢递拔万仞。

萦绕桑梓容,立时眼前动。

顶鼻黄粱飧,顿觉腹内空。

神功山水画,鬼斧大书法。

自然情与景,打翻五味瓶。

平轩遥相望,失知身亲临。

重踏阡陌埂,静享风土情。

---

①老莱:古时候,老莱子父母健在,逢年过节都穿小孩衣服,服侍父母跟前,让父母高兴。

写自己

虚度十三操田园,扬鞭扶犁牛后喊。
学堂琅琅我无缘,圣贤经论自己翻。
难检无师查字典,阅卷未知彻夜眠。
悟道积德答天愿,真诚善良颂声传。

我老也

秋风飕飕天象霾,落叶纷飞寒流来。
韶光平淡现姿态,霜刻风刮肢体衰。
阅历世故失精彩,脑迷智昏思绪呆。
激情满怀又何奈,黑白相约冥府快。

平 悦

淡泊名利苦作乐,花甲已满睿气挫。
终劳无成向谁说,爱孙绕膝解不脱。
不愿风尘还奔波,落叶演舞融百物。
枯残沃地生苗禾,枝节丰茂酿硕果。

孙公三周年

文仙别容已三载,回味文韬赛圣贤。
广播仁慈天地间,功德圆满诰苍天。
羁绊未能亲吊唁,泪洒黄尘千重山。

我师侯雄山

敬业忘食无虚光,落墨阅卷桃李芳。
基础坚实枝节长,精英荟萃露锋芒。
众生常怀坎壈路,敬师育才非染坊。
食禄离园住福地,师生常乐聚一堂。

重感冒

寒流频演身发慭,喷嚏鼻流如瀑布。
顺额直下三千尺,落地成河行动堵。
骄阳寒流①无处舒,头痛欲破凿山谷。
五体瘫痪不听使,困卧梦游转冥府。

---

①骄阳寒流:发冷发热。

表兄陈重发

红白征战兵紧张,躲役逃难深山藏。
家寒未能进学堂,土纸蒿笔描芬芳。
滴水成冰日渐长,求职出仕上厅堂。
笔墨常在布袋装,闲暇操练没白忙。
乡村论述露锋芒,口齿流利线上纲。
山川奔波印迹广,做事仁义汉云长。

我师张启明

求职择业进校园,呕心沥血数十年。
独具慧根精英观,赏罚分明树典范。
争先恐后新秀添,孜孜不懈都超前。
育才有方届层现,桃李芬芳赛圣贤。
囡囝明理人称赞,爱孙拔萃更超前。
功德圆满诰苍天,踏进皇城享清闲。

心里烦

吵闹心烦夜难眠,胡搅蛮缠非日烦。

范蠡牵卷五湖远,独往知觉理不端。

娇儿积蓄搞扩建,爱孙绕膝吾羁绊。

撒手恐变力不转,宿室常吵处世晻。

丹心一片达心愿,有谁解通我的难。

四个儿女

智

藏拙掩口好仁义,综观喜忧记心里。

逢时筹思经论理,大贤胸怀愚不及。

平日智卷无豪气,英雄气概无匹敌。

勇

脚踩五湖走四方,筹谋商贸露锋芒。

势拔五岳填沟壑,骅骝拳跼难伸张。

平身自有揽月志,摇撼乾坤知短长。

彪

狮子回头胆气豪,资质雄厚任逍遥。

挥鞭策制驱四运[①],荣辱兴衰囊中操。

长风破浪将有时,万物搠引辇大道。

---

①驱四运:一年四季。

侠

伶牙俐齿娇纵女,心序不定好仁义。
仁和修养博众意,腾跃世事有启机。
倘若精通学术理,英风侠气登天梯。

看陈重发兄书

姿貌雄浑彪形汉,英俊潇洒赛潘安。
翻阅作撰想当年,家境窘迫实在惨。
童年上山操羊鞭,学堂受教余无缘。
天资聪慧找字念,练习未知彻夜眠。
苍天不负痴心汉,日积月累通圣贤。
解放初期人才短,参加工作新秀添。
为党述职数十年,功德众认颂声传。
离休皇城住福地,儿孙绕膝享清闲。

读陈连书作品

一

只字如金似海涛,文笔华丽草木凋①。
措辞精练无瑕点,力透纸背造诣高。

---

①草木凋:看茂盛的草木感觉都是凋零的。

二

当今智卷愚者豪,韬略为吏①轻鸿毛。
古今大才难为用,叱咤风云镇蛟啸。

中　秋

中秋佳节看月圆,独游凄怆摧心肝。
嫦娥无羿守广寒,桂树临风自处寒。
玉兔应跃捣药丸,蟾蜍远泽吼阴山。
长明形损旬中圆,无怨无悔照人间。
人心淡若白玉盘,搏击失踪宇宙安。

雁南飞

高原住凤城,七夕如戴刑。
远离桑梓朋,成日住囚笼。
所愿未有望,烦事常缠身。
平轩观候鸟,集群翱太空。
展翅冲九霄,俯瞰入烟云。
感叹伤自尊,无畏重登峰。

---

①为吏:当官。

时虽到厚重,谁能识我心。
踏跃商海中,重现睿智身。

踏　霜

早市经唐园,眺目看自然。
白银落重阳,践踏印迹长。
绿叶渐变枯,微风蝶演舞。
轻摇修枝条,落叶变沃土。
经季不经年,冬藏春复来。
物连自循环,人环逐日添。
观物叹命根,度世难回春。
若见长生天,坟头看青烟。

骄孙特写

资质雄厚慧根积,器貌英俊仙骨奇。
众目言辞非布衣,游戏同龄自新异。
学舌斗口满堂笑,模仿灵敏总得体。
攀登勇往不畏地,登高临下挥大笔。
综观五行心有底,非似池物创奇迹。

孙女婚庆

一

晨朦跋涉去远征,扬尘箫笛快如风。
一脚踩下千山尽,喜气洋溢迎宾朋。

二

亲朋访客来贺喜,家长里短述情意。
交谈都是离别事,人情只当权宜计。

三

送情属归常付出,感情默认谁亲疏。
浓情慷慨淡恣意,扬眉应酬共相助。

四

一桌十人宴席开,把酒言欢抒情来。
拣食相让情绪调,投身和谐芥蒂埋。

五

互道祝福宴席散,执礼挽留难遂愿。
家中自有难留事,何能耽搁续酒宴。

婚庆大典

婚礼亲朋聚,增辉来贺喜。
灯光调五色,旋转绕四壁。
司仪唱高调,掌声悦耳际。
含情牵儿手,送进花海里。
析手托衷情,牵手心相惜。
敬酒双亲喜,礼节已传递。
新人接祝福,厅堂喜庆溢。
宴席摆满桌,酒杯相敬举。
山珍和海味,青蔬做点缀。
牛羊多蛋白,照顾全方位。
摄轴顺时转,拣盘遂心愿。
敬酒觉乏味,挤对猜酒技。
雅俗皆共享,不分彼此谁。
酒足饭也饱,杯盘已狼藉。
相邀离坐起,谈笑众心怡。
饯行归故里,再会又何期。

平轩深思

吾今住凤城,淡忘蹲山贫。
食宿无须盼,绫罗舒其身。

四季无寒暑,琼宴常其中。

珍馐日享用,无为重登峰。

智残经略少,懵难策划精。

三缄自其口,少管孥迷径。

平轩忽有念,虑思寒暑众。

但得业绩效,集资富四垠。

达须泽兼济,岂可善其身。

大同无小异,盛世少寒民。

元 宵

一

元宵雾霾浊清澈,焰火无极如缰脱。

瞬时烟霾压城郭,圆月暗淡上东坡。

二

昔日庄园元宵晚,繁星密布亮玉盘。

夜落银针金光闪,村野纯净美自然。

回河南

长话传语音,千里去探亲。

踏进机舱门,倏时跃太空。

俯瞰云际外,天蓝日高升。
时而风云动,举目收群峰。
纵横无整形,逶迤更狰狞。
庶民居沟壑,良田绕山平。
溪水虽脉转,蜿蜒去无踪。
美好大自然,落地一场空。
静卧细思量,心潮云雨中。

愁　思

一

青丝白发一梦间,艰辛操持无虚年。
回首忆思千帆过,烈焰寒流有今天。

二

田园皇城万仞山,心胸阻隔视野限。
无心囚笼住福地,桑梓同乐山水间。

三

暮景惨淡又搬迁,心绪波动夜不安。
本该沤土做铺垫,未知何方把家安。

烦

烟霾笼罩

雾霾无际疆域拓,青天白日锁城郭。
贺兰山阙设屏障,河套平原无光波。

看红日

日出东方红一点,好似疲惫东坡攀。
黯淡游弋日中天,金光无灿落西山。

叹烟云

热电林立废气升,尾气融入太空中。
自然清新吞噬尽,何谈健康讲卫生。

少滋润

干燥延续冬过半,雨雪无踪淑气远。
风沙烟云罩城郭,凝视山峦绕城畔。

清 明

一

缅怀祖先祭亡灵,虔诚驱车表寸心。
风驰踏青寒骨地,焚钱奠酒慰亡魂。

二

苍天落泪雨纷纷,八方署职尽启程。
四海归宗祭祖魂,才俊怀古后来人。

二〇一七年初伏

热

太阳好似落天盘,极值炎热无历年。
火烧四野热浪冲,万物都受油锅煎。

晒

朗朗乾坤无云团,淑气远离藏阴山。
一脚踏进芳草地,圪节寸断掉山涧。

汗

夜温不降室内烧,汗如银河繁星罩。
动身延若长流水,卧床落影扩形条。

累

逐日炎热无退却,人失常态地开穴。
三餐少进茶水代,冲刺神志懵知觉。

做 梦

一

昨夜一梦入冥府,歧路幽静知觉孤。

静谧未知天高远,娴熟好似曾到处。

二

轮回依然相逢时,先逝截然能相依。

相见酷似生还在,拥抱顿觉两相异。

思亲家

孙公补仙缘,落墨无尔看①。

作书少点缀,瘸跛立不端。

救 灾

自然变化难抗拒,北涝南旱渡朝夕。

灾害频演救援急,天灾人祸今昔比。

---

①尔看:没有孙公看。

秋 思

八月百禾熟,劳作原野里。
鸡鸣耕田犁,日时忙收集。
夺食坚清野,丰歉明心底。
叹失田园景,只能观秋菊。

醉 汉

一

三五成群上酒楼,醉卧浮萍不知愁。
过路君子望一眼,腰腿蜷曲如死猴。

二

神魂颠倒斗志昂,摇摇摆摆出厅堂。
颠三倒四无常语,饫物喷泻如翻江。

季节交替

一

春尽夏来原野青,百花争艳虫鸟鸣。
耕种无闲劳田间,忘却年岁着力挺。

二

日照延长夜少寐,光照百物逐日辉。
惜时操作时间贵,无关紧要暂且退。

三

柳絮盘旋如雪花,遮天盖日顺风滑。
百物无有存身处,阴角旋转朽旮旯。

四

娇艳芬芳槐花开,红白常穗迎风摆。
昨夜一场威风临,繁花凋谢地作态。

五

萌芽葳蕤淑气生,妖娆斗艳群芳争。
孕育妖泄随时衰,百物难保长久丰。

陈亲家

言词谨慎面色凉,处事最怕有情伤。
行踪检点没旁鹜,最怕日后自彷徨。

秋 尽

百草演舞寒流来,雾霾烟喷无极害。
透视压郭娇艳衰,沐浴清新难登台。

霜 冻

长风呼啸北冰来,绿叶黄叶离枝开。
天灾人祸时常在,旦夕祸福谁能改。

遥 望

高楼林立各不同,住宅盘转融其中。
青烟腾云罩太空,筹划奔波经济宏。

冷却塔

轩牖①斜视冷却塔,喷雾腾空生云霞。
浩瀚苍天雨一点,碧空万里难找它。

①轩牖:高窗外看。

夜　空

万家灯火晴空夜,俯视绚丽都市叠。
马路纵横夜不闲,鬼斧神工住俊杰。

烟　雾

贺兰山下凤凰城,尾气烟雾盖太空。
七载未见晴空夜,难见银河牛织星。

黄　叶

立冬到小雪,万物无绿叶。
物候随季变,寒潮自然来。
长风不知时,骄阳跑偏锋。
知寒自臃肿,抱臂腰难撑。
暖气居家温,烟霾罩晴空。
何时环宇净,朗朗见晴空。

环卫工

夜半执帚甩大膀,头顶严寒不畏霜。
马路清洁无眠夜,不见笔者颂声扬。

烟 囱

热电高耸入天中,烟雾喷射九天云。
居室升温无寒夜,舒适来之烧火工。

妻 病

一

旦夕忙碌自身残,虚度花甲百病缠。
儿女费铜高科技,体无完肤叹当年。

二

高科各样都查遍,五脏六腑皆有染。
入院数日且平安,大家愉悦笑开颜。

癌

紧 张
谈癌色变猛似虎,神情紧张掉山谷。
百病袭扰皆如此,何畏病因自找苦。

复 查
科学发达早防备,重视侵扰捉小疾。
扼杀萌芽毙菌丝,笑谈人生创奇迹。

病 因
耽误良辰起病灶,抓住恶疾下一刀。
惊魂淡定心绪抛,芳心愉悦度良宵。

注 意
膳食调节是根基,无度有恙神经疲。
睡眠排毒要有序,除却病魔众欣怡。

家 谱

一
氏族浑然多弊端,部落承袭姓氏添①。

---

①伏羲前血缘混杂,以后虽然是母系社会,部落有了姓氏,解决了血缘弊端。春秋母系社会结束,男立姓,世袭社会开始,家谱撰写宋元传到民间。

百姓立册春秋后,宋元撰谱到民间。

二

延续生命留子根,虔诚泼墨继祖恩。
天南地北堂号在,寻根问祖利后人。

清 明

一

桃花盛开草如茵,冬眠春萌靠续根。
劳累仙游山川峰,烧钱化纸养育恩。

二

耗时费铜千里外,家风留恋恩情在。
献花破盘先祖唤,尽心传递不我待。

积 雨

风轻云淡数十天,西下炅然晨昏变。
滴答滂沱午时间,积水成河撞物黩。
沐浴万物吐新鲜,平轩欣赏大自然。

雷 雨

生

晨起东方布红霞,俟时积雨云团发。
呼雷闪电传警报,漂泊如瀑挂天涯。

顺

点滴汇聚流下方,尚善平淡供欣赏。
顺流精神天地间,平卧低洼积汪洋。

害

暴雨延时真疯狂,掀浪咆哮马脱缰。
所到之处溢平底,天灾降临无法防。

逛广场

诗情画意众留恋,小桥流水自循环。
奇山怪石百花艳,观赏漫步忘时间。

办年货

一

小年之后忙物聚,奔波安排让人疲。
干果成笼肉成提,塞满冰箱挂四壁。
青蔬鲜果不能少,箱子码在旮旯里。

二

浓味十足除夕晚,杯盘充盈圆桌满。
山珍海味不为鲜,干果品赏世界端。
尽兴干杯涨红脸,出言狂躁五岳颠。

观孔雀

广场饲养百鸟王,市民围观来欣赏。
开屏调情歌声扬,异性瞩目斗艳芳。

人 生

一

魂游苍穹旅天涯,敕封孕育出乌峡。
长啸铿锵天地间,五岳嵯峨踩脚下。

二

浩然正气宏图展,百味侵扰泪痕添。
不惑参透世间理,烦恼无限陪人寰。

三

旦夕祸福无时到,磨砺无穷终到老。
成败已阅囊中操,大成睿智谁在抛。

四

艰辛抚养似海深,立碑作撰父母恩。
作秀涕零继先人,文辞表述利亲功。

纳泄人生

品 赏

鲜美百味惹眼馋,纳入品赏不知烦。
酸甜苦辣储藏内,五味杂陈育良田。

虚 气

分留安排自有续,五谷杂粮生虚气。
膨胀咆哮奔万里,攻关过卡响声遗。

欲 望

欲望增派看日度,遐想无限难有数。

今朝巧遇群林宴,祈盼来日添酒壶。

留 恋
日复不断几十春,消磨精锐残体存。
毫釐不厌百物供,食禄耗尽自然遁。

九月九

一
忧郁奔波现重阳,平轩思绪更彷徨。
明争暗创度世间,深谋远虑化如霜。

二
暮色知秋印迹踏,何愁蹒跚墓是家。
冢中通游循环理,自然造物又萌芽。

重发表兄深情

相邀赴宴父子情,贤达辞令皆缘分。
举杯畅饮增感情,俸禄复加庆升平。

张耀兄书法

一

振笔作赋留深情,蓬荜生辉暖吾心。
飞鸟出林达词意,惊蛇入草座右铭。

二

夙兴夜寐非日功,力透纸背惊鬼神。
持才绝艳显精湛,素谙古今利后人。

张耀兄仙逝

闻 讯

传讯惊魂飞九天,魄追冥府探阴山。
二归①解体若木鸡,六神无主三昧②瘫。

失 联

同日而语国外游,情感融洽酣酒酬③。
酝酿无果留挂牵,室迩人远凭轩眸④。

---

①二归:灵魂和肉体。
②三昧:精气神。
③酣酒酬:情投意合。
④凭轩眸:极力寻找。

功 德

两袖清风树典范,砥砺奋进大校衔。
先是律己而后人,初心厚德天地间。

情 投

良师益友感情深,往来穿梭数十春。
厚积薄发暗尽兴,交洽无嫌笑语淳①。

才 华

诗文并茂脱凡尘,点睛绝伦惊鬼神。
一字扭转乾坤大,深邃才华卓异芬②。

救 治

杏林病住天使忙,科技通关查良方。
释疑报告雪片飞,耗时耽辰愤诉戕③。

觅 贞

忆君离去失灵魂,肃然叹息非凡人④。
一身正气留人间,耐人寻觅敬密缜⑤。

---

①笑语淳:知心话。
②卓异芬:才华横溢。
③愤诉戕:不愿治疗。
④非凡人:神仙下凡。
⑤敬密缜:无纰漏。

吊唁

鞠躬三点来悼念，百花丛中观君颜。

闭目塞听养神间，涕泣寒骨泛辛酸①。

无缘

君骑瑞兽游千山，留下情丝储人间。

仙缘相会亲情散，饮恨有余已茫然②。

读王志强老师书

一

山村娇子科班生，教坛耕耘资历深。

诗文并著留亲友，拜读深奥为上乘。

二

伟人书信能点睛，乡村描述怀深情。

经典能储文华殿，高峰泰斗谁论评。

三

桃李智慧满天下，述职各行顶峰达。

青出于蓝老干心，信息传送乐开花。

---

①辛酸：五味杂陈。

②茫然：再也见不到。

敬王志强老师

一

诗集引导半世情①,追随数载诗文精。
有缘聚会相逢时,道破溯源②王老惊。

二

童失学堂草根添,搜剔楹联③得宝卷。
拜读未知彻夜眠,仿生谐谑④慧根参。

三

导师点睛痴心汉,勤学淬炼解经典。
识文升华能今天,寄语膜拜⑤谢超然⑥。

大吊车

吊车长臂转四维,千吨材料抓小鸡。

---

①王老师预旺高中辅导写诗集,让我得到,翻阅几十载,我的成绩来源于王老教学诗集的引导。
②溯源:王老不知道还有一个不知名的学生。
③楹联:对联。
④谐谑:写作跟我开玩笑。
⑤膜拜:虔诚地行礼。
⑥超然:双重意思,王老没想到,我做到了。

腾空落地自如意,蜈蚣捉蟒显神奇。

清　明

一

桃花孕育杏花开,春风轻拂草绿色。
宿命难违寒骨地,丹心一片记情脉。

二

荫庇祖先风水地,唐宋踏青寒食祭。
延续寻根识常理,世风千载谁悖逆。

壶口瀑布

一

乘兴穿越穷山间,植被覆盖桃花艳。
闻讯千里看景观,顺溜夹持两苍山。

二

黄河瀑布显奇观,自然凹槽聚盛宴。
倾泻冲瀑千百丈,水雾烟云射青天。

坎坷人生

无 奈
朝乾夕惕调智商,达权通便情愫茫。
趋炎附势非我意,苟且偷生自彷徨。

探 索
兴家立业探发展,物竞天择孥奋坚。
安身立命心潮涌,愤世嫉俗筹超前。

发 展
设谋划策集人气,从令如流垫底基。
高风峻节能今天,相依为强扯大旗。

四归居
恬澹无为任逍遥,不求闻达自显高。
笔耕不辍解词意,三缄其口情绪调。
无奈,归居写我。探索,发展写儿女。

写司寅

一
出生半岁姿质奇,双目有神丹穴基。

铿锵雄浑天地间,擒龙伏虎绝非疑。

二

假以饱读各经典,知今明古品盛宴。
倘若贪欲视穰苴,满目疮痍学圣贤。

特大三天雾

一

花甲有三初次见,雾霾笼罩黑四山。
汽笛长鸣视野限,咫尺无影灯扑闪。

二

晨起太空盖大毡,午时未能有改变。
自然奇袭怎埋怨,速往焦虑长声叹。

三

精修难识大自然,变化酝酿一瞬间。
祸福相随难预料,玄机深奥怎攻关。

四

今日重酿昨日景,无有退却细雨淋。
生计艰辛各东西,贪婪觊觎身难停。

五

雨冷应该雾霾散，未时已过没见缓。
行驶谨慎耗金钱，天灾人祸视屏显。

六

大同小异整三天，焦躁不安坐卧颠。
此景还能耐多久，阴阳失衡断灶烟。

雪

一

千山茫茫酝酿中，云积雪生盖太空。
倏时百物穿素裹，神情四溢高歌颂。

二

银装无边结冰心，污垢储藏压奇身。
泾渭分明隔两界，生态聚变警钟鸣。

三

太极阴阳八卦图，黑白互动玄机储。
周而复始多辟辨，客观演绎重反复。

元宵晚

一

十五观灯赏明月,风情移位谁知觉。
烟花喷射清空伞,烟聚太空霾耍嚎。

二

黯淡无力出东山,红黄疲惫慢步攀。
桂树隐身玉兔钻,蟾蜍无伴离阴山。

三

艰难游弋月中天,孤苦伶仃无星伴。
繁星雾霾吞噬尽,北斗无勺挂其间。

无为释疑

一

四时不佳八格命,机关算尽升难平。
韶光出关踩八荒,奔波羞涩囊无盈。

二

光阴荏苒几十春,穷困潦倒如断魂。
藏拙掩口话白发,凤麟相聚失贵尊。

三

峰回路转低调蹲,衣食无忧哄爱孙。
思无广进解哲理,冰释尘封积怨遁。

无 奈

一

吟风咏月无时闲,执樽把酒须尽欢。
怡然陶醉书海里,追求智慧满心田。

二

处世规则波浪翻,精研细读想超前。
霎时天塌无方寸,运筹大乱思绪添。

夏至看日出

一

轩牖红日出东海,升跃光芒九天来。
倏时威波泄万里,热浪四溢无处待。

二

远近大小孩童题,圣人智慧答不及。
观之良久无胜算,自然造化怎作比。

珍藏的记忆

一

昨夜保忠昔邻梦，三代无争度其生。
现今各奔三径地，勾起浓情似海深。

二

葵秆为马战将骑，尘土飞扬夺令旗。
吼声如雷惊天穹，汗水浇灌不知疲。

三

日月穿梭恍昨天，原野往事复眼前。
奔走跳跃一瞬间，英姿尽退已暮然。

四

今生牵挂各东西，羁绊未能长相依。
若有来生再相聚，隔墙同醉余和你。

回 首

一

顺耳思童恍昨天，跌宕起伏喜忧绵。
乐极生悲重复现，未有一气归自然。

二

运顺歧路添吉祥,悖逆百忙空一场。
降生先天富贵定,后天奔波达梦想。

端午节

一

祛毒辟邪端午节,雄黄酿酒采艾叶。
春秋至今多演变,龙舟竟度系情结。

二

屈原汨罗竹贮米,除夕钟馗清悬壁。
普贤啖鬼留人间,逐年演绎重旧题。

热

一

几日高温汗水浇,卧床翻滚凉席包。
南北通风无可用,沐浴稍停似火烧。

二

季候年复中伏热,淑气无踪风堵塞。
热冷难能遂人愿,百禾枯萎枝条折。

三

皇城乡村两重天,灼热四溢墙壁贴。
回味通风想超脱,焦舒留离两难间。

四

有心重回庄农地,儿孙远离自泼皮。
思之良久身难动,奈何干熬数汗滴。

纠　结

一

来日不多近夕阳,去日苦短自恐慌。
酬思诸多为了事,怎能有序不忧伤。
骄孙天资超常人,天命不待观栋梁。
大同奋斗达凤愿,牵挂传承继世享。

二

大家风范精力投,何能弘扬常保留。
超然天使泾渭分,继代生欲传统丢。
庸才悖逆车之鉴,集谋汇智无处求。
风波无揽各东西,飘尘苍穹心愿休。

生　气

闲言碎语身发抖,怒发冲冠睁目吼。
经营沉浮吃尽苦,扰乱众信怎可收。
积怨扼杀萌芽里,稳住阵脚笑盈酬。

外孙半岁

自带福禄踏凡尘,五行造就踩顶峰。
员工倘若苦费心,自博知识达上乘。
德道修养圣贤通,国之栋梁赛鹏程。

雨

一

东风轻吹云西上,点滴汇集成汪洋。
飞车冲起千重浪,疑似台风蹈翻江。

二

一日无停冲波浪,小心谨慎怕有伤。
到处都有事故在,喜忧参半各提防。

三

回家凭窗回眸看,车辆如蚁行驶缓。
担心非是我一人,生计无奈志向坚。

白　露

一

季候分野天气凉,农夫无闲忙收割。
污垢踜蜷无昼夜,最怕早霜来侵伤。

二

鸡鸣驱牛下田犁,晨露汗水不知疲。
谁记一日有三餐,无力支撑肚里饥。

三

满手老茧禾收藏,风霜满脸脱人样。
欣喜百物归田隆,焦虑暂缓不彷徨。

深　思

一

耕读相伴几十年,双无收获到耄间。
操持丰歉系温饱,精心研读解圣贤。

家传无果勤修炼,费尽脑汁踩边缘。
深谙难得高师点,迷津分辨探深渊。

二

现今离开桑梓地,重负远离精神疲。
忙孙闲书找惬意,囚笼高悬远淑气。
娱乐好似戈壁雨,谈笑面对仿生意。
入仕升华学堂去,释怀登峰近除夕。

怀念陈重发表兄

离 弃

上苍宿星落人间,驾鹤云游万仞山。
瑶池聚圣补仙缘,怎忍离我你奔攀。

逗 趣

相差数载兄弟情,娱乐幽默脑海盈①。
弄眉达意情思通,博弈斗智自显精。

骚 扰

夜半铃声梦正酣,失眠有意挑事端。
急需调侃②有新鲜,音遁③片刻入睡难。

---

①盈:装满。
②调侃:说笑话。
③遁:音回。

音　断

月余相会蛮精神,频呼两联皆无声。

霹雳一声惊天地,释疑魂飞乱六神。

相　送

辒辌①新居马鞍山,黄土三把作祭奠。

涕泗滂沱友谊显,旅途终结归自然。

怀　念

相交情愫深似海,辞根②散友③形④世外。

言词冰封无衔接,何人能替臆造⑤来。

成都看文勇

启　程

千里乘机去成都,了解病因看康复。

轰隆一声烟霾外,蔚蓝天空闪金珠。

---

①辒辌:车相送。

②辞根:离开女儿。

③散友:无法团聚。

④形:人影。

⑤臆造:逗趣的故事。

探 视

手术之前铿锵汉,恶疾华西取病源。
解体惨睹一瞬间,疗养疲惫心真酸。

观 察

昼夜折磨难睡眠,痰壅气短攀山岩。
前推后掬众相帮,持续熬煎时过半。

惦 记

家中诸事难逗留,长期相伴不可求。
神昏感知踩长虹,英姿矫健体无咎。

黄河长江颂

一

盘古开天又辟地,女娲补天塑人迹。
三皇五帝集大治,夏禹凿山疏水系。

二

雪域汇聚两条龙,自然风云灾害重。
历代精心修水利,排涝开渠后人颂。

三

千山万壑皆疏通,曲折穿越东海中。

两岸桑梓都受用,无怨无悔做哑聋。

四

浇灌发电利万民,发展经济富四垠。
碧水流过经腹地,华夏儿女笑脸迎。

五

天地孕育龙精神,博大胸怀中华根。
黄河母亲立撰志,长江功德继世腾。

拍桃花

手机摄影拍桃花,娇艳衬托绿叶夹。
自采精华盈枝秀,硕果节时福必达。

平　淡

奔波无果现老翁,爱书如命难登峰。
玑珠深邃不会用,瘸跛不端融其中。

生 病

一

救死扶伤美名扬,白衣天使受褒奖。
七灾八难进医院,踏进地狱受重创。

二

释疑雪片身心忙,头脑血液口通肛。
误判众心皆无言,恐怕呜呼卧山冈。

三

几日折腾探良方,化验报告述评讲。
根深蒂固药治疗,病人已带鬼脸像。

四

逐日问诊找病因,耗钱不知费多金。
就诊谁知何日停,兜内钞票已销零。

拜读表弟书

简 介

季氏栋梁大作家,落笔抒情乾坤大。
天时人和皆收内,文字入微细毫发。

风 情

调情幽默风流耍,万顷良田插犁铧。
阴阳互补娇声唤,激情收获骨髓麻。

地 震

小儿开口天说话,地壳运动山壑塌。
逝者魂游九天外,命悬一线难找妈。

奔 波

生存荏苒八方窜,行径更迭波浪翻。
争强谋划博弈显,名利捉弄探深渊。

终 结

劳心荣辱终身伴,吉凶得失天命安。
入仕辛劳草稿纸,撒手人寰一口田。

自 解

一

我本山村一野夫,患失不断苦读书。
日久略懂识大体,才知书里藏玑珠。

二

家长里短乡里行,和事无果找人评。

解惑释疑偏颇少,德厚众望理事迹。

三

闲时书写一小片,日复收集可成卷。
奉行开阖梳小事,心智明晰是非辩。

四

著书立撰非我意,只想家人知此彼。
众呼热情难推却,不耻之举诞劣集。

想老家

无 奈

搬离旱垣住凤城,十载两处且存身。
难接地气困囚笼,有语长叹荧屏吩。

处 境

凭轩遥望室外景,烟霾吵闹更烦心。
相遇皆是陌生面,勾通无望擦肩频。

熟 睡

入梦萦绕桑梓朋,三五相聚气氛生。
调侃挤对皆如意,黄粱顶到鼻尖峰。

惊 醒

朦胧惊呼跋万仞,翻眼牵挂已无身。
弹舌惦记飨飧味,恨时更短又离分。

目睹有感

天 象

四川盆地气流旋,举目遥望无蓝天。
红日好似窈窕女,闺中深藏不露面。

田 园

温带田野四季春,果蔬穿茬新鲜存。
农夫无季耕原野,丰稔自在辛苦寻。

演 绎

再生植物难长青,绿叶脱落植被凝。
杨柳修身萧飒静,萌生秀枝待来春。

游 街

宽窄巷子商业街,盼顾攒动无停歇。
凭眺招手相迎者,笑脸推销为兴业。

友人文萃

道之所存,才之所存也!

王志强

面对道元君其人其书,我想起了中国古代唐宋八大家首席大家韩愈的经典名句"道之所存,师之所存也"。《师说》并且奢望站在这位巨人的肩上,"推己及人",推此及彼,在他创作的基础上,进行二度创作,将他的上述经典名句变为"道之所存,才之所存也"!一字之改,为我所用,借此赞扬道元君其人,并探究其才学和才气之来由。

我们穿越时空,突破愿义,抛开"道"与"师"的相应关系,建立"道"与"才"的相应关系,给"道"赋予新的含义,将"道"引申为谈诗论文,原以为"道存在之处,就是师存在之处"。新义为谈诗论文之处,就是文才产生之处。

此语可能与今天的时尚话"环境育人"有异曲同工之妙。联系道元君的成长环境,难道不正如此吗?他所生的汪家塬村,在我看来完全可以称之为同心县文学之乡,一个上佳的谈诗论文之处。只要对故人孙荣华先生《大山深处桃李方》一书中所罗列的一长串人物名单及其业绩有一个粗略的了解,就可知道,汪家塬人才济济。那里拥有一个庞大的文人群。道元君生活在那样一个浓厚的文化氛围中,近朱者赤,近墨者黑,受到潜移默化的影响是可想而知的。从汪家塬到银川城如此一个文人群,好像道元君随身携带一样,虽人员有增有减,有出有进,但一部分与他或先,或后,或同时,落了地,生了根,形成了新的文学圈。共享这文学的喜与乐。他则置身其中,耳濡目染,常常是出彩的一员。

"道之所存,才之所存也"。"道"与"才"既相辅相成,又相对独立,从环境育人的角度看,环境固然重要。而从内因和外因的关系看,内因则是重要因素中的首要因素、决定因素。换句话说,环境育人,不仅在于环境如何,更在于所育之人如何,所育之人是不是可塑之才,其主观努力是不是能跟上节奏。道元君可谓超一流三星。他是一位连小学都没有读完的人,可他却能带着累累硕果跻身于桑梓文人群。其人,其书,其情,其思,堪称一个范例。他靠的是什么? 靠的是艰苦跋涉,自学成才。据说,为了练好文字基本功,别的努力姑且不说,仅《现代汉语词典》他就读过七八遍,可敬可佩。

道元君的辛勤耕耘,经过育苗、播种、发芽、长枝、生叶、开花、授粉、结果、收获,终于将心血与汗水的结晶展示于世人面前。果实串串,花香阵阵,其文学园地,可谓五彩纷呈。

首先,景物描写是其中一大亮点。

比如,他除了用诗歌形式写雨、写雪、写雾、写露、写江、写河外,还在游记中写了许多旅游景点的优美风景。请看,写陕北农村是"山高,沟深,林密,风清,云薄,青山环绕,好似世外桃源。沟壑纵横,蜿蜒崎岖,森林密布,嵯峨而壮观。人情淳朴,空气新鲜,远离噪音。伯父选择了如此幽静的地方安家落户,眼光高人一筹"。写黄帝陵的自然景观是"山环水抱,藏风聚气,巍峨险峻,气势雄宏,清雾缭绕,是天然的风水宝地,让人惊叹不已。高山下的湖泊,微风轻吹,荡起了层层粼波,山水相互衬托并融为一体,成为一道亮丽的山水画卷"。大殿门前,"参天翠柏,郁郁葱葱,好像在向人们诉说千年历史的变迁"。写骊山景区,着眼于对水果色泽的描述:"金秋八月正是水果成熟的季节,粉红色的石榴,大红色的苹果随处可见"。而写仿唐芙蓉园,又这样写道:"登高望远四面环视,芙蓉园一览无余,宫殿辉煌,山石林立,湖泊荡漾,一切美景尽收眼底"。

其次,人物描写也是其中一大亮点。

比如,他用诗句给陈先生重发描绘了形象:"姿貌雄宏彪形汉,英俊潇洒赛潘安"。"苍天不负痴心汉,日积月累通圣贤"。"离休凤城卧福地,儿孙绕膝享清闲"。同样,他用诗句描绘了孙儿孙女的可爱形象:"亭亭玉立资质俏,风雅气质鸿儒交,一代天骄驰疆场,大有可为前途飙"。

再次,细节描写又是其中一大亮点。

比如,在用诗句描绘陈公幼年学习条件极差的情况时,有人写道:"树枝做笔地作仿"。而道元君却用一句"土纸蒿笔描芬芳",描绘出另一幅生活图景,令人大开眼界。

对中国古典名句中华文化的研究和运用也是道元君文学园地中的一大亮点。比如,他在游览华清池以后,就引用唐代诗人白居易《长恨歌》的名句,借以抒发自己的思想感情:"春寒赐浴华清池,温泉水滑洗凝脂"。"云鬓花颜金步摇,芙蓉帐暖度春宵"。他对唐代另一位诗人贺知章的诗句"少小离家老大回,乡音无改鬓毛衰。儿童相见不相识,笑问客从何处来"也多次进行过咬文嚼字的钻研和解读,并和有关人士进行过交流和切磋。

对如何教育孩子的语重心长的见解,还是道元君文学园地中的一大亮点。他写道:"人都得从小就历练坚强意志,碰几个钉子算什么,孩子不但不会有任何损失,反而能增强他的承受能力和思考能力,何乐而不为呢?明白了这个道理,教育孩子就有了正确的方向"。如此等等,充满了对人生的思考,充满了对未来的思考。

诸如此类,不胜枚举。值得庆贺,再庆贺。并预祝道元君大作流传久远。

赠道元挚友

何志忠

一

凌云少年家境贫,耕读没忘唯本分。

花甲更显豪刚健,著作新书感后生。

二

自立誓言,勉励余生。

公德必讲,正气常伸。

表里如一,言行正经。

待人处事,一片丹心。

虚怀若谷,满面生春。

诗书咏志,惜时如金。

持之以恒,修炼心身。

锲而不舍,炉火纯青。

弘扬国粹,喜闻佳音。

为创明天,功在而今。

和挚友和一首诗

少时深造贫难奋,耕读双修解惑根。

花甲不失华刚健,感悟心得留同仁。

赠表弟马道元

陈重发

半世艰难,老运好转。

朴素无华,时不忘本。

慷慨大度,好客热情。

学历不深,天赋聪颖。

勤学好问,持之以恒。

博学强记,自悟真谛。

落墨不息,笔下生辉。

诗歌文章,切磋目纲。

高风亮节,德高有谁。

爱孙如命,望子业成。

能掐会算,人称半仙。

桑梓同乐,儿女顺从。

家庭和谐,奋斗基业。

各自争强,闯荡四方。

静观信息,追踪商机。

事业兴旺,跨越小康。

和谐共存,诸事若定。

前景万里,抓住契机。

子孝妻贤,乐度晚年。

感悟随笔之感言

王克林

马道元先生的作品《人生感悟》将要面世了,令人惊喜和赞叹!

他的作品我大都在第一时间得到了分享,读着他的诗,很受感动。道元从小受到良好的家庭教养,父亲马广东是位社会阅历深广,谙练人情世故,慈祥和善的老人,培育了他处世做人的良好心性和品味人生的哲理。

道元是个农民,有着深厚的生活基础,对人生有着深切的感悟。更令人敬佩的是他坚毅刻苦的自学精神。他只读过小学四年级,但他酷爱诗文,靠字典阅读,生剥硬啃,田间地头,夜半更深,研习不止,创作出十多万字的诗文,真山中奇才也。他的诗大多叙事明理,情感真挚,富含哲理,是一部别具风格的文艺作品,值得一读。

为著书喝彩

侯雄山

马道元是我在汪家塬任教时我的学生,在他幼小的心灵里就有吃苦好学的思想,虽然只读了初级小学就辍学了,但他读书农耕等给我留下了深刻的记忆,也算一个传奇人物。

我和马道元是一庄的邻里,少时是我的学生,成人是我的挚友。在校期间学习刻苦认真,成绩优异。在农耕时期勤勤恳恳踏踏实实地劳作,从不做让别人无法接受的事情。就是酷爱读书,不管田间地头还是我去他家中造访,都能看见他手不离卷,认真地阅读各类书籍,也造就了他丰富文化知识的底蕴,别的不说,谁如果能看到道元翻烂的几本字典就一目了然了。

道元的几十万字的书即将问世。大部分是民间小事和企业发展,个人阅历和出外旅游,我都是第一时间阅读。有散文类,有诗歌类,大都和自己经历有关,也是民间的家长里短。还有对亲人的怀念,四时的变化,也是数十年的积累,总之穿插面非常广。我是未定版之前看的稿,我的学生能够出书倍感自豪,真是新竹高出旧竹枝,全凭老干做扶持。

赋诗一首:穷乡僻壤出良才,自修知识博人爱。挥笔诗文达经典,苦熬功夫智慧栽。

旱垣留记忆

张启明

在我多年从教中,我所教过的从汪家塬走出众多的佼佼者,有院士、教授、博士后、军政要员,数不胜数。但对我影响最深的是我初小教过的学生马道元。

他从小聪颖好学,有强烈的学习欲望,记忆力出众,言词表达多近事宜。四年读完成绩非常优秀,即将步入初高,老父亲传统观念陈旧,"膝下有子,养儿防老",不让他深造,回家务农贴补家庭经济收入。当时我知道此事,多次登门说服老人,遗憾的是最终未果。这是我一生中最难忘付出未果的事情。现能看到道元通过自己的努力,作品即将问世,也算了了我的心愿。

道元在几十年的农民生涯中,刻苦钻研也算行家里手。对天时的观测、季候分野都有一定的掌握,每年的丰歉把握得非常到位,稳产实收是他的拿手好戏,所以,村民尊称"马半仙"。

他的子女也都是我的学生,都继承了父母聪明才智,但没有踏老父亲的后尘。孩子学习好,他俩就尽心尽力,四个儿女成绩优异没让他们失望,都读完了高等学府,事业有成。儿媳女婿都是高等生,奔赴在各条战线认真工作,大有作为。孙儿孙女聪明伶俐,也非常讨人喜欢。

世上无难事,只要肯登攀。充分体现在了道元夫妻和众儿女身上。一家人相敬如宾,和睦相处,事业发展集中,经济收入巩固。谁如果能接近道元家庭的生活实体,就能看到集大成与小家的真实现状。

祝贺弟诗文集问世

效 麟

天道酬勤,一分耕耘一分收获。道元诗文集《人生感悟》即将付梓印刷,我为之高兴,并予以祝贺。

道元和我相知相交几十年,情谊深厚,他少小聪颖,小学毕业后虽迫于生计未能继续深造进而从事农耕,但踏实肯干,从不言输。无论是提耧下籽,收割打碾,样样精通,可谓行家里手。同时,酷爱文学,善于学习,勤于思考,喜欢阅读,注重写作,特别是移居银川后,更是刻苦钻研,笔耕不辍。"宝剑锋从磨砺出,梅花香从苦寒来",经过多年的刻苦努力和打拼,用心血凝成二百余首诗歌、数十篇的散文集即将问世,其以真情实感吸引人,感染人,语言质朴,文字清新,将思想情怀及心灵感触像潺潺流水般自然地流露与记载,充溢着生活的芬芳,有种清水出芙蓉,天然去雕饰的美感!

祝贺道元弟成功出版自己的书,我为你的成功而骄傲。

为胞兄的《人生感悟》点赞

马道雄

听胞兄说他写的《人生感悟》即将付梓印行,我先是一犹疑:"文章千古事,得失寸心知"。一个只读了小学四年级的人能出什么书?既而逐一品读,细细赏析,颇觉震撼,不由得要为胞兄的《人生感悟》予以点赞。

《人生感悟》的立意虽不十分高远,寓意亦不非常深刻,但其中的生活启迪、做人道理、处世经验、管理探讨、人际关系等等,洋洋洒洒,随处可见,读来自然有益。

《人生感悟》中的文章,结构虽不严谨、新颖,但兴之所发,笔之随至,顺其自然,亦不失一种风格。何况"道法自然"呢!

《人生感悟》中的语言,虽不十分生动、精练、流畅,但对一个只读了小学四年级的人来说,心之所想,笔即落字,不事雕琢,朴实无华,亦是十分难能可贵了!

至于《人生感悟》的内容、风格、特色等其他方面,我也就不一一为其絮叨了,以免有为兄长"炫耀"之嫌。不过,请读者同志读完《人生感悟》之后,感觉值不值得点赞,自见分晓。

最后,当吾问及兄长《人生感悟》付梓之本意时,胞兄说:一为自己的一生阅历记录,二为给后人留个念想,三呢,大抵对阅读者或有裨益。吾想,只读过小学四年级的胞兄,有此想法与作为,能不让人肃然起敬与赞叹吗!

父 亲

　　父亲在我们幼小的心灵里，留下了深刻的印象。父亲是一个爱学习爱思考的人。他一生不善言谈，就是用自己的实际行动来激励我们。他对感情的执着，思想的纯洁，做人的诚实，对老人的孝顺，对理想的追求，是我们终生受益的指路明灯。

　　父亲没有读多少书，很小就回家务农。父亲从小就是个上进心非常强的人，自己的知识浅薄，无法应对乡里之间发生矛盾和沟通，就长期读书，让自己的知识有所提升，找出解决人与人之间矛盾的方法。他不到而立之年就成了乡里说法评理的乡老。经常给发生矛盾的人们掐长补短，让大家都能和睦相处。他对强者绝不投其所好，对弱者只要谁有事他都鼎力相助，不计得失。在不惑之年，大家已经公认他是一个好人，德布乡里。四乡八里只要谁家有矛盾发生就找父亲评说。说来也怪，别人几次都说不下的事情，只要父亲一出面，事情就能迎刃而解。这也让我们明白了一个道理，民间不是谁能说就能解决发生的问题，而是那个人的社会威望能和大家思想息息相通，大家才能听他的话，接受他的评说，解决发生的问题。

　　父亲不到而立之年，他的父母都已是耄耋老人，家庭的一切重担都压在我的父母身上。爷爷身体还好，没有大的疾病。奶奶青年时期就双目失明，老来更加严重，有时生活都不能自理。那时是大集体，父母为家庭生计每天都要出工劳作，家庭零碎活和看护我们就落在了爷爷奶奶身上。爷爷奶奶的辛苦父母看在眼里，痛在心里。对老人百依百顺，凡事都能满足老人的要求。在我们幼小的心灵里就留下了深刻烙印。这也是父母孝悌感情投入、潜移默化对我们的言传身教，我们牢记在心。父母不到花甲之年，我们就搬到了省城银川，给父母置办了房子，让他们生活无忧无虑，尽我们儿女的绵薄之力，再不让父母为生活担忧，尽享天伦之乐，满足父母的心愿。

父母亲知识不多，未能通士达人，他们深知知识的重要性，对我们的学习进取常抓不懈。在我们年幼时，父亲给我们经常讲："书为至宝毕生读，学以致用苦作耕。"在我们求学的各个阶段，他都到学校和老师探讨我们的学习进程。我们学习有所长进，他就喜出望外，回家对我们更加鼓励。谁的学习步落后尘，就耐心疏导，找出原因，补上缺漏。农村的农活非常多，只要我们有作业，他们有多忙都不叫我们帮忙。农村的经济非常匮乏，一家儿女四人都在读书，一直读完大学，经济支出不是一个小数目，宁让自己负债累累，不让儿女脱学。可怜天下父母心的付出，我们也心领神会。我们的成绩虽然不那么出类拔萃，也是每个班的佼佼者，都以优异的成绩读完了大学，回报了含辛茹苦的父母，也满足了他们的心愿。

父亲对于学习孜孜不倦，翻阅了大量的书籍，可以说父亲的肚子是一个小知识库。如果你有不知道的东西问他，他知道的能给你说一个清楚，有些事情虽然不能一时说得知根究底，但事后翻阅琢磨找出答案，还能说得条理清晰。儿女在他眼里始终是长不大的孩子，见面就耳提面命。要儿女们勤勤恳恳做事，老老实实做人，要知足不辱，知耻不殆。要我们做任何事适可而止，不要做到物极必反。让我们不要投机取巧，坑蒙拐骗，强取豪夺，得不义之财。常说"害人如害己，终到了害自己"。我们也遵循他的意愿。这也是父亲给我们立的宗旨。我们在建筑行业人心所向，发展到现在也有一席之地，来实现父母厚德心愿。

父亲是一个沉默少语的人，从来不说别人的闲话是非。有人议论别人的闲话，父亲只是一听，从不发表任何意见和看法。事情过后他就说："议论别人的是非,恰恰是自己的不足。人非圣贤,孰能无过,谁能把事情做得人心所向呢?"他对我们说:"话多必有失言,不要议论他人的是非。"他给我们讲人际关系是穿插循环关系,你如果和别人一起议论他人是非,东西能带少,话就带多了,你跟别人说他人是非,别人加盐调醋相互把话穿插循环,最终都能到他人的耳朵,那你就里外不是人了。早知如此何苦议论别人的是非呢!这是父亲对我们絮叨的醒世警钟,不时回响于耳。

我们兄弟姐妹在一起和睦相处工作,经济巩固,按需分配,离不开父亲的谆谆教诲。他常常拿历史上的大家庭生活说事,唐朝的张公艺,明朝的朱濂,云贵的土楼,父亲经常提在嘴边。他常说:"同源之水,同本之木。"要团结,不要闹矛盾,发生矛盾只能让别人看笑话。也常给我们说团结就是力量,"一根筷子容易折,一把筷子折不断"。如果遇到困难难以解决,他常鼓励我们,集大家的智慧,车到山前必有路,船到桥头自然直,三个臭皮匠赛过诸葛亮,还有什么解决不了的问题呢?我们之间发生一点小矛盾,谁向他诉说,他只是沉默不语,从不发表任何意见,也不向任何人传递信息。等大家情绪好转他就晓之以理,说明事情的曲直,说得让大家心服口服。很少出言不逊,大发雷霆。平时和我们交谈平易近人,好像父子之间没有任何代沟。有时还跟我们开个小玩笑,逗得大家哄堂大笑。

父亲是一个爱学习,爱思考,善观察,爱书写的人。虽然自己知识不多,也把自己经历和遇到的事情都书写于纸上。有散文形式之作,有诗歌形式之作,都是见景生情的书写。这些对我们兄弟姐妹来说如获至宝,是我们一生的座右铭。在我们迷茫的时候翻阅能找出可用的答案,也是我们的指路明灯。因为我们就是在这种思想熏陶下成人的,所以对他的思想论述至今无可非议。

我们准备把他写的东西复印成小册子,留给我们兄弟姐妹及亲戚朋友。父亲的老朋友知道后,极力推荐要父亲多出几本册子,供大家品赏阅读。因为很多老朋友都知道父亲的底稿，大部分都是与生活有关的论述，也是每一个家庭经常发生的家长里短，写的虽然不能概述全面，但也是解决家庭矛盾的金玉良言。经过大家的推荐，提起了我们的兴趣，我们就把底稿发送到大作家季栋梁表叔那里，表叔看了之后说还可以。有些语句不通，用词不当的地方，错别字，标点符号，他来更正修订，让父亲的书及早问世。表叔卓尔不群的才华能为父亲书写修订，那就给父亲的原作纸上贴金了，我们表示深深感谢。在这里我们郑重其事的感谢表叔，为父亲的出书援笔。更感谢表叔为父亲作品问世不遗余力劳心费神，我们将永生不忘，牢记心中。还得感谢父亲的老朋友极力推荐。再就希望读者看后提出宝贵意见，有错误之处，以便更正修订。

众儿女　马文智　马文勇　马文彪　马文侠

后 记

我和妻子的求学之路

　　我出生在南部黄土高原,虚岁九岁开始上学,因父亲对知识要求不高,十三岁就让我辍学了。那时教育改革,前半年是前学期,后半年是升级结业期。我五年级只读了一月,正是春季农村植树造林的大好时期。大人挖坑填土,我给挖好的坑里放树苗,就这样成了一个初学的农民。成日和大人一起劳作,休息之余,有知识的人在一起谈论历史故事,我听得有些入迷,就找书读。无巧不成书,春季结束,青草遍布原野,生产队有十几个幼畜,队长就让我放牧,这就给我创造了学习的好机会。每天吃过早饭,拿些干粮,提一瓶水,再找一本书,赶着幼畜就放牧去了,幼畜吃草我看书。那时农村没有多少有知识的人,书也非常紧缺,找不到书读是常有的事。没有书读,借到一本字典,就读字典。那时字典里对字的解析大部分我都不懂,只是多认识了几个字。说也奇怪,我放幼畜两季没有糟蹋牲畜,生产队没有任何损失,幼畜还吃得膘肥体壮。我十四岁时,早晨和大人耕地,下午队长还让我放牲畜,说我放牲畜不糟蹋牲畜,就这样我早晨耕地,下午放牲畜,一直到十九岁。我也有了学习的好机会。牲畜赶到山里,别的伙伴都玩去了,我就在阴凉处读书。那时我家里太穷,没有钱买自己爱读的书,只能在别人处借。所以,我读的书非常杂乱,民间故事,求医问诊等,都是农村实用的书籍。借到了一本《三国演义》,我爱不释手,翻来覆去读过七八遍,书让我翻得都不成样了,还书的时候我都不好意思还了。

　　虚岁二十岁,三月初九我俩结婚,新婚燕尔,本该卿卿我我,但我对知识的渴求已经超越了调情逗趣的需要。每天晚上我都是在煤油灯下认真读书，忽略了妻子内心寂寞的感受。妻子是一个要强的人，和我结婚后，她通过自己的努力，在县妇联、乡妇联、大队都有一席之地。就是她没有读过书，很多时候都制约了她晋升和发展。对我的读书她是支持的，从来没有提出要求让我放下书。就这样不论我做何种劳作，白天只要有休息的时间，别人打牌闲调，我就找一片静地读书。慢慢的，我对知识的渴求，妻子看在眼里，记在心上，晚上在煤油灯下，妻子做针线陪我读书，一直坚持到二十八岁。我忽然一个字都看不清楚，满篇都是黑的，这样的事情发生过三次，我就不敢晚上读书了。但无论做什么，白天闲余爱阅读的爱好始终没有改变。

20世纪70年代后期，生产小队分队，一个生产小队分成两个生产小队，我多年的认真学习众所周知，就让我担任生产队会计工作。两年后就实行生产责任制包产到户，我负责再分配集体土地、耕畜、农具等。我的公正无私赢得了大家的认可，一个大集体的东西分到一家一户，没有发生过任何争执。此时的政策也放宽了许多，办一个营业执照，就可以开小卖部赚钱。我家是铁匠出身，也办了一个营业执照，一边务农一边打铁。几十年的集体劳作，苦没有少下，生活条件始终停滞不前，贫穷饥饿也陪伴了我几十年。生产责任制包产到户，大家喜出望外，都在自己分到的土地苦下功夫，老天不负有心人，几年风调雨顺，农业大丰收，大家摆脱了饥饿，但经济收入还非常匮乏。我家农忙做生产，农闲打铁补贴家庭收入，没有时间去学习，这几年耽误了我的学习。

20世纪80年代后期，人们都已觉醒，开始向富裕发展，我也不例外，做起了羊绒生意。走南闯北成年奔波在外，家中一切劳作都丢给了妻子一人，提搂下籽，耕耘打碾，经过锻炼，妻子操作非常娴熟，使我对家庭生产的无后顾之忧，她成了我家勤俭持家的坚强后盾。做生意有大量的时间可以读书，我又拾起了书本。坐长途火车别人打牌下棋我读书，到收绒的地方，联系客户找买主，需要时日，我就书不离手。绒收回来就等着买家来买，有时候一等又是十天半个月。我就买了《现代汉语词典》和《醒世恒言》《喻世明言》《警世通言》认真地读。《现代汉语词典》前后我读过七遍,让我认识了很多常用的字。三言让我知道了任何事情都是有因必有果,做事不要认为自己投机取巧做过的事情无人知晓,就不会有因果报应。天理是公道的,天博引转善有善报,恶有恶报,如果不报时间未到是真实的。经过几十年对人和事的观察,事实正是如此。这段时间是我学习的黄金段,知识修养有所增进。

2000年前后十年是我俩人生的低谷,做羊绒生意行情如山倒,把我几年拼搏的积蓄一下赔了个精光,还欠下几万元贷款。做生意没本钱无法赚钱,儿女们的学业正在冲刺阶段,一个大学,两个高中,一个初中,要完成学业哪个都需要钱。为了儿女们的学业有成,当时我俩的那个难真是无法用言语形容。农忙我俩做生产,农闲我就到山里买羊贩卖,妻子就在当地学校门前卖洋芋菜。我进山一次几天能赚百八十元,妻子卖洋芋菜,一大锅连本带利能卖五六元钱,就这样艰苦我俩没有放弃儿女们的学业。我俩就苦熬时日,想让儿女们出人头地。经历了这些,也让我明白了,穷在闹市无人问,富在深山有远亲,雪中送炭君子少,锦上添花小人多。此时我俩已经负债缠身,但对儿女们的学业丝毫没有放弃。慢慢的,儿女们学业有成,步入社会发展自我,减去了我俩的沉重经济负担。这段时间我有点沉迷于周易,虽然对自然信息有所了解,但又耽误了对文学的追求。

我五十五岁,儿女们发展初具规模,把我俩搬离了家乡,过上了都市人的生活。这时经过发展,经济有所改善,我的囊中不太羞涩,见到书摊我就翻看,有我需要的书就买几本,带回家自己慢慢研读。我读的书有伟人的书籍,儒释道圣贤书籍,四大名著等,特别是我表弟季栋梁给我送的作品我非常爱读。我表弟写的书非常细密而通俗,写出的人和事好像他就在那里看着写的,也非常贴近生活,让人有种回归现实的感觉,难怪能成为国家学术界的一大璀璨明珠。然而,我读的书不少,没有经过高等学府培育,高人指导,读别人的书觉着都是精华,自己写一点东西自觉技不如人,始终满足不了自己的要求。我已到古稀,写了一些不成文的自我剖析的文章和诗歌,准备留给儿女们让他们做人有正确的方向。我把写的书稿发给表弟季栋梁让给整理,谁知表弟看后说能出书,还给书写了两千多言的序。表弟的序字字珠玑,赞誉和推理让我羞愧难言。我读了四年级的人出书,简直是耍天下之滑稽大忌。但表弟的推荐,儿女们的要求,那就献丑了!

　　我能写出不成文的短篇随笔,是妻子长期支持的结果。我读书她从不反对,我在电脑上写东西她也从不干扰。只要我看书写字,家中有多忙,就是她生病,也都是一人去做活,给我充足的时间让我去拜读和思考,因而才实现了我出书的愿望。她的心胸像无边的大海,除了容纳繁重的劳作,还珍藏着闪光的品德。她人际交往、憨厚朴实、落落大方,都做到无可挑剔的地步,鲁迅写的"俯首甘为孺子牛"用到她身上一点都不为过。